ÉTRANGE SUICIDE DANS UNE FIAT ROUGE À FAIBLE KILOMÉTRAGE

L. C. Tyler

ÉTRANGE SUICIDE DANS UNE FIAT ROUGE À FAIBLE KILOMÉTRAGE

Traduit de l'anglais
par Julie Sibony

SONATINE ÉDITIONS

Directeur de collection : Arnaud Hofmarcher
Coordination éditoriale : Hubert Robin

Titre original : *The Herring Seller's Apprentice*
Éditeur original : Macmillan New Writing

Sonatine Éditions
21, rue Weber
75116 Paris
www.sonatine-editions.fr

« Mais il faut choisir : vivre ou raconter. »

Jean-Paul Sartre

Post-scriptum

Vous vous en serez sans doute aperçu par vous-même : juste au moment où vous pensez avoir commis le crime parfait, les événements prennent fort injustement une fâcheuse tournure.

La sonnerie du téléphone avait résonné de façon lugubre dans le silence de la nuit, réveillant votre serviteur ainsi que la moitié du West Sussex. J'avais décroché rapidement puis écouté pendant quelques instants une voix familière tenter de faire de l'ironie à une heure du matin, chose aussi difficile que vaine. Ce n'était pourtant qu'un préambule maladroit au véritable motif de cet appel.

« Tu viens enfin de te trahir. Je vois clair dans ton jeu, espèce d'abruti.

– Ça m'étonnerait », rétorquai-je d'un ton parfaitement calme.

J'ai peut-être réprimé un bâillement. Mais j'étais calme, ça oui.

« Je sais qui tu t'apprêtes à aller retrouver.

– Vraiment ? J'en doute fort.

– On parie ? La seule chose que je n'arrive pas à comprendre, c'est comment tu as fait pour t'en tirer aussi bien jusque-là.

– Une chance imméritée, sans doute. Plus le fait d'écrire des romans policiers. Je pense que ça a pas mal joué. »

Je perçus un ricanement sarcastique à l'autre bout du fil ; ricanement on ne peut plus déplacé car, plus j'y réfléchissais, plus j'étais sûr de pouvoir tourner ça à mon avantage.

Et malgré le nombre de dérobades et de demi-vérités que j'avais accumulées au cours des mois précédents – ces longs mois entre mon retour de France et cet importun coup de téléphone nocturne –, je venais d'énoncer une vérité indiscutable : j'étais bel et bien écrivain.

Sur ce point-là, au moins, il ne pouvait y avoir de doute.

1

J'ai toujours été écrivain.

J'ai écrit mon premier roman à l'âge de 6 ans. Il faisait sept pages et demie et racontait l'histoire d'un pingouin, qui se trouvait avoir le même prénom que moi, et d'une femelle hérisson, qui se trouvait avoir le même prénom que ma maîtresse d'école. Après avoir surmonté quelques difficultés et malentendus mineurs, ils devenaient amis et vivaient heureux jusqu'à la fin de leurs jours ; mais leur relation était, comme il se doit, entièrement platonique. À l'époque, les rapports hérissons/pingouins me paraissaient des sources d'intrigues infiniment plus riches que les rapports filles/garçons.

Ça n'a pas beaucoup changé depuis. Aujourd'hui, je suis trois écrivains différents, dont aucun ne semble porté sur le sexe.

C'est peut-être la raison pour laquelle aucun des trois ne se vend particulièrement bien. À nous trois, nous arrivons tout juste à gagner notre vie, mais nous n'apparaissons jamais sur la liste des meilleures ventes du *Sunday Times*. Nous ne donnons pas de lectures publiques dans les festivals littéraires. Le British Council ne nous propose pas d'entreprendre des tournées en Afrique noire, ni de postuler à des résidences d'écriture à l'université d'Odense. Nous ne remportons pas le prix des lecteurs de quelque journal que ce soit.

Je ne suis pas certain d'aimer aucun de mes avatars mais, parmi les trois choix disponibles, je me suis toujours senti plus à l'aise dans la peau de Peter Fielding. Peter Fielding écrit des polars ayant pour héros le redoutable inspecteur Fairfax, de la police du

Buckfordshire. Fairfax a la cinquantaine bien tassée et le tempérament aigri par son absence de promotion et mon inaptitude à lui écrire des scènes de sexe d'aucune sorte. Quand je l'ai créé, il y a seize ans, il avait 58 ans et il était à deux doigts de partir en préretraite. Il a maintenant 58 ans et demi et a résolu douze affaires quasiment insolubles au cours des six derniers mois. Il a donc légitimement le droit de penser qu'il mérite une promotion.

Sous le pseudonyme de J. R. Elliot, j'écris également des romans policiers historiques. Je ne sais pas très bien si J. R. Elliot est un homme ou une femme, mais j'ai de plus en plus tendance à le croire féminin. Tous ses livres se déroulent sous le règne de Richard II car je n'ai pas envie de me fatiguer à étudier une autre période. Et il est un fait établi que personne n'a couché avec personne entre 1377 et 1399.

En tant qu'Amanda Collins, je ponds cent cinquante pages de roman à l'eau de rose environ tous les huit mois, selon un style et une formule établis une fois pour toutes par mon éditeur. Miss Collins a beaucoup de succès auprès de certaines dames ayant une imagination limitée et peu d'expérience de la vraie vie. Une rapide étude du genre m'avait appris que la plupart de ces romans avaient pour héros des médecins ; le plus souvent des généralistes ou des cardiologues. Par conséquent, j'avais décidé d'attribuer au mien la spécialité relativement obscure de la chirurgie orale et maxillo-faciale. Les chirurgiens oraux et maxillo-faciaux ont une vie sexuelle débridée, de temps en temps avec leur épouse. Mais ils font ça avec la plus grande discrétion. Mes petites dames les préfèrent ainsi, et moi aussi.

Nous partageons tous les trois un même agent littéraire : Mlle Elsie Thirkettle. C'est la seule personne que je connaisse, de moins de 70 ans, prénommée Elsie. Je lui ai demandé un jour, au vu du côté vieillot de son nom et du fait qu'elle n'avait pas l'air d'en raffoler, pourquoi elle ne se faisait pas appeler par son deuxième prénom.

Elle m'a regardé comme si j'étais un gamin débile que des voisins vicieux lui avaient collé dans les pattes contre son gré.

« Tu trouves que j'ai une tête à m'appeler Yvette ?

– Mais pourquoi tes parents t'ont-ils appelée Elsie, Elsie ?

– Ils ne m'ont jamais aimée. Une belle paire de salopards, ces deux-là. »

Mes parents ne devaient pas m'aimer non plus. Ils m'ont appelé Ethelred. Que mon père m'ait assuré avoir choisi ce nom d'après le roi Ethelred Ier (865-871) et non Ethelred le Malavisé (978-1016) était une bien maigre consolation pour un garçonnet de 7 ans que ses copains surnommaient tous « Ethel ». J'avais bien essayé de me présenter sous le nom de « Red » pendant un temps, mais curieusement cela ne prit jamais auprès de mes camarades. Oh ! et mon deuxième prénom est Hengist, au cas où vous vous poseriez la question. Ethelred Hengist Tressider. Ça n'a jamais surpris personne que je préfère me faire appeler Amanda Collins.

Il est possible que tous les agents méprisent leurs auteurs, de la même façon que les élèves boursiers méprisent les proviseurs, que les maîtres d'hôtel méprisent les dîneurs, que les chefs cuisiniers méprisent les maîtres d'hôtel et que les vendeurs méprisent les clients. Cependant, peu d'agents méprisent les auteurs aussi ouvertement qu'Elsie.

« Les écrivains ? Ils ne savent même pas péter sans un agent pour leur rappeler où est leur cul. »

Je me risque rarement à contredire les remarques de ce genre. À en juger par les autres clients d'Elsie, c'est d'ailleurs un commentaire assez mérité. La plupart d'entre eux ne pourraient sans doute pas péter même avec ce charitable coup de pouce.

À vrai dire, Elsie représente pas mal d'autres auteurs à part nous trois. Il nous arrive de nous demander mutuellement pourquoi avoir choisi comme agent cette petite dame replète aux goûts vestimentaires excentriques qui affirme n'aimer ni la compagnie des auteurs ni la littérature d'aucune sorte. A-t-elle volontairement réuni un groupe d'individus au tempérament particulièrement veule qui n'ont le courage ni de lui tenir tête ni de la quitter ? Ou bien éprouvons-nous tous un plaisir inavouable à voir nos œuvres et nos personnages démolis ? Ni l'une ni l'autre de ces réponses n'est satisfaisante. La véritable raison est douloureuse mais pourtant claire : aucun de nous n'a de réel talent et Elsie est très douée pour réussir à vendre nos manuscrits. Elle est aussi très honnête dans ses critiques.

« C'est de la merde.

– Tu pourrais être un peu plus précise ?

– C'est de la merde de chien.

– Je vois », répondis-je en tripotant le manuscrit posé sur la table entre nous.

C'était seulement le premier jet de quelques chapitres, mais j'avais espéré qu'ils seraient universellement salués comme un chef-d'œuvre.

« Laisse le polar littéraire à Barbara Vine, nom d'une pipe. Ce n'est pas ton truc. Elle, oui. Ou, si tu préfères, elle sait y faire, pas toi. C'est suffisamment précis à ton goût ou tu veux que je te le brode au point de croix sur un cache-théière ?

– J'ai déjà mis beaucoup de travail dans ce manuscrit.

– Eh ben, on dirait pas.

– Mais je viens de passer trois semaines en France pour faire des recherches !

– Ce ne sera pas perdu. Tu n'as qu'à envoyer Fairfax en France. Il a bien besoin de vacances, ce pauvre bougre. La France est-elle le bon endroit pour lui, cela dit ? Il n'a pas l'air de s'intéresser à grand-chose d'autre qu'à son travail dans la police, à l'architecture romane et à l'histoire locale.

– En fait c'est un travelo qui fume du crack, et il jouait dans l'équipe d'Allemagne lors de la Coupe du monde de 1966. Mes chers lecteurs ne s'en doutent pas encore, mais tout est dans le prochain livre.

– Je ne te le conseille pas. Tes chers lecteurs prennent ce con de Fairfax très au sérieux et n'apprécient pas du tout l'ironie.

L'inspecteur Fairfax est ton gagne-pain, et je te rappelle que douze et demi pour cent de ton gagne-pain sont mon gagne-pain. Si Fairfax se met à rêver de bas résille, envoie-le-moi et je vais te le remettre dans le droit chemin. »

Ça aussi, c'était vrai. Elsie le remettrait dans le droit chemin. Une fois, j'avais essayé de prêter à Fairfax une passion pour Berlioz (j'avais dû lire trop de Colin Dexter). Elsie m'avait raturé tout ça en moins de temps qu'il n'en faut pour dire Morse[1] .

« Ne te fatigue pas à développer son personnage, m'avait-elle dit. Tes lecteurs ne s'intéressent pas aux personnages. Ni à l'atmosphère. Pas plus qu'aux références littéraires malignes. Quant aux allégories, ils ne sauraient pas s'il faut les faire revenir dans du beurre ou bien s'en frotter les hémorroïdes. Tout ce qu'ils veulent, c'est deviner l'identité de l'assassin avant la dernière page. Et ne leur donne pas plus de dix suspects, sinon ils seront obligés d'enlever leurs chaussures pour les compter. »

J'aurais peut-être dû préciser que s'il y a une chose qu'Elsie méprise plus que ses auteurs, ce sont les gens assez idiots pour acheter leurs livres. Mais là encore, j'hésiterais à la contredire.

Pour être honnête, je m'aventure rarement à contredire Elsie sur aucun sujet ces temps-ci. C'est pourquoi, assis dans mon appartement ce soir-là il y a déjà plusieurs mois de cela, je savais que ce premier jet en resterait là à jamais. Je risquai pourtant une dernière tentative.

« Tu pourrais rapporter le manuscrit à Londres avec toi et le lire plus tranquillement.

– Le problème, rétorqua-t-elle sèchement, ne réside pas dans ma lecture, et ma poubelle londonienne est déjà suffisamment pleine, merci. Est-ce que tu sais combien j'ai de premiers romans merdiques qui m'attendent là-bas ?

– Non, répondis-je, penaud, ne les ayant pas comptés.

---

1. L'inspecteur Morse est le personnage principal des romans policiers de Colin Dexter. *(NdT.)*

– Beaucoup trop, affirma Elsie, ne les ayant pas comptés non plus mais bien plus sûre de ses opinions. Et sinon, c'était comment, la France ? »

Je laissai échapper un soupir.

« Parfaitement superflu d'un point de vue littéraire, à ce qu'il semble, mais à part ça très agréable. Je logeais dans un charmant petit hôtel. Je suis resté des heures à contempler la Loire en sirotant des vins locaux. Du chinon, principalement, mais parfois aussi du bourgueil. J'ai absorbé une énorme quantité d'atmosphère extrêmement pittoresque. Le soleil brillait et les oiseaux chantaient. Je n'ai croisé personne qui ait lu un seul de mes livres. Le paradis.

– Très utiles, ces recherches. »

J'avais perçu l'ironie dans sa voix ; un exploit sans mérite vu qu'Elsie et la subtilité n'ont jamais eu l'honneur d'être présentées.

« Mes personnages étaient censés passer une grande partie de leur temps à contempler la Loire en buvant du vin, indiquai-je. Et je me targue de ne décrire que ce que je connais. Il fallait bien que je fasse des recherches approfondies.

– Mon cul, ouais. Tu as couché avec une femme ?

– Non.

– Je croyais que les Françaises sautaient sur tout ce qui bouge.

– Pas à Châteauneuf-sur-Loire. Peut-être qu'il se pratique toutes sortes de dépravations à Plessis-lès-Tours ou Amboise, mais je ne suis jamais allé jusque-là.

– Eh bien, la prochaine fois, essaie Amboise. Détends-toi un peu. Tire un coup. Et raconte-nous ça dans ton prochain livre.

– Pas dans *mon* prochain livre. Comme tu le sais très bien, je ne donne pas dans le sexe. Et, bien que là-dessus je ne puisse m'avancer avec certitude, je ne crois pas avoir jamais été *détendu*.

– C'est pour ça que ta femme t'a quitté ?

– Mon ex-femme. Si tu veux vraiment être exacte, mon ex-femme. Geraldine et moi étions incompatibles à plusieurs égards.

– Ce qui vous rendait surtout incompatibles, c'était qu'elle s'envoyait en l'air avec ton meilleur ami.

– Ex-meilleur ami. C'est mon *ex*-meilleur ami.

– Et ensuite cette vieille peau t'a plaqué.

– Tu racontes ça d'une façon plutôt abrupte et sans cœur. Elle est quand même restée suffisamment pour m'écrire un petit mot très touchant.

– D'accord, c'est une vieille peau qui sait lire et écrire », concéda généreusement Elsie.

Elle peut être chic, par moments. Quoique pas souvent, il faut bien le dire.

« Elle est toujours avec cette espèce de mollasson ?

– Qui, Rupert ? Non, elle l'a quitté. »

Elsie me dévisagea en plissant les yeux.

« Tu m'as l'air plus au courant que tu ne devrais l'être, Tressider. Ne me dis pas que tu es encore en contact avec cette salope ?

– C'est quelqu'un qui a dû me le dire. Pourquoi veux-tu que je sois encore en contact avec elle ?

– Parce que tu es un con, voilà pourquoi. J'aimerais bien croire que tu es trop malin pour t'approcher d'elle à moins de cent kilomètres à la ronde. Les gens normaux dans ta situation – même si, évidemment, vu mon métier, je ne connais pas beaucoup de gens normaux – s'empressent de couper tous les liens avec leur ex. Se fabriquer une poupée en cire et y planter des épingles peut aussi être une solution. Je peux te fournir la cire, si tu veux. J'ai un Nigérian sur mon marché, il vend aussi les épingles.

– Je pense qu'on peut parfaitement rester ami avec son ex-femme ou son ex-mari, rétorquai-je. On devait bien avoir des points communs, Geraldine et moi. On a passé plusieurs années heureuses ensemble, même s'il est vrai qu'elle passait simultanément autant d'années heureuses avec quelqu'un d'autre. La vie est trop courte pour ressasser ce genre de choses.

– Très bien, Ethelred, arrête-toi là avant de me faire vomir. C'est juste que tu n'as jamais appris à haïr comme il faut, voilà ton problème. Cesse un peu d'être gentil et commence à souhaiter mentalement qu'elle rôtisse en enfer. Attention, je ne suis pas en train de dire que tu dois y arriver tout seul: Geraldine avait un don exceptionnel pour se faire des ennemis, tu devrais pouvoir trouver des tas de gens pour lui souhaiter de tout cœur avec toi une mort prématurée et de préférence douloureuse. Mais franchement, si un jour on la retrouve assassinée, n'oublie pas que c'est ton droit le plus strict d'être considéré comme le suspect numéro un.

– Il y a quand même peu de chances que ça se produise », fis-je remarquer.

On sonna alors à la porte.

C'était un policier.

Il me sourit d'un air contrit.

« J'ai une mauvaise nouvelle, monsieur, dit-il. C'est au sujet de votre femme. Je peux entrer cinq minutes ? »

2

J'aime bien les policiers.

Je ne fais pas partie de ces auteurs dont les héros sont des flics empotés et incompétents qui sont obligés de se faire aider par des détectives amateurs pleins de flair. Je n'en vois pas l'intérêt. Le détective amateur n'a jamais existé. Je ne connais pas une seule affaire (et j'en ai désormais étudié beaucoup) dans laquelle une vieille dame célibataire vivant à St Mary Mead ait apporté le moindre indice à la police. Les vraies affaires criminelles ne sont pas élucidées par des éclairs de génie mais par un grand nombre de personnes qui se réunissent et passent au crible un encore plus grand nombre d'informations. On attrape les meurtriers après des enquêtes au porte-à-porte et des heures fastidieuses à décortiquer image par image les enregistrements de caméras de sécurité. Ou bien, si vous avez de la chance, c'est un très estimé confrère qui vous balance les noms. La police, du moins à ce que j'en ai vu, prend rarement la peine de réunir tous les suspects dans le salon d'une maison de campagne pour annoncer ses conclusions.

Mais il y a une longue tradition littéraire, particulièrement britannique, de détectives amateurs, hommes ou femmes : de Sherlock Holmes au frère Cadfael, en passant par lord Peter Wimsey et Miss Marple. J'hésite toujours à dénigrer tout ce qui peut rapporter de l'argent à d'honnêtes écrivains méritants, mais là, franchement, ce n'est rien qu'un tas d'âneries. Dans mes romans, comme dans la vraie vie, ce sont les policiers qui enquêtent sur les meurtres ; le commun des mortels, comme son nom l'indique, se contente de se faire assassiner. On peut sans doute reprocher beaucoup de choses aux romans de l'inspecteur Fairfax, mais pas de perpétuer le mythe du détective amateur.

Ce soir-là, cependant, ce n'était pas un inspecteur Fairfax fictionnel qui se tenait sur le pas de ma porte. C'était un agent en chair et en os de la police du West Sussex.

« Entrez », dis-je.

La délicate question de savoir s'il fallait ou pas qu'Elsie reste pour cette entrevue possiblement pénible fut vite résolue.

« Continuez, tous les deux, ne vous occupez pas de moi », déclara-t-elle en se carrant dans son fauteuil, bras croisés, nous mettant au défi de la congédier.

Je jetai un regard au policier ; il me jeta un regard aussi. Nous nous reconnûmes mutuellement comme les pleutres que nous étions et nous résolûmes à faire contre mauvaise fortune bon cœur.

Il laissa échapper une petite toux zélée, à moitié tourné dans la direction d'Elsie, et annonça :

« J'ai le regret de devoir vous dire que votre femme a disparu.

– Mon ex-femme. Nous avons divorcé il y a des années.

– Votre ex-femme, bien entendu. Pour l'instant, elle est simplement portée disparue. Excusez-moi d'être aussi direct, mais nous avons de bonnes raisons de croire qu'elle s'est suicidée. »

Je fis preuve, en toute modestie, d'un sang-froid admirable.

« Je suis désolé de l'apprendre, dis-je, mais je ne vois pas en quoi ça me concerne. Pas après tout ce temps.

– À quand remonte la dernière fois que vous avez vu votre femme, monsieur ?

– Mon ex-femme ?

– Votre ex-femme.

– Je ne m'en souviens pas précisément.

– L'avez-vous vue ces quinze derniers jours ?

– J'ai passé les trois dernières semaines en France, monsieur l'agent. Je suis rentré hier soir. »

Il en prit note dans un petit carnet qu'il avait avec lui.

« À Châteauneuf-sur-Loire, précisai-je. Vous voulez que je vous l'épelle ? »

Il inclina légèrement son carnet pour que je ne puisse pas voir ce qu'il écrivait.

« Je ne pense pas que ce sera nécessaire, répondit-il avec une touche de mépris parfaitement bien dosée que Fairfax aurait sans doute appréciée. Voyez-vous une raison quelconque pour laquelle elle aurait pu vouloir se suicider ?

– Je ne peux rien affirmer avec certitude, mais elle a pu avoir plusieurs bonnes raisons. Elle a toujours eu des problèmes d'argent : sa première affaire a capoté à peu près à l'époque où nous nous sommes séparés. Elle a ensuite monté une deuxième entreprise avec sa sœur. Il me semble avoir entendu dire que ça ne marchait pas très bien non plus. Elle vient aussi de mettre un terme à une relation qui durait depuis un moment.

– Avec qui ?

– Rupert Mackinnon. Ça devait faire dix ans qu'ils étaient ensemble. Je ne suis pas sûr de connaître son adresse actuelle. »

Il nota tout cela sans faire de commentaire.

« Je suis désolé, conclus-je, mais je ne crois pas pouvoir vous aider davantage. »

Je me levai, prêt à le raccompagner jusqu'à la porte. Mais il restait assis.

« Nous espérions que vous pourriez nous en dire un peu plus, monsieur. Voyez-vous, avant de disparaître, Mme Tressider a laissé dans sa voiture ce qui ressemble fort à une lettre d'adieu. »

J'opinai du chef.

« Et alors ?

– Nous avons retrouvé sa voiture tout près d'ici... Près de la plage de West Wittering. »

Je me rassis.

« Nom de Dieu ! m'exclamai-je.

– En effet. Ça fait une trotte de venir jusqu'ici depuis le nord de Londres pour se suicider. Bien sûr, ça peut parfaitement être une coïncidence, le fait que vous viviez dans le West Sussex et qu'elle laisse sa lettre d'adieu dans le West Sussex. Mais vous comprenez pourquoi ça nous a paru bizarre, si vous voyez ce que je veux dire. »

Ça me paraissait beaucoup de choses à la fois, même si « bizarre » n'était pas forcément le premier adjectif qui me venait à l'esprit.

« Elle n'a jamais vécu ici, n'est-ce pas ? » poursuivit-il comme pour m'aider à clarifier un point important de ma situation conjugale.

Il plissa les yeux, laissant planer dans l'air une sinistre accusation qui n'avait rien pour me plaire.

« Non, j'ai emménagé ici après notre séparation.

– Voici la lettre qu'elle a laissée. »

Il me montra la photocopie d'une feuille de papier à en-tête. Le haut de la page avait été déchiré grossièrement, mais on distinguait encore quelques lettres de l'adresse, dont « N1 ». Il y avait quelque chose avant et après, qu'on ne pouvait lire à moins de connaître l'adresse en question. Ce qui était mon cas, évidemment.

« Votre femme habitait dans le code postal N1 de Londres ? demanda l'agent en haussant un sourcil suspicieux.

– Oui. Sur Barnsbury Street, à Islington.

– Donc, ça pourrait être son papier à lettres. Mais ce qu'on n'arrive pas à comprendre, c'est pourquoi elle a déchiré le haut de la page comme ça. La formulation aussi est un peu étrange. »

Je pris la photocopie et la lus avec une certaine appréhension. Elle était rédigée en majuscules joyeuses, avec de petites volutes espiègles sur une sélection aléatoire de lettres. On pouvait y lire ceci :

Á qui de droit. Cher monsieur ou madame, j'en ai assez. Au moment où vous lirez ceci, je me serai envolée pour un monde meilleur. Adieu, monde cruel, etc. Cordialement, G. Tressider (Mme).

« Je veux dire, reprit l'agent, personne n'écrit "Adieu, monde cruel" dans une lettre d'adieu, si ? Pas dans la vraie vie. Même dans les romans policiers, on n'a pas ça, bon sang. »

Il laissa échapper un ricanement méprisant.

J'ai moi-même vu (et écrit) les pires clichés possibles en littérature policière, mais peut-être ne lisait-il que des P. D. James et avait-il de plus nobles références que moi.

« Désolé, monsieur l'agent, dis-je, n'ayant eu que quelques secondes pour y jeter un œil, je ne suis pas tellement en mesure de commenter la formulation. Vous dites qu'elle l'avait laissée dans sa voiture ?

– Exact. Une Fiat rouge. »

Je dus paraître étonné car il ajouta aussitôt :

« C'était une voiture de location, pas la sienne. Elle l'avait prise chez Hertz à l'aéroport de Gatwick quelques jours avant qu'on la retrouve. Elle l'avait louée pour une semaine, elle a payé avec sa carte de crédit. Elle a dû faire la route jusqu'au village de West Wittering le jour même, laisser la lettre à l'intérieur, et ensuite… » Il marqua une pause. « Évidemment, on ne sait pas ce qui s'est passé ensuite. Comme vous le savez sans doute, il faut payer pour accéder à cette plage en voiture. À cette période de l'année, les grilles sont fermées à huit heures et demie. Le gardien a remarqué la voiture le mardi en faisant sa dernière ronde de la journée. Il reste souvent quelques véhicules garés là le soir, laissés par des gens qui sont partis se promener le long de la côte et qui n'ont pas vu l'heure filer. Il y a une surtaxe pour pouvoir sortir une fois que les grilles sont fermées, mais la plupart des retardataires quittent les lieux bien avant minuit. Cette voiture était encore là le lendemain soir quand le gardien a fait sa ronde. Et puis c'était plutôt une belle voiture, à peine cinq cents kilomètres au compteur, pas un vieux tacot pourri comme on en voit tout le temps par ici. Du coup, il s'est approché et il a repéré la lettre sur le siège. C'était tout ce qu'il y avait dans la voiture, d'ailleurs : cette lettre d'adieu et les formulaires de chez Hertz. Et c'est là qu'il nous a appelés. Nous nous sommes rendu compte que votre femme n'était pas rentrée chez elle depuis deux jours, mais ses voisins se souvenaient que vous étiez parti vous installer dans le coin, pas très loin de West Wittering.

– Je suis ravi que ses voisins vous l'aient fait remarquer, dis-je. Néanmoins, je me permets de vous rappeler que West Wittering se trouve à trois bons quarts d'heure de voiture, même quand vous n'êtes pas bloqué dans les embouteillages au niveau d'Arundel.

– Cette foutue bretelle d'Arundel ! compatit le policier. Et vous ne savez pas où elle aurait pu laisser sa propre voiture, par hasard ?

– Non, je ne vois pas du tout. Elle a quoi, comme voiture, au fait ?

– Une Saab décapotable. Noir métallisé, avec des jantes en alliage léger. Belles bagnoles, ces Saab. Très bonnes dans les virages. Et une jolie accélération. Ça aussi, ça a disparu, voyez-vous. Mais on va peut-être la retrouver. Il se peut très bien qu'elle soit en réparation quelque part, ce qui expliquerait la voiture de location. »

Il me posa quelques questions supplémentaires, visiblement persuadé qu'il devait aux contribuables du West Sussex de couvrir cette affaire de façon exhaustive. Mais je ne pouvais pas grand-chose pour lui, à part lui répéter que je n'avais plus de nouvelles de Geraldine depuis un moment et que, même avec la meilleure volonté du monde, je n'avais aucune idée de l'endroit où elle pouvait bien se trouver ni de la raison pour laquelle elle avait abandonné une voiture de location en parfait état sur une plage du Sussex.

« Alors, lança Elsie après que j'eus refermé la porte derrière lui, qu'est-ce que Fairfax dirait de tout ça, hein ? Une femme disparaît près du lieu de résidence de son ex-mari. Elle laisse une lettre d'adieu énigmatique en lettres majuscules, ce qui n'est pas son écriture habituelle, dans une voiture apparemment louée pour l'occasion.

– Mardi dernier, l'ex-mari était occupé à ne coucher avec personne du côté de Châteauneuf-sur-Loire, très, très loin de l'endroit où elle a disparu.

– Mais pourquoi louer une voiture pour se suicider ? s'interrogea Elsie avec son bon sens d'agent littéraire. Pourquoi ne pas utiliser sa propre voiture ? C'est moins cher.

– Tu as entendu ce qu'il a dit : peut-être que sa propre voiture était en réparation, ou quelque chose comme ça.

– Pourquoi faire réparer sa voiture quand on a le projet de se suicider ? »

C'était une remarque assez pertinente, et j'aurais bien aimé avoir Geraldine dans les parages pour savoir quoi en penser. J'avais presque trouvé quelque chose à dire lorsque Elsie décida de répondre à sa propre question.

« J'ai trois théories, décréta-t-elle en décomptant les hypothèses une par une sur ses petits doigts potelés. La première : elle s'est effectivement foutue en l'air, et elle l'a fait dans le Sussex pour t'infliger autant de chagrin que possible. Mais ça n'explique pas le problème de la voiture disparue, donc je n'y crois qu'à moitié. D'où ma deuxième théorie : elle ne s'est pas du tout foutue en l'air mais elle est parfaitement vivante en train de se payer notre tête au comptoir d'un bar quelque part.

– Et pourquoi donc ?

– Je n'en sais rien. Peut-être qu'elle a laissé une fausse lettre d'adieu et qu'elle s'est tirée pour éviter ses créanciers. Ou peut-être qu'elle a juste fait ça pour se marrer.

– Donc, je résume : ou bien elle s'est tuée, ou bien pas. Ça ne fait jamais que deux théories.

– Je n'ai pas fini, me coupa Elsie. C'est moi, le détective, pour l'instant. Toi, tu n'es tout au plus qu'un suspect.

– Pardon, répondit le suspect.

– Théorie numéro trois : peut-être que quelqu'un l'a tuée et a déguisé son crime en suicide.

– C'est possible, concédai-je avec un léger haussement d'épaules parfaitement maîtrisé.

– Non, justement, ce serait trop beau, soupira Elsie. Toutes ces petites manigances, c'est du Geraldine tout craché. Prends la voiture qui a disparu : des jantes en alliage léger, en plus ! Il n'y a vraiment que Geraldine pour se donner la peine de changer de voiture. Pareil pour la lettre d'adieu : "Je me suis envolée pour un monde meilleur." Tu m'étonnes ! Elle s'est tirée, ouais. Je ne croirai pas à sa mort tant que je n'aurai pas vu le cadavre. Et même là, j'aurai des doutes.

– Il n'y aura peut-être jamais de cadavre, fis-je remarquer. Les courants autour de cette plage sont plutôt forts. Si ça se trouve, elle a été emportée jusqu'à la Manche.

– Seulement si elle a traîné son cul jusqu'à la mer, rétorqua Elsie en contemplant par la fenêtre les immeubles du trottoir d'en face dans la lumière du couchant. Et, pour le moment, rien ne prouve que c'est ce qu'elle a fait. Je serais prête à parier gros qu'elle est toujours en vie quelque part, bien au sec, en train de dilapider l'argent de quelqu'un d'autre. »

On aurait dit qu'elle scrutait la façade de la boucherie Peckham, juste en face de chez moi. Il n'y avait pourtant aucune trace de Geraldine en train d'acheter frénétiquement des côtelettes et des saucisses avec ses biens mal acquis. Seul Tony était dans la boutique, occupé à tout nettoyer et balayer méticuleusement avant la fermeture.

C'était un tableau paisible : un petit village du Sussex à la tombée du jour, au moment où l'été cédait en douceur la place à l'automne. Des maisons aux toits moussus, à peine un pub de plus que le strict nécessaire, une épicerie et un restaurant indien de plats à emporter, le tout blotti entre les doux vallons des South Downs, sur lesquels le jour déclinait à présent. Pour la plupart des habitants, une nouvelle nuit tranquille allait bientôt succéder à une journée sans incidents. La circulation sur l'autoroute en direction de Worthing n'était qu'un lointain murmure. Un certain nombre d'oiseaux avaient, fort à propos, décidé que l'heure était venue de leur récital vespéral. Tout était parfaitement en ordre. C'était, il est vrai, un endroit où les retraités londoniens venaient s'installer pour vieillir et mourir discrètement dans leur sommeil, et non le lieu d'étranges suicides dans des Fiat rouges quasiment neuves.

« Écoute, repris-je, tu ne crois pas qu'on devrait laisser la police s'en occuper ? Dieu merci, c'est son boulot de retrouver ma femme, morte ou vive. Je suis d'accord que Geraldine est tout à fait capable d'avoir simulé un suicide juste pour rigoler. Mais je préfère laisser ma femme à la police.

– Ton ex-femme, corrigea Elsie.

– Mon ex-femme », acquiesçai-je.

3

Au début, l'écriture était un pur plaisir. C'est Elsie qui m'a appris que, avec un minimum d'efforts, cela pouvait facilement devenir une épouvantable corvée.

C'est également Elsie qui m'a appris que les royalties sur un livre de trois cents pages étaient généralement plus élevées que sur un livre de deux cents, même si l'histoire gagnait à être racontée en deux cents pages (« Tu n'as qu'à ajouter cinquante pour cent de suspects en plus », me conseilla-t-elle). C'est Elsie qui tenait à ce qu'il y ait un nouveau Fairfax tous les ans, dont la date de parution devait coïncider avec les achats de Noël (elle avait une théorie selon laquelle les gens achetaient mes livres pour les offrir à d'autres plutôt que pour les lire eux-mêmes). C'est enfin Elsie qui me suggéra fort obligeamment que les intrigues pouvaient être recyclées à l'infini car mes lecteurs avaient la capacité de concentration d'un moucheron atteint d'Alzheimer (pour une fois, je n'en tins pas compte).

Mon premier livre mettant en scène le personnage de Fairfax, *Une seule journée d'été*, fut rédigé alors que j'étais très jeune – même pas 25 ans – et que j'étais inspecteur des impôts stagiaire au Trésor public. L'écriture représentait alors… comment dire ?… une boîte scintillante, pleine à ras bord d'un stock inépuisable de chocolats en tous genres dont je ne pouvais encore qu'imaginer le goût et la texture. Je savourais chaque mot, visant une perfection que je croyais alors possible et qu'il me semble d'ailleurs avoir presque atteinte dans ce premier roman. L'intrigue avait dû m'apparaître dans un éclair de génie car je ne me rappelle pas avoir eu tellement à la modifier au fil du livre.

Fairfax, très porté sur la boisson et mal aimé de ses collègues, est à deux doigts de la préretraite. Une enquête sur un homicide est sur le point d'être classée sans avoir donné lieu à aucune arrestation ni aucun réel progrès. On a confié à Fairfax, en tant que membre le moins utile de l'équipe, le soin de ranger toute la paperasse tandis que les autres s'attaquent à des affaires plus prometteuses. Il n'a aucune pression pour finir cette tâche au plus vite; à vrai dire, ses collègues prient même pour que ça l'occupe jusqu'à son pot de départ. Curieusement, cela lui convient assez bien aussi: il n'a jamais trop eu l'esprit d'équipe, et il se complaît de plus en plus dans ses beuveries et ses travaux solitaires. Dans ses moments plus sobres, cependant, Fairfax avance méthodiquement, un mégot pendu au coin des lèvres, dans le classement des éléments de l'enquête.

Mon histoire commence un 6 juillet, date anniversaire du crime et jour de canicule. Cela fait un moment que le cerveau de Fairfax n'a pas été sollicité pour tourner à plein régime, mais il y a dans cette affaire quelque chose qui le titille quasiment depuis le début: le sentiment qu'ils sont passés à côté d'une évidence. Alors qu'il contemple son addition au cours d'un déjeuner rafraîchissant et essentiellement liquide au Cerf Blanc, il s'aperçoit soudain que la date du 06/07 sur son ticket peut aussi bien vouloir dire le 6 juillet que le 7 juin, selon que vous commencez par le jour ou le mois. Ça paraît sans doute plus manifeste aujourd'hui qu'à l'époque, quand les Américains étaient encore les seuls à écrire les dates à l'envers. Il abandonne sa troisième pinte sans y avoir presque touché et retourne au bureau. Et en effet, une des hypothèses clés du dossier ne repose en définitive que sur une minuscule pièce à conviction – un reçu – qui n'indique pas la date du 6 juillet mais du 06/07. Les doigts tremblants et jaunis par la nicotine, Fairfax relit toutes les dépositions, cette fois sans tenir compte de cet élément. C'est comme une grille de mots croisés dans laquelle une réponse précédente est fausse, rendant inintelligibles les définitions suivantes.

Maintenant que cette infime méprise a été corrigée, d'autres fragments qui jusque-là paraissaient sans importance trouvent leur place. Assis à son bureau, Fairfax reprend toute l'enquête, à partir des indices dont ils disposaient depuis le début mais avec un nouveau point de départ. À la fin de l'après-midi, il a résolu en un jour ce que l'équipe n'a pas réussi en un an. Je concluais le roman, non par l'arrestation du suspect, ni même par le commissaire de police félicitant Fairfax, mais par ce dernier joyeusement entouré de piles de papiers désordonnés, attendant que l'inspecteur vienne lui demander s'il avait fini de tout ranger.

Le livre faisait moins de cent cinquante pages et, dans la mesure où l'action se déroulait sur une seule journée, il possédait une structure particulièrement satisfaisante. À part le bref aller-retour au pub, on ne sortait pas de cette pièce du commissariat. Je m'étais beaucoup amusé à jouer avec des métaphores récurrentes comme les mots croisés incomplets sur le bureau de Fairfax, et à semer des indices prémonitoires sur la nature ambiguë des dates par le biais de ses études historiques. C'est le seul roman de la série que j'aie vraiment pris du plaisir à écrire, et il est sans doute ironique que ce soit également le seul à être épuisé à ce jour, n'étant pas (à en croire mon éditeur) compatible avec les intrigues trépidantes et la minutie scrupuleuse des enquêtes de police modernes. Au moment où je commençais à écrire mon deuxième Fairfax, j'avais déjà Elsie comme agent et donc une approche plus stricte et plus commerciale de la littérature. Aujourd'hui, je contemple cette boîte de chocolats et elle me paraît vide, à l'exception de deux ou trois bouchées fourrées à la liqueur de café qui sont tout ce qui reste de la dernière couche.

Je crois que Fairfax a perçu mon changement d'attitude et m'en a voulu car il est devenu encore plus introverti et secret. Il a refréné, il faut bien le reconnaître, ses excès d'alcool en public, mais je voyais bien qu'il continuait à boire en douce. La plupart des écrivains pourraient vous parler du phénomène étrange par lequel les personnages qu'ils créent acquièrent une vie propre : Fairfax, comme Elsie, affichait souvent le plus grand mépris pour mes opinions.

C'est dans le deuxième livre de la série, *Un meurtre hautement raffiné*, que je décidai de prêter à Fairfax un intérêt pour l'architecture religieuse. Je savais par avance qu'il aurait des avis tranchés sur la question, mais je ne me doutais pas de l'excentricité qu'ils allaient revêtir. Je découvris bientôt qu'il n'avait aucun goût pour le gothique perpendiculaire, pourtant l'apogée et la gloire du gothique anglais, qu'il qualifiait avec dédain de « style hérissé ». Il méprisait aussi les deux autres périodes du gothique : le curvilinéaire et le primaire. Pour lui, la seule architecture religieuse digne de ce nom était le roman massif, lugubre et caverneux. Même le style transitionnel, avec ses efforts pour s'éloigner du demi-cercle et se rapprocher de l'ogive, il le trouvait décadent et suspect. Quant à Christopher Wren, cet abruti avait complètement déraillé : la cathédrale Saint-Paul de Londres n'était rien d'autre qu'un temple païen qui ne méritait pas d'être considéré comme une église chrétienne[1].

Ayant pris bonne note des préférences de Fairfax, je dotai aussitôt la ville de Buckford d'une cathédrale romane impeccablement conservée, que par la suite il se mit à visiter fréquemment, bien que sans aucune gratitude à mon égard. Quand, bien longtemps après, je dus commencer à dessiner des plans de Buckford, je me rendis compte que, dans *Une seule*

1. Sir Christopher Wren (1632-1723) est l'un des plus grands architectes anglais. Il est connu pour avoir reconstruit 51 églises après le grand incendie de Londres, dont son chef-d'œuvre, la cathédrale Saint-Paul, achevée en 1710. *(NdT.)*

journée d'été, Fairfax avait dû passer deux fois devant la cathédrale sans le moindre coup d'œil ni commentaire. Mais, comme je l'ai déjà mentionné, ce livre est désormais épuisé et personne ne risque de repérer cette étrange anomalie.

La façon dont Fairfax parvient à concilier sa foi chrétienne – très particulière, certes, mais néanmoins sincère – avec ses beuveries secrètes et son insondable pessimisme est une chose qu'il garde profondément enfouie à l'intérieur de son âme de policier et qu'il ne m'a jamais révélée.

Je venais à peine de raccompagner Elsie à la porte lorsque la sonnette retentit de nouveau.

Je me dois d'expliquer que Findon, l'endroit où je vis désormais, bien qu'assez grand pour un village du Sussex, n'est sur la route de rien à part de Worthing. Mes amis londoniens n'avaient pas pour habitude de s'arrêter à l'improviste en allant ou en revenant de quelque part. Il arrivait parfois à Elsie de délaisser son bureau, comme elle l'avait fait cet après-midi-là, pour venir me rendre visite plutôt que l'inverse, mais la plupart du temps c'était moi qui faisais la route jusqu'à Hampstead pour aller la voir. Mes amis de Findon, pour le peu que j'en avais, passaient rarement sans prévenir. Des jours entiers, souvent des semaines, s'écoulaient sans que personne ne sonne à la porte de mon petit appartement dans la résidence de Greypoint House. Ma première réaction fut donc de penser qu'Elsie avait oublié quelque chose, ou que la police revenait me poser quelques questions supplémentaires. Je n'étais pas préparé à trouver celui qui se tenait devant moi.

« Rupert ? » demandai-je, car l'espace d'un instant j'en doutai sincèrement.

La cinquantaine est cruelle pour les hommes vraiment beaux. Je ne suis ni plus ni moins remarquable aujourd'hui que lorsque j'avais 20 ans. Mais pour les « *beautiful people* », la cinquantaine peut réellement être le moment de la disgrâce.

J'avais bien connu Rupert pendant sa jeunesse dorée. Nous étudiions alors la même discipline dans la même université. Nous n'étions pas inséparables ; je m'aperçois d'ailleurs à présent que, bizarrement, nous étions même à peine amis. Mais il avait choisi, pour des raisons que j'ignore, de passer une grande partie de son temps en ma compagnie.

Il était grand, blond, aristocrate et d'une beauté invraisemblable. J'étais grand. Il n'y avait aucune situation, aucun milieu social, aucun emplacement géographique dans lequel Rupert ne parût pas comme un poisson dans l'eau. Moi, je ne me sentais chez moi nulle part, surtout pas quand je l'étais réellement. Peut-être trouvait-il que mon insignifiance faisait ressortir, par contraste, son charme et sa beauté. Si c'était le cas, il ne lui serait jamais venu à l'esprit de ne pas utiliser cela à son avantage, pas plus que de considérer qu'il me devait quoi que ce soit en contrepartie. Je me souviens d'une fois où nous étions au restaurant et où j'avais remercié le serveur pour un petit service qu'il m'avait rendu – peut-être m'avait-il rapporté un couteau propre ou rempli mon verre, je ne sais plus. « Tu n'es pas obligé de le remercier à chaque fois avec cet air servile dégoûtant, m'avait dit Rupert. C'est son boulot, Ethelred, c'est à ça qu'il sert. » Amuser Rupert, l'approvisionner en alcool, le faire se sentir mieux, encore plus beau, voilà à quoi moi, je servais.

J'ai sans doute croisé Rupert pour la première fois lors de la réception donnée à la rentrée par le doyen en l'honneur des étudiants de première année. Mais les grands rassemblements où il ne focalisait pas l'attention n'étaient pas des conditions dans lesquelles Rupert considérait qu'il puisse être apprécié à sa juste valeur. Je ne me souviens pas de lui dans cette fête et il est possible, contrairement à ses us et coutumes, qu'il ait préféré ne pas y aller. Ce dont je me souviens très nettement, en revanche, c'est qu'un ou deux jours plus tard il a débarqué à l'improviste dans ma chambre d'étudiant et, après des présentations minimalistes, s'est affalé instinctivement dans le seul fauteuil sans ressort cassé en déclarant : « En général, vers cette heure-ci, il y a toujours quelqu'un qui m'offre un coup à boire. Peu importe quel alcool, pourvu que ce soit la meilleure qualité. Et si tu ne sais pas quelle est la meilleure qualité, tu n'as qu'à me donner le plus cher. » J'étais en train d'essayer d'écrire une dissertation, je n'avais pas envie d'avoir de la compagnie et j'avais à peine assez d'argent pour ma propre consommation d'alcool, sans parler de celle des autres. Ce soir-là, Rupert me descendit une demi-bouteille de whisky pur malt avant de repartir d'un pas chancelant, certes, mais d'une manière aussi abrupte qu'il était arrivé. Je me rendis compte après coup qu'il avait vomi dans l'escalier en partant, ce que mon concierge mit sur le dos de mon voisin immédiat et qu'il ne lui pardonna jamais tout à fait.

« En général, vers cette heure-ci, il y a toujours quelqu'un qui m'offre un coup à boire. » C'était une phrase typiquement « rupertienne ». Tout comme : « J'ai été ravi de faire ma connaissance. » Certaines personnes – la majorité des gens, à vrai dire – trouvaient Rupert profondément irritant, mais d'autres ne pouvaient s'empêcher de succomber à son charme si particulier. Ce fut mon cas. Ainsi que, par la suite, ma femme, et d'une façon bien plus exhaustive.

Une théorie avait cours, parmi les filles de notre promo, selon laquelle Rupert était homosexuel. Lorsque je leur faisais remarquer qu'il avait d'innombrables petites copines, elles se lançaient des regards entendus et me rétorquaient juste : « Précisément. » Je n'avais pas de petite copine, mais personne n'éprouvait le besoin d'attribuer cela à mes orientations sexuelles.

Geraldine entra d'abord dans ma vie comme l'une des compagnes transitoires de Rupert. Elle avait deux ou trois ans de moins que nous et étudiait à l'époque dans une de ces écoles de secrétariat qui fleurissaient dans l'ombre de l'université. Par certains côtés, Geraldine était le double parfait de Rupert : une blonde énergique aux jambes frisant la perfection, au sourire charmeur et dont les yeux pétillaient d'espièglerie. Elle avait anticipé de plusieurs années la mode de s'habiller en noir que, bien plus tard, tout le monde sembla adopter comme un seul homme. Je ne suis pas en train de suggérer qu'elle était, de quelque manière que ce soit, une *fashion victim*, encore moins une lanceuse de tendances. À dire vrai, elle s'habillait en général de façon très simple, avec un pull ou un col roulé et une jupe juste assez courte pour mettre en valeur ses jambes revêtues de bas noirs. Mais le noir lui allait, et elle savait qu'il lui allait.

Je la croisais de temps en temps, dans la chambre de Rupert, faisant un tour en barque, ou dans des fêtes. Puis elle fut remplacée sans préavis aucun par Victoria, Amanda, Kate, ou que sais-je encore. Après la fac, Rupert et moi travaillions dans des quartiers différents de Londres. Victoria, Amanda ou Kate fut remplacée à son tour par Elizabeth, une fille charmante, sensée, mais à part ça assez quelconque, qui faisait des études d'infirmière et semblait avoir peu de chances d'intéresser Rupert très longtemps. La seule raison que j'avais de repenser à Geraldine était qu'elle m'avait emprunté un billet de dix livres que, visiblement, elle n'avait aucune intention de me rendre. Rupert finit par épouser la charmante Elizabeth. Je ne fus que modérément vexé de ne pas être choisi comme témoin.

Ce fut quelque temps après que Geraldine réapparut ; pas pour me rendre mes dix livres, ni dans l'immédiat ni à aucun autre moment par la suite, mais pour m'inviter à dîner. Elle se fendit de quelques commentaires polis sur mon dernier livre (j'étais devenu un vrai écrivain entre-temps, pas juste un biographe de pingouins) avant de me demander, comme si elle y avait pensé après coup, si je n'avais pas par hasard la nouvelle adresse de Rupert et de Machinette. Au dîner (nous étions une douzaine entassés dans son minuscule appartement), Rupert était assis à côté de Geraldine. Elizabeth et moi étions à l'autre bout de la pièce ; Geraldine ne nous adressa tout au plus que trois phrases pendant la soirée. Mais le lendemain, elle me surprit en me téléphonant pour me proposer un week-end dans le Kent...

avec Rupert et Machinette si elle arrivait à les convaincre de venir. Est-ce que je ne voulais pas en parler à Rupert ? J'en parlai à Rupert, qui me répondit aussitôt qu'ils étaient justement libres ce week-end-là. Sa réaction enthousiaste me parut un peu étrange sur le moment, mais pas rétrospectivement, bien entendu.

Si je vous disais que Geraldine m'a épousé pour se rapprocher de Rupert, il est peu probable que vous me croyiez, mais avec le recul je ne parviens toujours pas à trouver de meilleure explication. Le seul argument de poids contre cette théorie est que Geraldine n'a jamais été capable d'anticiper suffisamment ses coups pour manigancer un projet à aussi long terme. Certes, il est possible qu'elle ait vu en moi quelque chose que je n'ai jamais pu y voir moi-même. En tout cas les premiers temps. Si c'est le cas, je n'ai toujours aucune idée de ce dont il pouvait s'agir, et je regrette parfois de ne pas le lui avoir demandé. Cette information aurait peut-être pu m'aider dans les années moroses qui ont suivi.

Elizabeth me confia plus tard qu'elle avait vu clair dès le début dans le jeu de Geraldine. Si c'est vrai, il paraît alors difficile de comprendre pourquoi elle l'a laissée lui piquer son mari aussi facilement. Quant à moi, je n'ai vu clair dans le jeu de Geraldine que le jour où elle est partie en me laissant un petit mot appuyé contre la salière sur la table de la cuisine.

« Je peux entrer ? me demanda Rupert, en esquissant maladroitement son sourire d'antan. J'aurais peut-être dû te téléphoner avant, mais je n'étais pas sûr que tu acceptes de me voir. C'est assez important, en fait. »

Une fois à l'intérieur, Rupert resta planté au milieu de la pièce, se frottant les mains d'un air hésitant, son demi-sourire à présent figé sur son visage. Curieusement, il semblait plus petit que lors de notre dernière rencontre. Sa peau, autrefois parfaite, était désormais ridée autour de la bouche et des yeux. Ses cheveux blonds étaient un peu trop longs et suspicieusement clairsemés. Ses gestes, d'habitude langoureux et urbains, paraissaient désormais brouillons. Je compris pour la première fois pourquoi Elsie disait de lui qu'il était « mollasson ». Mais surtout, il avait l'air vieux et usé.

« Tu n'aurais pas un petit remontant, par hasard, mon cher ?

– Je crois qu'il y a toujours quelqu'un pour t'offrir un coup à boire, vers cette heure-ci, non ? »

Cette fois, il eut un vrai sourire, saisissant mon allusion aux débuts de notre amitié.

« Un whisky ? proposai-je.

– J'en veux bien un fond, si ce n'est pas trop te demander. Je peux m'asseoir ? »

Il marqua une pause embarrassée, attendant la confirmation que mon hospitalité incluait le droit à la position assise.

Je lui offris le fauteuil le plus confortable et lui servis un généreux verre de whisky pur malt. Je pouvais désormais (à peine) me le payer, et je n'avais plus aucune raison de lui en vouloir. Même au moment du divorce, je crois que c'est surtout Elizabeth – et, allez savoir pourquoi, Elsie – qui s'était offusquée de le voir briser ainsi deux mariages à la fois. À présent, avec dix années de plus et délaissé à son tour par Geraldine, Rupert n'était plus quelqu'un que je pouvais haïr, même si cet aveu m'aurait sans doute fait perdre des points dans l'estime d'Elsie.

« Tout ça est très gênant, commença-t-il. Vraiment très gênant. »

Il jouait avec son gros verre en cristal taillé, une des rares épaves que j'avais réussi à sauver du naufrage de mon mariage. Il fit d'abord pencher le liquide d'un côté, puis de l'autre, observant l'effet produit avec curiosité. Ayant rapidement épuisé les différentes façons de faire pencher un whisky, il fut bien obligé d'en venir au but.

« Tu sais que Geraldine s'est fait la malle ? »

Je n'avais pas envie de parler de ça avec Rupert mais je me rendis compte que, pour toutes sortes de raisons, je n'avais pas vraiment le choix. Si j'avais eu la présence d'esprit de me servir un verre à moi aussi, j'aurais pu lui faire le coup du whisky penché, au lieu de quoi je me contentai de répondre :

« C'est ce que pense Elsie. La police a plutôt l'air de privilégier la thèse du suicide. Des problèmes d'argent, peut-être.

– Mais ça ne ressemble pas du tout à Geraldine, tu ne trouves pas ? » me rétorqua-t-il avec un empressement anxieux dont n'aurait jamais fait preuve l'ancien Rupert.

Il fronça les sourcils, comme s'il s'efforçait d'y comprendre quelque chose.

« Les gens comme Geraldine continuent leur bonhomme de chemin en bousillant la vie de tous ceux qu'ils croisent, sans que ça leur fasse ni chaud ni froid. Même à supposer qu'elle ait eu des problèmes d'argent, je doute que ça ait pu la pousser au suicide.

– Oh ! tu sais, avec elle, il faut s'attendre à tout. Personne ne pouvait jamais prédire ce qu'elle tramait. »

Rupert acquiesça, mais il avait le regard absent.

« Tu sais la première chose à laquelle j'ai pensé quand on m'a dit qu'elle avait disparu en laissant cette lettre bizarre ? Je me suis dit qu'Elizabeth l'avait zigouillée en maquillant son crime en suicide. Elle menaçait régulièrement de liquider Geraldine, à l'époque.

– Tu es sérieux ?

– Non, non, je n'y crois pas vraiment. Ça fait un moment qu'elle n'a pas envoyé de menaces de mort détaillées à Geraldine. Je veux dire, avec le lieu, la date, et l'ordre dans lequel elle allait la découper à la tronçonneuse. Et puis, de toute façon, elle n'a plus de raison de s'en prendre à elle, maintenant qu'on n'est plus ensemble, Geraldine et moi. Tu es au courant qu'on s'est séparés, j'imagine ?

– Oui. »

Il hocha de nouveau la tête. Contrairement à Elsie, il n'avait pas l'air de se demander comment je l'avais appris.

« Ensuite, poursuivit-il, Elizabeth s'est remariée et a déménagé dans l'Essex, ou un coin paumé du même genre. Tu peux m'expliquer pourquoi les gens vont vivre dans l'Essex, sérieusement ? Elle a des gosses, maintenant. Ça ne peut pas être elle. Mais ce n'est pas un suicide non plus. Ce qui veut dire que Geraldine est vivante quelque part. Il faut qu'on la retrouve, Ethelred.

– *On* ? »

Rupert avala cul sec le reste de son whisky.

« C'est vrai, tu as raison, ce n'est plus ton problème. D'ailleurs, ça ne devrait pas être le mien non plus maintenant qu'on est... enfin, tu vois... Mais on avait des affaires en cours qui faisaient qu'on était plus ou moins obligés de rester en contact, bon gré mal gré. »

Il me regarda dans les yeux et changea brusquement de tactique.

« Écoute, je suis vraiment désolé de t'embêter avec ça. Je n'aurais pas dû venir. Je comprendrais très bien que tu m'en veuilles encore à mort. »

Je ne répondis rien, me contentant de lui resservir une rasade de whisky.

« À ta place je m'en voudrais à mort, reprit Rupert. Je t'ai quand même piqué ta femme. »

Et voilà, il ne pouvait pas s'empêcher de me rappeler cet épisode douloureux de mon passé. Bien que ma mémoire se détériorât avec l'âge, il était peu probable, à priori, que j'aie pu oublier que mon meilleur ami s'était tiré avec ma femme.

« Tu m'as piqué la seule femme que j'aie jamais aimée, si on ne compte pas ma maîtresse de primaire, précisai-je. Et peut-être bien la seule qui m'ait jamais aimé. À part ma mère, à la limite, et encore, elle était assez évasive sur ce point.

– La seule femme qui t'ait jamais aimé ? C'est pire », constata Rupert en secouant doucement la tête.

Je connaissais Rupert, et je connaissais le whisky. Malgré ses longues années de pratique, il ne tenait pas terriblement bien l'alcool. Le premier verre était en train de se diluer dans son système sanguin. Bientôt, il allait commencer à s'apitoyer sur son sort. Encore quelques verres et il pleurerait sur mon épaule. À supposer que je le supporte jusque-là et que je l'approvisionne suffisamment en boisson. Ce dont je n'avais aucunement l'intention.

« C'est bien pire, répéta-t-il en agitant l'index dans ma direction comme s'il tenait absolument à me persuader de la justesse de son analyse. Je suis un vrai salaud. Si j'étais toi, je serais là à me regarder en pensant "connard". »

Il écarta une fine mèche blonde qui s'était égarée sur son front et lui tombait dans les yeux.

Pour être exact, je pensais en fait « pauvre connard », mais je m'abstins de le mentionner. Je me demandais aussi s'il n'avait plus les moyens de se payer le coiffeur, ce que je gardai également pour moi.

« Vu que tu n'es pas moi, fis-je remarquer, tu ne peux pas savoir ce que je suis censé ressentir. Contrairement à Elizabeth, je n'ai jamais envoyé de menaces de mort, il me semble.

– Vraiment sympa de ta part, vieille branche. Vraiment chic, si je peux me permettre. »

Vraiment chic. Je m'étonnais souvent des expressions qu'employait Rupert. Beaucoup étaient des poses facétieuses qu'il avait adoptées dans sa jeunesse et dont il semblait n'avoir jamais réussi à se débarrasser. Pourtant, même dans ce passé lointain qui constituait notre jeunesse, personne de notre âge ne disait « c'est chic » ni « vieille branche »... à part peut-être dans les cercles huppés dont Rupert était apparemment issu.

« Mais je ne suis pas sûr d'être assez *chic* pour consacrer du temps à essayer de retrouver Geraldine », rétorquai-je, avec juste ce qu'il fallait d'emphase sur le mot « chic ».

Je pouvais bien me permettre quelques sarcasmes, il n'aurait d'autre choix que de les supporter.

« Laisse-moi au moins t'expliquer pourquoi je dois la retrouver, insista Rupert en fixant un point sur la moquette à environ deux mètres de ses pieds.

– Je t'écoute.

– Tu sais comment Geraldine avait toujours des projets farfelus ? Eh bien, juste avant qu'on se sépare, elle en avait imaginé un particulièrement redoutable. Elle avait entendu dire qu'il était question de construire une nouvelle ligne de métro dans l'East End de Londres. Elle voulait donc acheter des maisons à Hackney, les rénover et les revendre lorsque le métro serait annoncé et que les prix auraient flambé.

– Et ils n'ont pas flambé ?

– Si, si, enfin j'imagine. Tout augmente dans cette foutue ville, et tout le monde s'en met plein les poches à part moi. En revanche, rien n'indique vraiment que Geraldine ait effectivement acheté les maisons qu'elle devait. Une ou deux fois, je lui ai fait remarquer qu'elle avait l'argent entre les mains et qu'on allait rater le coche, sans parler des dépenses qu'elle accumulait, mais elle disait qu'elle avait encore besoin de lever des fonds.

– Dommage pour elle.

– Pas pour elle. Tu connais Geraldine. C'était mon argent qu'elle comptait investir. Et sans doute celui d'autres personnes. Je crois que sa sœur aussi avait donné.

– Combien ?

– Je ne sais pas pour les autres, mais pour moi deux cent mille. Toutes mes économies, et même un peu plus. Bizarrement, quand on s'est séparés, mon premier réflexe n'a pas été de vouloir récupérer ma mise. Au contraire, j'avais même peur qu'elle m'exclue du projet. C'est plus tard que les doutes sont apparus.

– Mais elle n'a pas pu perdre grand-chose si elle n'a rien acheté. Tu devrais pouvoir quasiment tout récupérer.

– Seulement si j'arrive à mettre la main sur Geraldine. Parce que si elle s'est fait la malle, c'est avec mon fric. »

Deux cent mille livres, ça faisait un paquet d'argent pour moi, mais je n'étais qu'un pauvre écrivain sans le sou. Je m'efforçai de calculer ce que Rupert devait gagner désormais. Je me souvenais vaguement qu'il était consultant en recherche de financement, ce qui pouvait aussi bien rapporter beaucoup que rien du tout. En l'observant, je finis par déduire que c'était sans doute plus proche de rien du tout et que la perte d'une telle somme (dont il avait peut-être hérité) n'était en effet pas une mince affaire. Et apparemment, il comptait sur moi pour l'aider. Dans ces circonstances, les choses ne s'annonçaient pas formidablement pour lui.

« Je ne vois pas bien comment je pourrais t'aider, assénai-je un peu brutalement. Je n'ai pas la moindre idée de l'endroit où elle peut être.

– Merde. Je ne sais pas pourquoi, mais j'étais sûr que tu le saurais.

– Pourquoi ça ?

– C'est juste... »

Il s'interrompit et me jeta un regard qu'on ne saurait qualifier que d'étrange.

« Je me disais juste que tu devais le savoir. Tu vois... »

Il hésita de nouveau, comme s'il était sur le point de me faire une confidence mais qu'il s'était soudain ravisé.

« Non, rien, excuse-moi, je ne sais pas pourquoi j'ai cru ça. C'est idiot.

– Parfaitement idiot », acquiesçai-je.

Le dernier fragment de la colonne vertébrale de Rupert sembla s'affaisser. Sa tête plongea en avant et, l'espace d'un instant, je crus qu'il allait se mettre à pleurer. En fait, il laissa simplement échapper un profond soupir avant de se redresser.

« Le problème, reprit-il, c'est que tu ne peux jamais lui dire non. Elle te rentre dans la peau et, une fois qu'elle y est, il n'y a plus moyen de la déloger. Un peu comme le palu. Regarde, même toi, tu as encore sa photo sur cette table. »

Nous tournâmes la tête en même temps pour contempler un cliché légèrement jauni de Geraldine jeune, avec ses yeux bleus, ses cheveux blonds courts et un sourire de la plus pure cruauté. Quand l'avais-je pris ? Pendant le voyage dans le Kent, alors que je la connaissais à peine mais que j'étais déjà en train de la perdre ?

« Je pensais qu'un auteur de romans policiers mourrait d'envie d'enquêter sur une énigme comme celle-là, poursuivit Rupert, qui visiblement partageait au moins une des illusions d'Elsie.

– Non, dis-je. C'est une erreur très répandue que de croire que les auteurs de polars ont la moindre idée de la façon dont on résout une véritable énigme. D'ailleurs, à l'inverse, la plupart des inspecteurs de police seraient bien incapables d'écrire un best-seller. Dans ce cas-là comme dans bien d'autres, il vaut mieux laisser ça aux professionnels. Je ne suis qu'un écrivain, rien de plus.

– Geraldine me disait toujours que tu ne vivais que pour tes bouquins. Elle t'avait même trouvé un surnom.

– Je sais, coupai-je. "L'embrouilleur". Parce que j'ai pour marque de fabrique de brouiller les pistes, paraît-il. Ça avait l'air de beaucoup l'amuser. Moi pas.

– Elle n'a jamais eu tellement d'égards pour les sentiments des autres », soupira Rupert avec mélancolie.

Dans son cadre photo, Geraldine nous souriait au passé, semblant nous défier de deviner ce qu'elle avait derrière la tête.

Il devait être aux alentours de dix heures quand Rupert se décida enfin à admettre que je ne pourrais rien pour lui et à partir, ce qui signifie par conséquent qu'il devait être autour de dix heures et quart lorsque le téléphone sonna.

« Est-ce que cette salope de menteuse est avec toi ? »

Il aurait sans doute été plus charitable d'au moins prendre la peine de demander à qui mon interlocutrice faisait référence, mais je me contentai de répondre :

« Non, Geraldine n'est pas là.

– Bon, eh bien quand elle se pointera, dis-lui simplement que je ne suis pas dupe une seconde de cette histoire de voiture abandonnée sur la plage. Je veux récupérer mon fric, et fissa.

– Je vois... » commençai-je, mais la personne au bout du fil avait déjà raccroché, me laissant le soin de reconnaître sa voix.

Charlotte, évidemment, la sœur de Geraldine et son ancienne associée. Apparemment, elle n'avait pas connu un meilleur sort que Rupert. Je ne pouvais que spéculer sur la somme que Geraldine était parvenue à lui extorquer. Charlotte n'était pas tombée de la dernière pluie, et la trahison dont elle était victime ne devait lui en paraître que plus amère.

La probabilité que Geraldine soit vivante et qu'elle ait réussi à se volatiliser avec les économies d'un certain nombre de gens devenait si forte que le coup de téléphone suivant constitua un rebondissement pour le moins inattendu.

« Bonsoir, monsieur. Ici l'inspecteur Cooke. Je suis désolé de vous déranger à une heure si tardive, mais nous avons retrouvé un corps. Nous voudrions savoir si vous pourriez venir l'identifier. »

4

Il n'y a sans doute qu'à notre époque qu'un homme peut atteindre tranquillement la cinquantaine sans jamais avoir été confronté à un mort en chair et en ossements.

J'avais bien entendu vu mon lot de cadavres : le Vietnam, le Cambodge, le Rwanda, l'Afrique du Sud, la Bosnie, m'avaient soir après soir fourni une procession de corps, plus ou moins mutilés selon les penchants du vainqueur, sur mon écran de télévision. Mais point de tête-à-tête avec un vrai cadavre. De nos jours, tout concourt à séparer les vivants et les morts.

Lorsque mon père a rendu l'âme, j'avais quitté la maison pour aller faire mes études. Et chez les Tressider, nous ne sommes pas du genre à laisser traîner les cadavres à l'air libre pendant des jours. Le temps que je rentre, mon père était soigneusement mis en boîte, prêt pour un enlèvement en bonne et due forme.

Quand, quelques années plus tard, ce fut au tour de ma mère de passer l'arme à gauche, heureuse et prématurément sénile dans un hôpital de Poole, ils mirent un temps fou à me joindre et je découvris en arrivant qu'ils l'avaient déjà transportée à la morgue. Un jeune homme grassouillet et mielleux au visage lisse et rose me demanda si je souhaitais voir le corps de ma mère. Je dus hésiter un instant car il s'empressa d'ajouter :

« La plupart des gens n'y tiennent pas. Ça peut être très éprouvant. »

Il s'adressait plutôt à ses pieds qu'à moi mais, dans la mesure où ses pieds ne risquaient pas d'être éprouvés, je répondis à leur place.

« La plupart des gens n'y tiennent pas ?

– Pas dans ces circonstances. »

Je me demandai ce qu'il entendait par là. Je me souvins alors que ma mère avait, des années plus tôt, accepté de donner diverses parties de son corps pour des greffes ou bien la recherche, selon ce que les médecins jugeraient bon, dans leur grande sagesse. Peut-être voulait-il dire qu'il ne restait plus grand-chose de reconnaissable. Serait-il de mauvais goût de m'informer sur les organes qu'ils avaient prélevés ? Le cœur ? Les poumons ? Les reins ? Les yeux ? Un assortiment ?

« Si vous le dites, répondis-je, gêné.

– C'est une sage décision », commenta-t-il, félicitant ses pieds à voix basse.

Je m'aperçus plus tard, ingrat que je suis, qu'à l'âge avancé de ma mère, elle n'avait sans doute plus rien à offrir même au plus désespéré des malades en attente de greffe. Ou peut-être que l'étiquette moderne voulait tout simplement qu'on ne montre pas le corps d'un mort. Ou bien le jeune homme avait-il la flemme de me guider dans les couloirs jusqu'à la morgue après une rude journée de travail. Mais cette pensée tout aussi ingrate ne me vint que beaucoup plus tard.

« Vous allez devoir signer quelques papiers », ajouta-t-il.

Il me conduisit – après un tout petit bout de couloir – jusqu'à un bureau mal rangé où je remplis les formulaires nécessaires, ratant ainsi ma deuxième chance de voir un cadavre. Et voilà qu'à la cinquantaine bien tassée on m'offrait un nouveau rendez-vous avec la mort, sauf que cette fois-ci je n'étais pas sûr d'en avoir envie. Je ne voyais cependant aucun moyen de me défiler. Après un long couloir inexorable, on me fit pénétrer dans une pièce tout en carrelage immaculé et inox étincelant. Au milieu se trouvait une table, et sur cette table une forme enveloppée d'un linceul, provisoirement identifiée comme le corps de mon ex-femme.

Peut-être était-ce dû aux deux ratages précédents, mais à l'instant où le drap fut enfin soulevé pour révéler une tête et des épaules, je ressentis un étrange soulagement.

Le visage que je vis, incroyablement familier et étranger à la fois, était celui d'une femme d'une quarantaine d'années aux cheveux blonds courts. La malice que son sourire avait pu revêtir de son vivant était remplacée par une étonnante sérénité. Penché par-dessus mon épaule, l'inspecteur Fairfax attira mon attention sur le fait que les cheveux avaient été teints récemment : la couleur était d'une uniformité peu naturelle, et on ne voyait pas apparaître de racines foncées. Il semblait également que la coupe ne datait que de quelques jours. Le visage était soigneusement maquillé : paupières fardées, lèvres écarlates. La veste rouge, dont le haut dépassait du drap vert, paraissait neuve malgré quelques éclaboussures de boue. Si c'était bel et bien un suicide, elle avait tenu à faire un cadavre élégant.

« Nous avons tout de suite pensé qu'il s'agissait de votre épouse, déclara le jeune policier qui m'avait accompagné. Mais nous avons besoin de le confirmer par une identification formelle.

– Je vois, rétorquai-je.

– Donc vous êtes en mesure d'identifier le corps, monsieur ? »

L'espace d'un instant – mais d'un instant seulement –, je fus tenté de dire : « Monsieur l'agent, je n'ai jamais vu cette femme de ma vie », ne serait-ce que pour voir la mine consternée du flic. Mais je ne suis pas du genre à jouer des mauvais tours aux gens. Ça, c'était plutôt le fort de Geraldine.

« Je crois comprendre que ça fait un moment... » commença-t-il, apparemment plus pour combler le silence qu'autre chose.

Dans cet endroit, il semblait y avoir une réserve inépuisable de silence à combler.

« Je reconnaîtrais ma femme entre mille, déclarai-je avec assurance.

– Vous en êtes sûr ?

– Absolument. »

Le jeune policier laissa échapper un soupir de soulagement.

« Nous vous sommes très reconnaissants d'avoir bien voulu identifier le corps, monsieur. J'ai bien conscience que votre femme et vous étiez divorcés depuis un moment. Nous aurions pu demander à sa sœur, mais elle n'habite pas dans le coin et ç'aurait sans doute été assez…

– Perturbant ?

– Voilà, c'est ça. Très perturbant.

– C'est fort attentionné de votre part. À quel endroit le corps a-t-il été découvert ?

– Au fort de Cissbury.

– Cissbury ?

– Tout près de chez vous, il me semble, non ?

– À quinze minutes à pied. Vingt, peut-être. »

Il me regarda d'un air étrange. Je voyais bien où il voulait en venir. Le cercle se resserrait autour de moi.

« On l'a retrouvée aujourd'hui, en fin d'après-midi. Un homme qui promenait son chien », ajouta-t-il.

Maintenant qu'il tenait son identification officielle, le vrai travail de la soirée semblait terminé et il se montrait soudain beaucoup plus liant.

« Elle était cachée dans un bosquet d'ajoncs, dans une des anciennes carrières de silex. *Étranglée* », précisa-t-il en appuyant particulièrement sur le mot.

Fairfax me fit remarquer que je n'avais pourtant pas relevé la moindre trace d'hématome autour du cou.

« Étranglée, répétai-je. Et…

– Non, non, seulement étranglée. On a retrouvé le corps de votre femme entièrement vêtu. Assez chèrement vêtu, d'ailleurs, pour peu que je puisse en juger. De l'italien, en tout cas. Mais ni sac à main, ni portefeuille, ni bijoux, ni permis de conduire. Juste une chaussure, pour l'instant : talon aiguille, italienne aussi, rouge aussi. Au vu des effets manquants, pour le moment nous privilégions la piste du vol. »

À moins que quelqu'un n'ait voulu faire disparaître tout ce qui aurait pu servir à l'identifier, songeai-je.

« L'assassin a tout pris, si je comprends bien.

– Nous n'avons retrouvé qu'un seul objet dans les parages, bien qu'il soit difficile de savoir s'il appartenait ou non à votre femme, expliqua le policier. Un livre de poche en piteux état, intitulé *Faute professionnelle*. Un roman à l'eau de rose d'une certaine…

– Amanda Collins, complétai-je.

– Ça alors, c'est drôle que vous connaissiez ! s'exclama-t-il, visiblement impressionné.

– Vous y apprendrez que le héros, le professeur Colin Cream, est finalement blanchi par l'ordre des médecins et finit par épouser la fidèle et dévouée infirmière. Je le sais pour la bonne raison que j'en suis l'auteur. Amanda Collins n'est qu'un pseudonyme », dis-je en souriant avec modestie.

Cette fois, il ne sembla pas impressionné pour deux sous. Le fait que je sois Amanda Collins m'ôtait à ses yeux tout le mérite d'avoir su nommer l'auteur de *Faute professionnelle*. Fort heureusement, j'ai appris depuis bien longtemps à me passer des louanges et de l'admiration des gens.

« Votre femme était amatrice de romans à l'eau de rose, c'est ça ? me demanda-t-il.

– Euh… non, pas que je sache. »

Nous nous retournâmes tous les deux pour contempler le corps : dépouille anonyme trouvée par un chien encore quelques instants plus tôt, à présent identifiée comme Geraldine Tressider. Une vraie personne, avec une identité unique, un compte en banque, un numéro de Sécurité sociale, un ex-mari (même si en l'occurrence elle n'avait plus de cartes de crédit, de passeport, ni de permis de conduire, de toute façon elle n'en aurait probablement plus l'usage). J'avais envie de lui caresser le front pour tenter d'effacer la douleur comme on l'aurait fait, j'imagine, avec un enfant malade. Mais, bien entendu, je ne fis rien de tel. On n'est pas comme ça, chez les Tressider.

« À quand remonte la mort, selon vous ? demandai-je.

– Il va falloir attendre le rapport d'autopsie, mais sans doute à deux jours. Ce qui correspond bien au moment où elle a laissé la voiture à West Wittering. »

Ou, pour le dire autrement, au moment où j'étais en France.

« Parfait, répondis-je.

– Parfait ?

– Enfin, je veux dire, j'imagine que c'est tout pour l'instant.

– Encore juste une ou deux questions, monsieur, répliqua le policier. Mais pas ici », fit-il en désignant le corps d'un hochement de menton.

Je doutais qu'elle puisse nous entendre ou nous interrompre, mais il continuait à m'appeler « monsieur » et j'imaginais que je n'aurais pas trop de mal à répondre à son interrogatoire. Je le laissai donc me guider hors de cette pièce rutilante et le long du couloir pour regagner le monde des vivants.

« Un homme qui promenait son chien » : l'expression me trotta dans la tête pendant tout le retour en taxi jusqu'à Greypoint House. Chaque fois que j'y pense, une image très nette se présente à moi. L'homme est vêtu d'une veste en tweed, de jodhpurs et de grosses chaussures de marche. Il a une petite moustache soigneusement taillée, et peut-être même une casquette. Le chien est plutôt gros, un setter-gordon ou un pointer anglais. Il gambade joyeusement en agitant la queue, les oreilles pendouillant bêtement, puis soudain il plonge dans un bosquet et se met à aboyer comme un fou. L'homme fronce les sourcils et appelle son chien : « Jess ! Viens ici ! » Sans résultat. « Ici, Jess ! »

Il fait demi-tour et se dirige d'un pas déterminé vers le bosquet, sans se douter de ce qui l'y attend.

Pour être honnête, moi aussi, à ce stade, j'étais loin d'imaginer la suite.

5

Mon père a passé sa vie à peaufiner sa stratégie de l'échec.

J'imagine que, dans sa jeunesse, il devait avoir eu pour ambition d'obtenir une chaire de littérature anglaise à Oxford ou Cambridge. Le temps que je sois suffisamment grand pour le considérer comme porteur d'ambitions quelconques, il les avait déjà considérablement revues à la baisse en ne visant plus qu'un poste de simple professeur dans l'une des nouvelles universités qui fleurissaient à l'époque. Il demeurait cependant confronté au problème qui voulait que, même pour décrocher l'une de ces fréquentes affectations, il devait avoir publié. Sauf qu'aucune revue digne de ce nom n'était susceptible de publier ses travaux, à moins qu'il ne soit titulaire d'un poste universitaire ou de toute autre forme de légitimité. En attendant de trouver une façon de résoudre l'équation, il enseignait l'anglais dans un lycée public du coin.

Là, il réduisit à néant les chances de nombreux candidats au bac en insistant pour que tous ses élèves maîtrisent le *Beowulf* sur le bout des doigts avant qu'il n'envisage de leur faire découvrir d'autres textes qui, détail insignifiant, étaient, eux, inscrits au programme. Il est même surprenant que l'établissement ait toléré aussi longtemps ses excentricités. Il leur fallut quatre ou cinq ans pour le reléguer aux plus petites classes, où l'on pensait qu'il ne pourrait causer de dégâts significatifs sur d'aussi jeunes esprits. Pourtant, des générations de sixième et de cinquième durent encore endurer, perplexes, des poèmes en vieil anglais comme *Widsith*, *La Complainte de Deor*, *La Ruine*, *L'Errant* et *La Bataille de Maldon* en guise d'introduction aux cours d'anglais du secondaire.

Je le revois encore clairement (car, le temps d'un trimestre épouvantable, j'ai été dans sa classe), sa haute silhouette perchée en équilibre précaire sur le rebord de son bureau, ses lunettes posées de façon tout aussi précaire sur le bout du nez, tenant un livre avec raideur et déclamant des vers.

J'ai côtoyé les Francs, les Frisons et les Frumtings,
J'ai connu les Ruges, les Gloms et les Romains.

C'est précisément à cause de ces deux vers que mon père finit par hériter du surnom de « Glom », ce qui, tout bien considéré, fut sans doute l'une des conséquences les plus positives de ses lectures à voix haute. Le nom lui allait plutôt bien et, si ses élèves l'avaient réellement détesté, ils auraient pu sans peine lui trouver un surnom bien plus rosse.

Parfois, en dernier recours, il se risquait à réciter une ou deux devinettes saxonnes en espérant que leurs maladroits doubles sens parleraient à notre humour adolescent.

« "Contre sa cuisse se balance un objet miraculeux ! Il pend sous sa ceinture, perdu dans les plis de ses vêtements, dur et raide, l'extrémité percée d'un trou." Alors, Thompson, qu'est-ce que ça peut être, à votre avis, hein ? »

Il balayait alors la classe de son doux regard bleu, nous suppliant désespérément d'apprécier la blague. Mais si les élèves étaient souvent pris de fous rires incontrôlables pendant ses lectures de poèmes épiques ou d'odes amoureuses, les tentatives d'humour de mon père les plongeaient invariablement dans un silence horrifié et gêné.

L'avoir pour prof d'anglais était néanmoins mille fois préférable au fait de devoir l'accompagner à un match de foot. L'annonce que la partie devait être arbitrée par lui était systématiquement accueillie chez les équipes concernées par des grognements appuyés et des regards compatissants dans ma direction. L'attitude de mon père à l'égard du football était la suivante: c'était une activité d'une singulière insignifiance et par conséquent il importait peu qu'il en suive les règles à la lettre. Je pense qu'il avait en réalité une bien meilleure connaissance des règles que n'importe lequel d'entre nous (il possédait en tout cas une collection de livres sur le sujet), mais il semblait prendre un certain plaisir à accorder les coups francs ou à refuser les penaltys avec le plus grand arbitraire. Son refus de voir que, en tout cas pour nous, chaque match comptait énormément, était chez lui ce qui se rapprochait le plus d'une forme de cruauté délibérée. Mais le temps passé sur un terrain de sport boueux était à ses yeux un temps irrémédiablement perdu et il ne se serait jamais abaissé à reconnaître le contraire.

Il me répétait souvent que s'il parvenait à transmettre à un seul élève l'amour de la poésie anglo-saxonne, alors il n'aurait pas totalement raté sa vie. Il n'est même pas sûr cependant qu'il ait réussi à atteindre ce modeste objectif. Quand je fus en âge d'aller à l'université, je choisis de faire des études de géographie, même si je préférais aussi bien l'histoire que l'anglais, pour la simple raison que la géographie était une matière sans aucun lien avec les Saxons, les Angles, les Jutes ou les Gloms.

Mais à ce moment-là, mon père avait déjà découvert que le whisky pouvait être un excellent substitut à l'ambition, ou à la vie en général. Je ne crois pas qu'il se soit jamais aperçu de ma trahison, ni d'ailleurs du fait que j'avais quitté la maison.

Plus tard, lorsque j'eus acquis une certaine célébrité grâce à mes romans policiers, les gens me demandaient souvent si le personnage pessimiste et introspectif de l'inspecteur Fairfax était inspiré de quelqu'un que je connaissais. Je répondais toujours que non. Bien que mon père ait eu de bonnes raisons de voir la vie du côté sombre, il a toujours fait preuve d'un incurable optimisme, jusqu'au jour où il s'est suicidé.

« On pourrait penser qu'un pub digne de ce nom aurait au moins du cacao instantané. »

Elsie apporta à notre table une pinte de bière pour moi et une limonade pour elle. Son vice n'était pas l'alcool, mais le chocolat.

Je plaçai mon verre sur un sous-bock, seul îlot de sec sur une table en chêne largement arrosée par ses occupants précédents. Elsie posa bruyamment le sien sans se préoccuper de la flaque de bière dans laquelle il nageait. Elle portait ce midi-là une sorte de turban et un long vêtement flottant auquel j'aurais du mal à donner un nom précis, bien que je ne doute pas qu'il fût à la pointe de la mode. Elsie était une petite femme rondouillette qui persistait à s'habiller comme si elle était grande et svelte. Curieuse vanité pour quelqu'un qui en était dans l'ensemble entièrement dépourvu.

« Alors, ils t'ont cuisiné, hein ? me lança-t-elle en déplaçant in extremis la manche de sa tunique pour la sauver de la noyade. Ils ont pris tes empreintes ? Ne fais pas ta mijaurée, je veux entendre tous les petits détails humiliants.

– Les empreintes, oui, une précaution d'usage. Mais on ne peut pas dire qu'ils m'aient cuisiné, Elsie, loin de là. Il est clair que je ne fais absolument pas partie des suspects. En plus de l'identification du corps, ils ont seulement voulu que je leur confirme mon emploi du temps des quatre derniers jours.

– Et ?

– Tu le sais très bien. J'étais en France jusqu'à la veille du jour où ils ont retrouvé le corps.

– Donc, si je comprends bien, on nous demande de croire que ta femme…

– Ex-femme.

– … est venue en voiture jusqu'à West Wittering avec l'intention soit de simuler un suicide, soit de se tuer pour de vrai. Qu'ensuite elle s'est mise à marcher, sapée comme une pute, et qu'elle est tombée par hasard sur l'Étrangleur de Cissbury en sortant du parking. C'est ça, la thèse des flics, ou quoi ?

– Les probabilités auraient plutôt tendance à faire pencher la balance pour "ou quoi" », répondis-je.

Les gens qui venaient se promener à West Wittering portaient des shorts et des tee-shirts en été, des cirés et des bottes en caoutchouc l'hiver. Tant qu'il ne neigeait pas, ils trimballaient des glacières, des seaux et des pelles. De préférence, ils avaient un chien. En inspectant le corps, j'avais d'ailleurs trouvé qu'il aurait été parfaitement incongru pour Geraldine, ou n'importe qui d'autre, de quitter le parking de la plage de West Wittering vêtue d'une veste et d'une jupe rouges et de chaussures à talons assorties. On l'aurait forcément remarquée alors qu'elle redescendait la longue route toute droite qui menait au village, silhouette rouge, italienne et désespérément sans chien dans un univers de verts et de marrons anglais. Pourtant, apparemment, personne ne s'était encore présenté à la police pour signaler une telle apparition.

« Alors, reprit Elsie, est-ce qu'elle aurait été tuée ailleurs et sa voiture abandonnée à West Wittering avec un mot écrit par l'assassin ?

– Possible.

– Mais le mot était sur son papier à lettres. Ce qui signifie que le tueur devait la connaître assez bien pour au moins pouvoir s'en procurer une feuille.

– Peut-être que le papier était déjà dans la voiture, suggérai-je.

– Pour quoi faire ?

– Comment veux-tu que je le sache ? Une liste de courses, par exemple.

– Mais le haut était déchiré, se rappela Elsie.

– Ça ne veut pas forcément dire grand-chose. C'était peut-être juste un bout de papier brouillon qui se trouvait là par hasard. Je sais repérer les fausses pistes, crois-moi, je suis le roi du polar de bas étage. »

Elsie réfléchit une seconde et hocha la tête un peu plus longtemps qu'il ne m'aurait semblé strictement nécessaire.

« D'accord, alors qu'est-ce que tu dis de ça : elle avait prévu de s'enfuir avec un homme. Il vient la chercher sur le parking – peut-être même qu'il laisse la voiture et la lettre là-bas avec son consentement. Mais ensuite il la double : il la fait grimper jusqu'au fort de Cissbury et il l'étrangle.

– Mais pourquoi se compliquer la vie alors qu'il aurait pu la noyer à West Wittering beaucoup plus facilement ? » rétorquai-je en ne plaisantant qu'à moitié.

Mais Elsie parut prendre mon objection au pied de la lettre.

« Peut-être qu'ils se sont disputés après sur la répartition du magot. Peut-être qu'il a découvert *qu'elle* avait l'intention de le doubler. »

Je voulais bien croire que le double jeu à grande échelle ait toujours fait partie de la vie conjugale de ma chère ex (et désormais officiellement défunte) épouse. Mais je me contentai de dire :

« Tu ne crois pas que c'est un peu tiré par les cheveux ?

– Pourquoi tu t'obstines à trouver objection sur objection ? demanda Elsie, avec sa façon inimitable de plisser les yeux.

– Parce que ce n'est pas à nous de résoudre ces questions. La police est déjà à l'œuvre. À la minute où nous parlons, ils ont sans doute dressé des barrages routiers pour interroger les gens qui montent vers le fort de Cissbury. Ils passent en revue les registres des criminels connus. Ils doivent même relever les empreintes digitales des moutons, si tu veux mon avis. Alors, comment veux-tu qu'on fasse le poids, le cul posé dans un pub qui ne sert même pas de chocolat chaud ?

– Je me demande ce que dirait Fairfax s'il t'entendait.

– Il serait parfaitement d'accord. Fairfax n'a pas de temps à perdre avec des détectives amateurs ni avec le moindre flic ayant moins de trente ans de métier.

– Mais tu imagines si on arrivait à résoudre l'énigme avant les poulets ? Tu imagines le bouquin que ça ferait ?

– Et qui est ce "on" dont tu parles avec autant de désinvolture ? Je te prie de ne pas sauter de la première personne du singulier à la première personne du pluriel sans vérifier que tu as au moins deux volontaires pour jouer les détectives en herbe. Or, de là où je me trouve, je n'en vois qu'un. À moins que tu ne comptes unir tes forces à celles de Rupert. Je crois me souvenir qu'il a également utilisé le mot "on" avec le même genre d'implication.

– Oh ! allons... Ethelred... Mon Reddy chéri... Je pourrais être ton apprentie. S'il te plaît. »

Aussi dure et mal embouchée qu'Elsie puisse être la plupart du temps, elle avait aussi un indéniable côté gamine, en tout cas quand elle pensait avoir épuisé toutes les autres techniques et avoir encore une chance avec celle-là.

« Elsie. C'est non.

– Et si je te disais : "Allez, sois chic" ?

– Je ne te le conseillerais pas comme une stratégie ayant des chances de réussite.

– Oh, bon, d'accord ! Mais si on montait juste jeter un coup d'œil à Cissbury ? Un peu d'exercice ne me ferait pas de mal. Allez, finis ta bière, Tressider, on va se balader. »

Et voilà. Quand la supplication n'avait pas marché, elle pouvait toujours se rabattre sur les ordres.

Pour aller du Gun Inn à Cissbury, on suit d'abord une route bordée de pavillons de banlieue en briques, puis on longe les saules et les jolis cottages en pierre de Nepcote Green avant de s'élever doucement mais implacablement vers les vastes cieux et le gazon des collines parsemé de moutons. C'est quand la route s'arrête au parking des Monuments historiques que commence la véritable ascension jusqu'au vieux fort de l'âge de fer.

Elsie, dont l'entraînement pour ce genre d'exercice se limitait à une soirée devant la télé en compagnie d'une grosse boîte de Quality Street, soufflait comme un bœuf alors que nous montions les dernières marches et arrivions sur le rempart herbeux. Le vent faisait claquer sa grande toge totalement inadaptée mais indubitablement à la mode. Rien de tout cela, cependant, ne semblait la décontenancer.

La campagne du Sussex était déroulée sous nos yeux, dans toute sa palette de verts et de bruns, s'étalant d'un bord à l'autre de l'horizon brumeux. Les ombres des nuages filaient sur les reliefs crayeux avant de plonger brusquement dans les vallées. Dans cette immensité de terre et de ciel, les œuvres des hommes avaient l'air de minuscules têtes d'épingles. Çà et là, les flancs des collines étaient piqués de tout petits moutons blancs. Dans un champ en contrebas, ce qui semblait être un tracteur en plastique faisait des va-et-vient pour herser la terre, la sarcler ou la glaner, bref ce que l'on fait avec un tracteur en automne. L'analogie avec un jouet pour enfant était renforcée par ses vives couleurs primaires – bleu, rouge, jaune – dans un paysage de feuillage et de terre. L'image de Geraldine lors de sa (supposée) longue marche au sortir du parking de West Wittering me traversa de nouveau brusquement l'esprit.

Il n'y avait encore dans l'air de septembre aucune trace de la dureté de l'hiver à venir, et l'odeur tiède et humide de la terre montait jusqu'à nous depuis les champs récemment labourés. L'été était encore réticent à céder la place à l'automne. La récolte était rentrée. Bientôt, les feuilles commenceraient à sécher, à jaunir et à tomber. C'était un spectacle à vous inspirer des pensées poétiques.

« En tout cas, il y a une chose qui est sûre, déclara Elsie, c'est que ta bourgeoise s'est fait zigouiller ici. Personne ne s'emmerderait à traîner un corps sur une pente pareille.

– Ils étaient peut-être plusieurs, suggérai-je avec malice. Ce fameux gang de voleurs en train de se partager le magot au clair de lune.

– Mais bordel, Tressider, ressaisis-toi ! Et maintenant, allons voir si on peut trouver l'endroit où ils ont découvert le corps. »

Ça paraissait peu probable, pourtant, au centre de l'arène délimitée par l'enceinte du fort, nous découvrîmes de petits bouts de ruban en plastique rayé accrochés à un buisson, indiquant que la police avait récemment entouré la zone d'un cordon de sécurité. C'était dans une des nombreuses cavités remplies de ronces dont l'endroit est criblé, vestiges des anciennes carrières de silex qui datent d'avant même la construction du fort. À l'origine, elles devaient faire près de dix mètres de profondeur ; à présent, elles ne constituent plus guère qu'une cachette provisoire pour un cadavre un peu trop encombrant.

« Ce n'est pas l'endroit que j'aurais choisi pour planquer un corps si je ne voulais pas qu'on le retrouve, fit remarquer Elsie comme en écho à mes propres pensées. Mais ça peut faire l'affaire un jour ou deux le temps de mettre quelques kilomètres entre soi et la police du Sussex.

– Donc, tu ne penses pas que c'était prémédité ?

– Plutôt un coup de tête, à mon humble avis, asséna-t-elle en bombant le torse, tout enflée de sa mission d'apprentie détective.

– C'cst-à-dirc ?

– Il ne fait aucun doute que ta femme avait prévu de se tirer avec le pognon que tous ces gens lui avaient confié. Mais avant qu'elle ait pu mettre son plan à exécution, quelqu'un d'autre l'a interceptée, assassinée, lui a piqué le magot – et tous ses papiers d'identité au passage – et a abandonné le corps sur place. Cette histoire de bagnole à West Wittering est une fausse piste que quelqu'un a placée là délibérément pour nous égarer. Fais-moi confiance.

– Je vois, répondis-je en souriant. Et tu crois réellement que dans la vraie vie les criminels ont le temps de semer des fausses pistes ?

– Écoute, je n'en sais pas plus que toi, OK. Mais ne t'avise pas d'adopter ce petit ton de supériorité avec moi, Ethelred Tressider, en tout cas pas avant d'avoir vendu au moins dix mille exemplaires de ton prochain livre. Jusque-là, j'ai autant droit à la parole que toi. Maintenant, faisons une première liste de suspects. »

Elle déposa son petit corps rondelet sur un banc en ignorant ostensiblement la vue splendide qui s'étalait sous ses yeux.

« Il y a Rupert, à l'évidence, reprit-elle. L'amoureux plaqué. Il y a Elizabeth, épouse précédemment plaquée par le susdit mollasson, pour des raisons non moins évidentes. Puisque tu dis que Charlotte n'était pas vraiment en bons termes avec sa sœur, on peut l'ajouter à la liste. Et puis, il y a Monsieur X.

– Qui ça ?

– La personne avec qui elle avait prévu de se faire la malle. Il devait bien y avoir quelqu'un.

– Pourquoi donc ?

– Mais merde, c'est qui l'écrivain de polars, bon sang ? Parce que Geraldine n'a jamais plaqué un type avant d'avoir trouvé le suivant, pardi ! Si elle s'est débarrassée de Rupert, ça veut dire qu'il y avait déjà quelqu'un d'autre.

– Pas forcément.

– Mais enfin, Ethelred... fais un effort, tu veux ? Au cas où tu l'aurais oublié, ton ex-femme était répertoriée comme une salope de première. Une pouffiasse d'envergure historique et internationale. Cette affaire se résume à *chercher l'amant, pardieu ! chercher l'amant* : on identifie Monsieur X et on a quasiment résolu l'énigme.

– Geraldine n'est pas... n'était pas comme ça, protestai-je. Elle a pu parfois donner l'impression de... mais tu ne l'as jamais vraiment connue.

– Je l'ai connue suffisamment. Avec combien de types tu crois qu'elle t'a trompé avant de finir par te larguer pour ce connard ?

– Comment ça ? Avec aucun, affirmai-je. Il n'y a eu que Rupert. »

Elsie secoua la tête d'un air triste, puis se leva brusquement et lissa le devant de sa toge d'un geste rapide.

« Si c'est ce que tu as envie de croire, Ethelred... »

L'espace d'un instant, elle me regarda presque avec tendresse, Dieu sait pourquoi. Puis elle se frictionna les mains.

« Bon, à quelle heure ferment les magasins, dans ce bled ? J'ai rendez-vous avec deux cent cinquante grammes du meilleur Cadbury aux noisettes. »

Sur ce, nous rebroussâmes chemin, perdus dans nos pensées, redescendant la colline en direction de l'épicerie et – du moins pour l'un d'entre nous – de la promesse imminente d'une orgie de chocolat.

6

Ma crainte n'est pas de me retourner un jour sur les cinq dernières années de ma vie et de les trouver désespérément mornes et vaines. Ma crainte est de m'apercevoir un jour qu'elles furent les meilleures de mon existence.

Bien entendu, cela pourrait être – et cela fut – nettement pire. Nettement, nettement pire. Lorsque Geraldine m'a quitté, une des nombreuses choses que mes amis trouvèrent à dire pour me réconforter était que deux êtres aussi narcissiques et égocentriques que Rupert et elle ne sauraient rester ensemble très longtemps. Ce qui s'avéra, en tout cas selon les normes actuelles, une grossière erreur de jugement. Leur couple dura un peu plus de dix ans. Mais dès le début, j'aurais pu dire à mes bienveillants consolateurs qu'ils se trompaient.

Bien que Rupert paraisse à première vue entièrement tourné vers lui-même, son égocentrisme était d'un genre parfaitement étudié et, au bout du compte, tout à fait artificiel; une simple façade. Quoique le mot « simple » ne fasse pas honneur à la façade qu'il s'était créée au fil des années. C'était une façade d'une telle profondeur, d'une telle solidité apparente que ceux qui ne le connaissaient que de loin s'y laissaient prendre à tous les coups.

Mais une fois qu'on avait percé une couche ou deux de ce remarquable édifice, Rupert pouvait se montrer d'une honnêteté désarmante quant à sa construction.

« Pour chaque affectation que je possède, m'expliqua-t-il un jour, je peux dater précisément, parfois à la minute près, le moment où je l'ai acquise, et de qui je l'ai acquise. Certaines de mes manières secondaires sont tirées de la littérature, mais je préfère si possible travailler d'après nature. Prends par exemple la façon dont j'écris la lettre *p*: je l'ai copiée sur un de mes camarades en primaire, que j'admirais beaucoup à l'époque. Cela dit je n'ai jamais aimé ses *b*, que je tiens d'une source entièrement différente. Beaucoup de mes meilleures attitudes me viennent de mon vieux prof de latin, qui avait servi autrefois dans les colonies d'Afrique occidentale. Ça peut paraître facile d'être moi, mais je t'assure qu'il faut bosser comme un damné pour y arriver. »

Sur quelle personne réelle ou imaginaire avait-il copié ses airs égoïstes, je l'ignore, mais ce n'était jamais que la première couche du pseudo-Rupert, et la plupart de ceux qui le connaissaient en venaient à bout assez vite. Bien que Rupert fût indéniablement capable d'utiliser les gens pour parvenir à ses fins, il pouvait aussi faire preuve d'une étonnante générosité. Il vous prêtait de l'argent, des vêtements, sa voiture, sans se préoccuper le moins du monde de savoir quand vous les lui rendriez. Prêter deux cent mille livres à Geraldine, s'il les avait, aurait été un exemple extrême de ce trait de caractère, sans plus. Même si je ne voyais pas bien comment Rupert avait pu se procurer une telle somme d'argent, il ne me vint jamais à l'idée, au cours des jours et des mois qui suivirent, de mettre en doute, ne serait-ce qu'une seule fois, la véracité de ses dires. Ça faisait partie du personnage. À sa façon, il s'intéressait sincèrement aux autres. Après avoir omis de me demander d'être témoin à son mariage, il se rattrapa sans tarder en m'assurant que je serais le parrain du premier enfant qu'il aurait avec Elizabeth. Le fait qu'ils aient décidé de ne pas en avoir ne diminuait pas, ni à ses yeux ni aux miens, l'honneur qu'il essayait de me faire là.

L'égoïsme de Geraldine non plus n'était pas complètement franc. C'était celui d'un enfant qui sait ce qu'il veut, et il était facile de pardonner cela à un enfant. Elle voulait tout ce qu'elle voyait dans la vitrine. Et personne n'avait jamais vraiment trouvé le moyen de lui expliquer que ce n'était pas possible.

La plupart du temps, elle n'en faisait qu'à sa tête, même quand ça paraissait perdu d'avance. Elle avait par exemple la phobie des dentistes et n'en vit pas un seul, à ma connaissance, de toute sa vie d'adulte. Ses dents étaient pourtant toujours immaculées. Que ce soit là une des nombreuses illustrations de l'injustice de la vie ou plus simplement que Geraldine prenne grand soin de sa dentition, je ne saurais le dire, mais une facette inattendue de sa personnalité était sa détermination absolue lorsqu'elle désirait réellement obtenir quelque chose. Ce qui était peut-être aussi une caractéristique enfantine, en un sens.

Elle avait en tout cas l'impulsivité d'une enfant. Rien ne saurait mieux illustrer son attitude dans la vie que sa façon de jouer aux échecs. Une patiente construction de plusieurs coups d'affilée était soudain anéantie par une capricieuse sortie de sa reine ou de son fou. L'inévitable perte en vies humaines qui s'ensuivait la poussait alors à jeter tours, cavaliers et pions dans une glorieuse charge suicidaire, en claquant sur l'échiquier chaque pièce condamnée avec une assurance qui aurait pu laisser croire à un observateur non averti qu'un grand plan était à l'œuvre derrière cet apparent massacre et que l'unique fou survivant allait miraculeusement réussir à mettre l'ennemi échec et mat à lui seul. Puis, quand il était clair même pour Geraldine qu'il n'y avait plus d'espoir, elle balayait toutes les pièces d'un geste impérieux, blanches et noires, et réclamait une nouvelle partie. Le fait que la première ne comptait pas allait bien entendu de soi. Geraldine entendait toujours repartir avec une page blanche, même si elle avait entièrement gribouillé la précédente.

C'est pourquoi aucune des théories concernant sa disparition ne pouvait être catégoriquement écartée par quiconque la connaissait bien. Son projet de fuite, la voiture de location, la lettre d'adieu – voire même le fait de se balader autour de West Wittering en escarpins à talons rouges –, tout ça pouvait très bien lui avoir paru une bonne idée à un moment ou à un autre. Mais, de la même manière, on ne pouvait pas supposer qu'elle ait tout improvisé sur un coup de tête. Il était important de se souvenir que les positions qu'elle foutait en l'air avaient d'abord été patiemment bâties. Elle était capable, quand elle le voulait, de calculs méticuleux et même, en dernier ressort, d'un très gros effort de travail.

Si j'avais voulu m'amuser à jouer les détectives, ce qui n'était absolument pas le cas, j'aurais eu un énorme avantage sur les policiers de par ma connaissance détaillée du caractère de Geraldine Tressider. Seul Rupert, peut-être, en avait une meilleure. Mais ni lui ni moi ne semblions enclins, en tout cas pour le moment, à partager cette connaissance avec ceux qui étaient chargés d'enquêter sur le meurtre de Geraldine.

Le jour où Elsie me fit grimper jusqu'au fort de Cissbury, une autre pièce du puzzle se mit en place. Ce fut un nouveau coup de téléphone qui me la mit entre les mains. Il venait cette fois-ci de l'étude Dickinson's, le cabinet de notaires de ma femme. À une époque, cela avait été à la fois le sien et le mien, mais ils avaient géré le divorce pour le compte de Geraldine et les relations entre Tim Dickinson et moi-même étaient restées quelque peu distantes depuis.

« Ethelred, asséna la voix à l'autre bout du fil. Content de vous entendre, même si j'aurais préféré que ce soit dans d'autres circonstances. Je crois que ça fait un moment que Geraldine et vous n'étiez plus en contact, mais mes condoléances quand même. Ça ne doit pas être facile.

– Merci pour vos condoléances, Tim, répondis-je. Que puis-je faire pour vous ?

– C'est au sujet du testament de Geraldine… Aussi étrange que ça puisse paraître, vous semblez toujours être son exécuteur testamentaire, du moins dans la dernière version en date que nous avons.

– Nous avions fait des testaments quand nous étions encore mariés. J'imagine qu'elle n'a jamais mis le sien à jour. Comme elle n'avait pas spécialement l'intention de mourir, elle n'a pas dû considérer que c'était une priorité.

– Peut-être... En tout cas, vous en êtes resté l'exécuteur et le principal bénéficiaire. Non pas, je le crains, que vous vous apprêtiez à hériter d'une fortune. Geraldine me consultait pour toutes ses affaires, et à peu près tout ce qu'elle possédait lui servait de caution pour un emprunt ou un autre. Quant à ses affaires en elles-mêmes...

– Ça partait en eau de boudin.

– Oui, on peut dire ça comme ça. J'imagine que vous n'avez pas de copie du testament ?

– Et pourquoi voulez-vous que j'en aie une ?

– Non, rien, comme ça. Je vous envoie une photocopie. Vous allez avoir besoin d'accéder à son appartement. Je ne sais pas très bien comment vous allez faire.

– J'ai les clés », dis-je.

Silence au bout du fil.

« C'était aussi mon appartement, fis-je remarquer. Jusqu'à ce que vous m'en dépossédiez.

– En effet, concéda Dickinson. Quoi qu'il en soit, si nous pouvons vous être utiles d'une façon ou d'une autre pour régler la succession ou mettre de l'ordre dans les affaires de Geraldine, n'hésitez pas.

– Merci. Moyennant rétribution, j'imagine.

– Je suis notaire. Tout se monnaie, ha, ha, ha ! Mais réfléchissez-y quand même. Au fait, nous avons reçu un coup de fil de M. Rupert Mackinnon, le, euh... le compagnon de feu votre épouse. Il avait l'air de penser qu'il aurait dû être l'exécuteur et à vrai dire le bénéficiaire du testament de Geraldine.

– Ah oui ?

– Je ne fais que répéter ce qu'il nous a dit.

– Je comprends qu'il ait pu le penser.

– Si vous soupçonnez l'existence quelque part d'un testament plus récent qui nommerait M. Mackinnon comme exécuteur, nous pouvons toujours attendre que...

– Non, affirmai-je. Il n'y a pas d'autre testament et je suis le seul exécuteur.

– Si vous en êtes sûr...

– Absolument sûr », dis-je.

7

Tout homme avisé sait pertinemment qu'il est des occasions où il n'est pas recommandé de dire la vérité à sa femme. Il y a certaines questions – « Combien de verres tu as bus hier soir ? », « Combien ça t'a coûté ? », « Ta nouvelle secrétaire est plutôt sexy, non ? » – dont le mari vigilant sait qu'elles peuvent vite se transformer en pièges s'il y répond de façon franche et sans retenue.

Il est moins nécessaire de dissimuler des choses à son agent, bien que nombre d'auteurs de ma connaissance semblent avoir un problème avec la question : « Quand le manuscrit sera-t-il prêt, exactement ? »

Mais on ne peut en aucun cas mentir à ses lecteurs, en particulier quand il s'agit de romans policiers. Il y a un certain niveau d'honnêteté à garantir qui va étrangement à l'encontre des sujets troubles évoqués. Avant tout, le lecteur doit se voir offrir une réelle chance d'identifier l'assassin environ aux trois quarts du livre, et l'assassin ne peut pas être un obscur personnage brièvement aperçu au chapitre sept et plus jamais rementionné après.

Ce besoin d'honnêteté va parfois à l'encontre du réalisme même. Par exemple, certains de mes plus infâmes personnages, qui vendraient leur propre grand-mère, se révèlent bizarrement incapables de mentir tout de go. Lorsque, dans *L'Honneur des voleurs*, Ginger McVitie nie catégoriquement avoir payé Alf Jones pour exécuter un meurtre, l'emphase porte en fait sur le mot « payé » : en réalité, c'est suite à un *chantage* que Jones a été amené à tuer. Et quand mes personnages mentent bel et bien, ils offrent par la même occasion au lecteur, de façon assez généreuse, la chance de repérer une incohérence entre leurs affirmations et d'autres faits connus.

Ce qui ne veut pas dire, bien entendu, qu'on ne peut pas s'amuser à perdre le lecteur en brouillant les pistes au maximum. Comme le prétendait Geraldine, les fausses pistes sont, sinon ma marque de fabrique, en tout cas un instrument bien commode toujours à portée de main dans la boîte à outils d'un auteur de polars. Mais elles doivent être utilisées avec soin afin d'égarer le lecteur dans une direction désirée pendant un temps désiré, et non disséminées au hasard dans tout le livre. D'ailleurs, elles ne sont pas le seul outil dans la boîte.

Il faut également fournir des indices : la plupart ouvertement, d'autres à demi cachés dans une phrase qui n'a l'air de rien à la fin d'un paragraphe. On m'a parfois reproché de donner trop d'indices trop tôt dans l'histoire, mais j'ai bien conscience qu'il faut les distribuer au compte-gouttes pour que, si personne ne doit pouvoir résoudre l'intrigue avant le milieu du roman, tout le monde doit en revanche être à même de le faire avant la dernière page.

Cependant, je ne traite pas forcément tous mes lecteurs à égalité. Par exemple, je glisse souvent une phrase ou deux qui ne seront compréhensibles que pour une toute petite minorité. Et je ne suis pas le seul écrivain qui affectionne les plaisanteries pour initiés, loin de là. Dans *Monsieur Enderby mondain*, Anthony Burgess glisse, sans aucune tentative d'explication, un calembour qui ne peut être compris que par un locuteur du malais. Aussi étrange que ça puisse paraître, je fus en mesure d'apprécier la blague. Les premiers mois après que Geraldine m'eut quitté, je me trouvai incapable d'écrire quoi que ce soit, à l'exception d'un ou deux poèmes minables et parfaitement impubliables. On m'avait prescrit des somnifères (dont j'ai encore tout un stock dans ma salle de bains, en prévision d'on ne sait quel jour pluvieux) et j'essayai d'oublier le reste en me plongeant d'abord dans l'étude du malais puis, plus tard, du danois. Je ne peux pas dire qu'aucune de ces deux langues ne m'ait été depuis d'une grande utilité, mais elles m'ont occupé l'esprit à un moment où il y avait un grand vide à occuper.

Pour finir, et avec un peu plus de subtilité, j'aime introduire dans mes romans ce que je pourrais appeler des « indicateurs ». Ce sont des pistes parallèles à l'intrigue principale qui suggèrent des chemins à explorer. Dans *Une seule journée d'été*, par exemple, où l'interprétation d'une date va se révéler cruciale pour la résolution de l'énigme, j'ai une scène dans laquelle l'inspecteur Fairfax (en sa qualité d'historien amateur) s'interroge sur un étrange paradoxe: alors que la date de la première rencontre entre l'Armada espagnole et la flotte anglaise est incontestable, les historiens espagnols s'accordent sur le 31 juillet 1588 tandis que leurs homologues britanniques retiennent plus généralement la date du 21 juillet. Pourquoi cette anomalie pour un événement aussi bien documenté ? C'est le genre de questions auxquelles en général je ne réponds pas immédiatement, mais que je laisse au lecteur le soin de méditer. Il m'arrive même parfois d'oublier complètement de les expliciter.

Je ne fus pas surpris qu'Elsie me recontacte peu de temps après sa visite à Findon. La raison de son appel était pourtant, du moins en apparence, la pure routine de nos petites affaires littéraires. Une maison d'édition danoise souhaitait publier une traduction d'*Une seule journée d'été*.

« Je me demande bien pourquoi, commenta Elsie avec son tact habituel. Je leur ai dit que c'était de la merde. Je ne peux pas leur mentir sur ce point. Et les ventes danoises ne vont pas rapporter grand-chose. Ça vaut à peine le temps que je vais passer à relire le contrat. Mais ils ont l'air de penser que cet imbécile de Fairfax qui fait la gueule tout le temps aura un certain succès auprès du lectorat nordique.

– Je me demande comment ils vont l'appeler en danois, répondis-je. *Hr. Fairfax' Fornemmelse for Datoer*, peut-être. »

Silence au bout du fil.

« Pardon, c'est juste une blague entre moi et moi, repris-je.

– Garde-la pour ton éditeur chez Gyldendal, rétorqua-t-elle. Ils m'envoient un contrat par e-mail. J'imagine que les merveilles de la communication électronique te sont encore inconnues, n'est-ce pas ? Je te posterai une photocopie quand je l'aurai reçu.

– Ne t'inquiète pas, de toute façon je dois venir à Londres mardi. J'ai des choses à régler en tant qu'exécuteur testamentaire de Geraldine. »

Je sus que je commettais une erreur au moment même où ces mots sortaient de ma bouche.

« Et qu'est-ce que tu dois faire, exactement ?

– Rien de bien passionnant. Je dois jeter un œil aux comptes de sa société, aller voir l'appartement, ce genre de choses.

– Une bonne occasion d'aller à la pêche aux indices.

– Il n'y aura pas d'indices. C'est juste de la paperasserie pour le testament. Des trucs chiants, Elsie, rien d'intéressant.

– L'appartement est sur Barnsbury Street, c'est ça ? J'ai encore ton ancienne adresse quelque part. Je te retrouve là-bas mardi à onze heures.

– Elsie… »

Mais le téléphone avait déjà été raccroché à l'autre bout.

Et merde.

8

Quand j'ai quitté Londres pour venir habiter dans le Sussex, c'était une forme d'exil volontaire. Il y avait en partie, c'est vrai, des considérations financières qui m'obligeaient à déménager. Et aussi le simple désir de mettre autant de kilomètres que possible entre Geraldine et moi. Mais c'était également un acte de contrition; une manière de reconnaître que j'avais échoué à maintenir debout mon mariage et que je méritais donc désormais de vivre isolé dans les ténèbres de la cambrousse profonde.

Je m'attendais, lors de mon premier pèlerinage dans le quartier d'Islington depuis des lustres, à constater des changements. Mais les rangées impeccables d'étroites et néanmoins onéreuses maisons géorgiennes scintillaient toujours dans le soleil rasant, chaque porte peinte dans un des tons traditionnels du patrimoine: bleu marine, marron foncé, bordeaux, vert sapin... les couleurs tranquilles et confiantes de l'argent. Les balustrades le long de la rue étaient d'un noir profond et brillant. L'automne s'installait discrètement: pas une explosion d'ors et de bruns comme à Findon, mais une légère touche orange foncé aux feuilles des cerisiers parfaitement espacés, une des couleurs à la mode cette année-là.

Elsie m'attendait sur le perron de la maison, tapant du pied, impatiente de passer à l'action. La tenue improbable du jour était un tailleur-pantalon jaune à gros carreaux rouges, et je priai pour qu'elle ne me demandât pas s'il lui faisait de grosses fesses.

« Joli tailleur, fis-je remarquer, sur la défensive, tandis qu'elle me tendait une copie de mon contrat avec la maison d'édition Gyldendal. Il est nouveau ?

– Tu en as mis, du temps, me rétorqua-t-elle, évacuant provisoirement la question des fesses.

– Je viens du Sussex. Toi, tu ne viens que de Hampstead.

– Mais je suis une femme. Je ne suis pas censée être à l'heure. Alors que toi, tu es un homme, tu es censé être là avant moi pour m'ouvrir la porte. C'est la moindre des choses.

– L'âge de la galanterie est révolu depuis belle lurette. Depuis 1485, les hommes font plus ou moins ce qui leur chante. Tu peux t'adresser à Henri VII si tu as des réclamations.

– Tu veux bien arrêter d'être con, Tressider », me lança Elsie.

J'ouvris la porte et la laissai passer la première.

Une fois à l'intérieur, elle se mit à tourner en rond comme un gros petit terrier, allant presque jusqu'à renifler l'air pour y détecter des indices.

« Occupe-toi du salon, je vais voir la chambre, déclara-t-elle.

– Va voir la pièce que tu veux, répliquai-je. Moi, je dois rassembler des papiers pour la succession. »

Elle ricana devant mon manque d'enthousiasme pour ce qu'elle considérait être l'unique et véritable objectif de notre mission, mais se dandina néanmoins jusqu'à la chambre où, pendant un moment, je l'entendis ouvrir des placards et fourrer son nez dans tout ce qui ne la regardait pas.

Je n'étais pas mécontent d'avoir quelques minutes pour moi. Je trouvai assez vite les dossiers que je cherchais : ils étaient toujours rangés dans le même tiroir que lorsque j'habitais là, et d'ailleurs la plupart portaient encore mon écriture sur la couverture. Je sortis les derniers relevés du dossier intitulé « BANQUE ». Un rapide coup d'œil m'enseigna qu'il n'y avait guère de quoi réconforter les nombreux créanciers de Geraldine. Je réussis également à localiser autre chose dont j'avais besoin, dans une vieille boîte de chocolats reconvertie depuis des années en réceptacle à clés en tout genre. Lorsque Elsie ressortit triomphalement de la chambre pour commencer à inspecter le salon, j'avais presque fini ce que j'avais à faire.

« Alors, qu'est-ce que tu as trouvé d'intéressant ? me demanda-t-elle.

– Seulement des papiers concernant les finances de Geraldine.

– Fauchée ?

– Pour ainsi dire. Un petit solde positif sur son compte courant.

– Des sociétés de crédit immobilier ? Des actions ?

– Un compte immobilier fermé. Apparemment aucune action. Un gros emprunt récemment augmenté, mais la vente de l'appartement devrait suffire à le couvrir. Des créanciers non remboursés de ses précédents exploits qui ne reverront jamais la couleur de leur argent. Idem pour les cartes de crédit, j'en ai peur.

– Plus ou moins ce à quoi on s'attendait, en somme.

– Plus ou moins, oui.

– Donc, tu n'as rien découvert. Ça ne m'étonne pas de toi. Viens voir ce que j'ai trouvé. »

Elle m'emmena jusqu'à la chambre et ouvrit la penderie.

« Et voilà ! dit-elle. Ce n'est pas une penderie de femme. »

Je contemplai la rangée de robes et de jupes soigneusement accrochées à la tringle.

« Tu ne vois pas ce que je veux dire, pas vrai ? reprit-elle, avant d'ajouter en m'agitant un cintre vide sous le nez : Et ça, qu'est-ce que c'est ?

– Un cintre vide ? risquai-je.

– Exactement !

– Je ne te suis pas.

– Tu es un homme, me rappela-t-elle pour la deuxième fois de la matinée.

– Désolé, dis-je.

– Dans une penderie de femme, m'expliqua-t-elle lentement et attentivement, il n'y a pas de cintres vides. Une penderie de femme est bourrée à craquer, parce qu'elle contient à la fois les vêtements que tu portes régulièrement, et aussi des tas de trucs que tu as achetés au fil des années et que tu gardes en prévision du jour où tu te réveilleras et tu rentreras à nouveau dans un 38. D'accord ? Cette penderie n'est pleine qu'aux deux tiers, ce qui veut dire que la moitié des affaires ont disparu. »

Ignorant l'espace d'un instant la curieuse mathématique des penderies féminines, je passai en revue le contenu de celle-ci et fus bien obligé d'admettre qu'elle était moins pleine que dans mon souvenir.

« Elle a donc eu le temps de faire ses bagages, conclut Elsie. Ça doit représenter deux ou trois valises. Où sont-elles passées ? Elles n'étaient pas dans la voiture. Et puis viens voir ça. »

Elle me ramena dans le salon et me planta devant la bibliothèque.

« Qu'est-ce que tu vois ? Et ne me dis pas "des livres" ou je te coupe la bite avec une scie rouillée. »

Je gardai le silence. Cela me semblait l'option la moins risquée.

« Tu vois ces petits points jaunes ? »

J'opinai du chef. En vérité, je les avais déjà remarqués mais n'en avais rien dit à Elsie. C'étaient de petites gommettes rondes discrètement collées sur la tranche de certains livres et des albums photo.

« Et alors ? fis-je.

– Et alors c'est ce que l'on met sur les objets quand on déménage, pour que les déménageurs sachent où les poser. Tu sais : des ronds bleus pour le salon, des triangles verts pour la salle à manger, des carrés blancs pour la chambre à coucher, des étoiles roses pour la cuisine, des ronds jaunes…

– J'ai compris l'idée, la coupai-je.

– Et donc pourquoi les points jaunes ? insista Elsie. Elle prévoyait de se faire la malle. Elle n'allait pas faire venir des déménageurs pour empaqueter ses affaires.

– Peut-être que c'est complètement autre chose, suggérai-je.

– Attends ! s'exclama Elsie. Regarde... Il y en a aussi un sur cette aquarelle. »

Elle se mit à arpenter la pièce à la recherche des points jaunes.

« Et sur ce vase. Et sur ce cadre photo.

– Fausse piste, rétorquai-je. C'est sans doute les restes de sa séparation avec Rupert. Peut-être qu'elle avait marqué les objets qui lui appartenaient et qu'elle ne voulait pas que Rupert emporte. Quelque part dans le nouvel appartement de Rupert, il y a probablement des étagères de livres avec des pentagones verts sur la tranche.

– C'est possible, reconnut Elsie, déconfite.

– Je n'y accorderais pas trop d'importance.

– En tout cas, ça confirme au moins qu'elle avait planifié sa disparition. Tu ne prépares pas trois valises pour un suicide. Elle avait clairement l'intention d'aller quelque part et d'avoir de quoi bien s'habiller. Alors où sont passées les valises, depuis, hein ?

– Oui, où ? renchéris-je.

– Bon, prochaine étape ? enchaîna Elsie de but en blanc.

– Prochaine étape, je dois passer à sa banque. Et toi, tu retournes à Hampstead. Pas de mais, Elsie. Merci de m'avoir apporté le contrat, je t'en sais gré. Mais pendant les deux ou trois prochaines heures, je dois avoir l'air d'un exécuteur testamentaire, et je n'ai pas besoin d'une apprentie détective collée à mes basques. »

Elsie chicana un peu et, en guise de concession, je l'autorisai, en ma qualité d'exécuteur, à dévaliser la cuisine de tout le chocolat que Geraldine avait pu y laisser.

« De toute façon, là où elle est, elle n'en aura plus besoin, commenta Elsie.

– Là où elle est, il aurait déjà fondu », répliquai-je.

Il est rarement nécessaire de mentir à son agent, mais en l'occurrence j'avais pris quelque peu mes aises avec la vérité.

Par exemple, ce n'était pas une mais plusieurs visites que je comptais rendre sans avoir les perpétuels commentaires d'Elsie en fond sonore. La première ne se trouvait qu'à quelques centaines de mètres et nécessitait les clés que j'avais récupérées dans l'ex-boîte de chocolats.

Au milieu des fientes de pigeons et des vieux journaux abandonnés sur le perron, je pus avoir confirmation que j'avais bien atteint ma destination grâce à une petite plaque apposée sur le mur d'un bâtiment industriel des années 1950 : « Geraldine Tressider Immobilier, 3e étage ». Il était assez difficile de comprendre – comme avec beaucoup d'autres choses chez elle – pourquoi le fait de s'installer dans cet affreux parallélépipède de verre et de béton sur cette avenue bruyante lui avait paru un choix pertinent dans sa stratégie marketing. Les seuls autres occupants identifiables étaient une agence de casting et une entreprise appartenant à la catégorie « import-export », bien qu'il ne fût pas précisé ce qu'elle importait ni ce qu'elle exportait. La porte d'entrée de l'immeuble n'était pas fermée à clé et, comme il n'y avait pas d'ascenseur, je montai à pied les trois volées d'escaliers non balayés jusqu'au siège social de la société de Geraldine.

Une fois dans la place, je compris que ce que Geraldine avait dû économiser sur le loyer, elle l'avait investi dans l'ameublement. La première pièce, spacieuse et d'une blancheur austère, était meublée de confortables fauteuils modernes en cuir noir et d'un grand bureau incurvé sur lequel était posé un ordinateur. Des boîtes à archives rouge vif étonnamment neuves et très certainement vides, et quelques livres de référence étaient méticuleusement disposés sur d'impeccables étagères de bois et d'acier. Sur une table basse ovale étaient présentés les derniers numéros de deux ou trois revues de luxe. Les feuilles de la plante verte réglementaire brillaient comme si on les avait huilées. Le courrier attendait, sagement empilé dans une barquette en plastique. Seule l'absence d'activité humaine gâchait l'impression d'efficacité silencieuse. La seconde pièce – le bureau de Geraldine – était une réplique de la première à plus petite échelle, avec en sus des stores en bois de cerisier pour dissimuler la vue sans intérêt sur les immeubles d'en face et un petit bouddha vert posé sur une console d'angle, le corps replet et la mine suffisante, qui n'était pas sans rappeler Elsie.

Je savais ce que je cherchais et, comme à l'appartement, il me fallut très peu de temps afin de localiser ce qui tenait lieu à Geraldine de livre de comptes, lequel me confirma ce qui commençait à devenir une constante : la société ne possédait aucun actif à proprement parler. Alors que j'hésitais à me lancer dans une fouille plus approfondie des locaux, j'entendis une clé tourner dans la serrure. L'espace d'une seconde, j'eus une vision de Geraldine faisant irruption dans la pièce comme si de rien n'était, mais je me souvins aussitôt que la chose était hautement improbable et me levai d'un bond.

Je sortis du bureau juste à temps pour apercevoir un jeune homme boutonneux, les bras chargés d'une brique de lait et d'une chemise en plastique bon marché, occupé à essayer de refermer la porte d'entrée avec son coude. Il se retourna, me vit, étouffa un cri de stupeur, lâcha la brique de lait, la rattrapa au vol au niveau de sa taille, jongla quelques secondes avec et laissa tomber le porte-documents.

« Merde ! » fit-il.

Après quoi, il céda à l'inévitable et lâcha également la brique de lait.

« Mais vous êtes qui, bordel ? demandai-je.

– Qu'est-ce que vous faites là ? » me rétorqua-t-il, ignorant ma question.

J'en fis autant et lui répondis :

« J'ai demandé le premier. »

Il marqua une pause. Ce petit schéma de questions-réponses pouvait nous occuper toute la journée si ni l'un ni l'autre ne changions de tactique.

« Je m'appelle Darren. Darren Oxtoby, déclara-t-il. Je travaille pour Mme Tressider. Enfin, je travaillais. Je suis son assistant. J'étais.

– Ethelred Tressider, me présentai-je. Exécuteur testamentaire de mon ex-femme.

– D'accord », dit-il, hésitant.

Il ramassa la brique de lait, qui fort heureusement n'avait pas éclaté en tombant.

Il se remettait peu à peu du choc d'avoir croisé quelqu'un dans un bureau qu'il s'attendait à trouver vide. De mon côté, bien sûr, je n'aurais pas dû être surpris de le voir : le courrier soigneusement empilé dans la corbeille en plastique, les revues récentes, les plantes arrosées, tout tendait à m'indiquer que le bureau continuait à fonctionner tant bien que mal… peut-être même mieux que lorsque Geraldine s'en occupait en personne. J'aurais d'ailleurs pu imaginer tout seul que Geraldine devait employer du personnel sous une forme ou une autre ; des cas sociaux à moitié demeurés, selon toute vraisemblance. Elle aurait eu du mal à réaliser des pertes d'une telle ampleur sans aucune aide extérieure. Mais curieusement, je ne m'attendais pas à ce jeune homme dégingandé et acnéique au penchant prononcé pour les numéros de vaudeville avec des briques de lait. Si j'ignorais son existence, il y avait de fortes chances que la police aussi. La question étant : que savait-il d'intéressant ?

« Très bien, dis-je. Où est-elle ? »

Il écarquilla les yeux et en eut le souffle coupé. L'espace d'un instant, je crus qu'il allait me refaire le coup du lait, et je n'étais pas sûr que la brique survive à une seconde chute.

« Mais… balbutia-t-il. Mais… elle est *morte*. »

S'il n'avait pas eu le bureau dans le dos, je pense qu'il aurait essayé de reculer pour s'éloigner du fou dangereux que j'étais.

« Pas Geraldine, rétorquai-je avec un légitime agacement. Enfin, voyons ! Je ne m'attends quand même pas à la voir apparaître ici ! Où est Charlotte ?

– Qui ça ?

– Charlotte Turner, la sœur de Geraldine. Elle n'est pas censée être son associée ?

– Mlle Turner ? Elle ne vient jamais. C'est juste... comment dit-on ? Un bailleur de fonds. Je l'ai déjà eue au téléphone, mais je ne l'ai jamais rencontrée.

– Elle a téléphoné depuis que Geraldine a disparu ?

– Une fois. Je lui ai juste dit que je ne savais pas où était Mme Tressider. C'est toujours ce que j'étais censé répondre aux gens, ajouta-t-il en haussant ses épaules maigrichonnes.

– Donc Geraldine... Mme Tressider... n'a pas dit à Mlle Turner où elle prévoyait de se rendre ?

– Ben je ne pense pas, si ? Sinon pourquoi Mlle Turner m'aurait-elle posé la question ?

– En effet. En effet. Et que vous a dit Mme Tressider, à vous ?

– Rien. Enfin, pas vraiment. Elle m'a juste dit qu'elle allait s'absenter pour un temps, et de dire aux gens qu'elle les recontacterait à son retour.

– Donc, elle ne vous a pas dit où elle allait ?

– En Suisse. Je crois qu'elle avait des affaires à régler là-bas.

– Vous en êtes sûr ?

– Oui. En fait, pour être exact, elle ne m'a pas vraiment *dit* où elle allait mais je l'ai entendue réserver son billet. Je lui avais proposé de m'en occuper mais elle m'a répondu que non, de continuer à faire ce que j'avais à faire. Cela dit, je ne me souviens pas d'avoir vu les billets arriver au courrier... Elle a dû aller les récupérer elle-même.

– Et en quoi consiste ce que vous avez à faire ?

– Je m'occupe du classement. Parfois, je fais le café. Je réponds au téléphone.

– C'est sans doute ça qu'on appelle un boulot "multitâche" dans les petites annonces.

– Pardon ?

– Non, rien. Et est-ce que ce travail auprès de Mme Tressider vous occupe à plein temps ? »

Il rit.

« Oh ! non, pas vraiment. Je consacre beaucoup de temps à travailler sur mon livre, expliqua-t-il en désignant la chemise en plastique. Je veux devenir écrivain, ajouta-t-il avec un sourire timide.

– Ah oui ? Quelle coïncidence ! Je viens justement de passer une bonne partie de la matinée avec un agent littéraire. »

Ses yeux s'écarquillèrent.

« Un agent littéraire ? La vache ! Vous connaissez un *agent* ?

– Oui, répondis-je. Très bien, malheureusement.

– Vous pensez que vous pourriez me le présenter ?

– Oui. Je pourrais tout à fait. Mais je ne vais pas le faire, désolé. Et sinon, vous êtes là depuis combien de temps ?

– Je viens d'arriver. Vous m'avez vu entrer.

– Je veux dire, depuis quand travaillez-vous ici ?

– Ah ! d'accord. Depuis trois mois, environ.

– Je n'ai vu aucune trace de vous dans les papiers.

– Les papiers ?

– Dans les comptes. Il n'y a rien qui indique qu'il y ait des employés. Aucun salaire, aucune charge, aucun impôt. Mme Tressider vous payait ?

– Oh oui ! Toutes les semaines. En liquide. »

Et sans poser de questions. Du Geraldine tout craché. Mais pourquoi ? Il était clairement inutile à la non-activité de sa société.

« Et pourquoi est-ce que vous continuez à venir ? » demandai-je.

Il haussa les épaules.

« Je me sers de l'ordinateur pour taper mon roman.

– Plus maintenant. À partir d'aujourd'hui, ce bureau est fermé. Si vous me laissez votre nom et votre adresse, je veillerai à ce que vous receviez une semaine de salaire en guise de préavis… Du moins si la compagnie a de quoi vous payer. Et je vais aussi vous reprendre la clé avant que vous partiez. »

Il faisait une tête de trois pieds de long.

« Est-ce que je ne pourrais pas venir juste pour utiliser l'ordinateur ? Personne d'autre ne s'en sert.

– Non, dis-je. Ah ! et autre chose encore. Est-ce que la police a pris contact avec vous ?

– Pas encore.

– Alors à votre place, je me ferais discret. Vous savez que vous avez travaillé ici illégalement, sans payer d'impôts ni de charges ? Je pense que ce serait mieux que la police ne l'apprenne pas. »

Sa mine s'allongea encore. Je n'ai jamais battu de chiot – à cet égard, j'ai eu une enfance plutôt défavorisée –, mais il avait exactement la tête que, j'imagine, un chiot battu aurait eue.

« Je vais laisser la clé, alors, finit-il par dire.

– Vous n'aurez qu'à claquer la porte en partant. Moi, j'ai du travail. »

Et je retournai m'enfermer dans le bureau de Geraldine pour examiner ce qui lui tenait lieu de livre de comptes.

Je savais très bien que je m'étais mal comporté avec Darren, et je n'en étais pas particulièrement fier. Mais pourquoi l'avais-je aussi instantanément pris en grippe ? Ce n'était après tout qu'un jeune homme inoffensif, quoique assez maladroit. Il ne souhaitait rien d'autre que continuer son roman sans déranger personne. S'il se faisait une idée quelque peu exaltée du statut d'écrivain (et une idée très exaltée de celui d'agent littéraire), je ne pouvais pas vraiment lui en faire grief. Mais alors, je compris. Bien sûr ! Plein d'enthousiasme, les yeux brillants, timide, dégingandé, avec le désir presque pathétique de plaire : c'était moi au même âge.

Dans ce cas, c'était normal ; il n'avait eu que ce qu'il méritait.

9

Il y a une différence majeure entre la fiction et la vraie vie. La fiction doit être crédible.

Les personnages que crée le romancier sont tenus d'avoir un comportement cohérent, malgré le fait que nous soyons tous une somme d'exceptions et de contradictions. Dans la vraie vie, il suffit que nous ayons étiqueté quelqu'un d'avare pour qu'il nous déçoive aussitôt avec un acte de générosité totalement gratuit. Dans la vraie vie, les gens les plus inattendus deviennent des héros, et certaines personnes que vous croiseriez dans la rue sans même vous retourner ont peut-être bien une grand-mère assassinée enterrée sous la dalle de béton de la nouvelle véranda.

Mais Geraldine repoussait au-delà des limites le penchant naturel de la vraie vie pour l'improbable et le capricieux. Ses brusques changements de stratégie, sa capacité à contredire ce qu'elle venait d'affirmer avec la plus grande assurance une minute plus tôt, tout ça ne faisait aucun sens vu d'un jour sur l'autre ni même d'une semaine sur l'autre. C'était seulement en ayant une vue à long terme que vous vous rendiez compte que sa vie était comme un tableau impressionniste. De près, on ne voyait qu'une série aléatoire de taches de couleur : joli, certes, mais ça n'allait pas beaucoup plus loin. En prenant du recul, en revanche, vous ne pouviez qu'être soufflé par l'audace et la suprême économie d'effort de son grand projet.

Mais quel était son grand projet, cette fois ? Pendant un instant, j'avais cru en distinguer les contours. À présent, je commençais à me demander si cette traînée grise à l'horizon était une barque ou un nuage. Et cette silhouette au premier plan, était-elle tournée vers moi ou me montrait-elle son dos ? Il fallait que je recule encore un peu, et que je revoie certaines choses que j'avais jusque-là tenues pour acquises.

Mon étape suivante en ce matin d'automne était une banque sur Upper Street. Geraldine en avait abusé pendant des années, à la fois pour sa société et ses comptes personnels. J'avais moi aussi été leur client à l'époque où nous étions ensemble.

J'imagine qu'il fut un temps où, dans ce genre de circonstances, j'aurais pu m'attendre à être reçu par le directeur en personne et à ce qu'il me présente ses condoléances. Néanmoins, je ne fus pas étonné d'être pris en charge par une jeune femme munie d'un épais dossier et d'un bloc-notes auquel elle jetait un coup d'œil de temps en temps pour se remémorer mon nom.

« Je vous ai préparé ces papiers à signer, monsieur, euh... Tressider, m'annonça-t-elle d'une voix nasillarde. Ils nous permettront d'ouvrir un compte d'exécuteur testamentaire à votre nom, sur lequel nous pourrons ensuite transférer le solde de votre femme.

– Qui est relativement modeste.

– Mais créditeur », me sourit-elle.

Ma femme était morte, mais créditrice, ce qui était censé m'être d'un grand réconfort.

« Et donc, tout est en ordre, de votre point de vue ? demandai-je.

– Tout à fait. En qualité d'exécuteur testamentaire de Mme, euh... Tressider, vous êtes au courant cependant qu'elle a peut-être des fonds en Suisse ?

– Ah bon ?

– C'est-à-dire que nous n'en sommes pas complètement sûrs, mais il y a eu deux gros virements de son compte personnel vers un compte à Genève. Je pensais que vous le saviez.

– Je suis sûr que tout est parfaitement en règle, répondis-je.

– C'est ce que nous espérons aussi », me dit-elle avec un sourire.

Je signai les papiers.

« Merci, monsieur, euh… Tressider. »

J'avais déjà rassemblé mes affaires et pris congé lorsque le téléphone sur son bureau sonna.

« Oui, monsieur Smith, nous sommes justement en train de tout boucler. Non, M., euh… Tressider est sur le point de partir. Oui, bien sûr, je lui demande. »

Elle se tourna vers moi.

« Le directeur voudrait vous voir, si vous avez cinq minutes. »

Je consultai ma montre.

« Cinq minutes ? rétorquai-je. D'accord. »

J'avais déjà rencontré Smith, le directeur, du temps où il veillait sur notre infinitésimal compte d'épargne commun et notre colossal emprunt immobilier. J'avais des tas de raisons de me souvenir de lui mais, comme avec Rupert, je mis quelques secondes à reconnaître ce personnage ventripotent derrière son bureau en acajou, bien qu'il m'eût été difficile de dire précisément en quoi il avait changé. Quoi qu'il en soit, il paraissait désormais tout à fait le directeur de banque qu'il était : de taille moyenne, avec une bedaine qui augmentait de façon inversement proportionnelle à la masse de ses cheveux, dont il dissimulait pour le moment la calvitie naissante avec une mèche en biais peu convaincante. Ses lèvres étaient assez proéminentes, de cette variété qui peut avoir l'air pleine et sensuelle dans la jeunesse mais qui devient de plus en plus flasque et laide avec l'âge. Il avait la peau grasse. Son costume rayé gris, de qualité médiocre mais qui paraissait encore relativement neuf, était de loin ce qu'il avait de plus présentable. Il semblait à la fois se souvenir de moi et avoir oublié notre dernière et pénible entrevue quelque dix ans auparavant, car il m'accueillit avec une poignée de main énergique et un sourire compatissant. Peut-être que ces courtoisies démodées n'avaient pas complètement disparu, finalement.

« Ethelred... mes condoléances. Quelle terrible histoire. *Terrible*, vraiment. Un café ? »

Il empoigna sur une desserte la cafetière qui était restée au chaud sur une plaque électrique et m'en servit une tasse. Je n'avais pas eu droit à un café la dernière fois qu'il m'avait reçu.

« Merci, dis-je. J'ai déjà tout passé en revue avec votre assistante. Apparemment, tout est en ordre. »

Il toussota et but une gorgée de café. L'espace d'une seconde, un délicat fil de salive resta suspendu entre sa tasse et ses lèvres.

« J'espère bien », rétorqua-t-il.

Il parlait d'une voix lente et attentive, avec un léger accent écossais, en s'attardant de façon inattendue sur certains mots, comme pour leur donner de l'emphase.

« Oui, *j'espère*, répéta-t-il.

– Mais le compte est créditeur, non ?

– Oh oui ! *Créditeur*, oui. Ah ! ça *oui*. Malheureusement, elle a aussi un très gros *emprunt* à rembourser, sans les fonds nécessaires pour le couvrir.

– Pardon, mais... est-ce qu'il y a un autre compte que je n'aurais pas vu ?

– Pas un autre compte, non. Pas un autre *compte* à proprement parler. Mais elle devait pourtant *beaucoup* d'argent.

– Combien ?

– Trois cent mille livres.

– Je vois.

– Il semblerait qu'elle ait transféré cet argent en Suisse peu de temps avant qu'elle, euh... qu'elle meure. Il faudrait que je le récupère. Ou plutôt, c'est à vous de le faire, en tant *qu'exécuteur* testamentaire.

– Vous savez donc où est cet argent ?

– Nous connaissons la banque, mais, vu que c'est une banque *suisse*, ils sont quelque peu réticents à nous communiquer les détails. Nous pensons que votre femme avait un compte chez eux sur lequel elle a transféré les fonds en question. Il est peu probable qu'elle ait eu le temps de faire grand-chose de cet argent avant de mourir, donc il est sans doute encore là. Il ne devrait pas être trop difficile pour vous de le récupérer.

– Vous croyez ?

– Je ferai de mon mieux pour vous aider, bien entendu.

– Je m'étonne que la banque ait accepté de lui prêter autant d'argent, vu ses antécédents. Qu'avait-elle apporté en garantie ?

– Oui. Eh bien, c'est là que le bât blesse. Elle n'avait pas apporté de *garantie* pour cet emprunt.

– Et la banque lui a quand même prêté l'argent ? Vous avez changé les règles depuis que j'étais client chez vous !

– Ah ! C'est là le deuxième aspect du problème. Les règles de la *banque* n'ont absolument pas changé.

– Je ne vous suis plus.

– C'est *moi* qui lui ai donné cet argent, Ethelred. Moi. C'était un prêt personnel. La *banque* n'a rien à voir là-dedans. J'ai vendu des actions pour réunir la somme.

– Mais pourquoi ?

– Je dois reconnaître que, avec le recul, ça semble totalement inconsidéré de ma part, mais elle me proposait un *très* haut rendement. J'avais l'intention de lui laisser l'argent quelque temps seulement avant de le *réinvestir*.

– Je vois.

– Et il faut que je réinvestisse le plus vite possible, ajouta-t-il avant de prendre une autre gorgée de café.

– Avant que le marché ne remonte ?

– Avant que ma femme ne s'en aperçoive. Je ne lui avais pas parlé de ce projet. Elle pourrait trouver que j'ai été un peu *imprudent*. »

Il laissa échapper un petit rire nerveux et me lança un regard complice : un mari à un autre (ex-)mari.

« Donc, j'ai *vraiment* besoin de votre aide. »

Je lui retournai son sourire mais restai silencieux.

Il me dévisagea d'un air hésitant.

« Vous êtes en train de me dire que vous ne pouvez pas… que vous ne *voulez* pas m'aider ? »

Je bus une gorgée à mon tour, mais très lentement, avant de reposer méticuleusement la tasse sur la soucoupe.

« Je vais avoir besoin de tous les détails, répondis-je.

– Bien entendu, dit-il avec un soupir de soulagement. Les *détails*. Bien *entendu*. »

Il me remit alors une petite liasse de papiers en promettant de m'appeler le plus vite possible pour me donner toutes les informations complémentaires.

En quittant son bureau, j'avais l'impression qu'une autre pièce du grand dessein de Geraldine venait de trouver sa place, sans pouvoir dire exactement ce qu'elle représentait. Une barque ? Un nuage ? Seul le temps le dirait.

Il me restait encore une visite à accomplir, suite à un coup de fil que j'avais passé plus tôt dans la journée. Dans une petite rue bordée d'étroites maisons en brique rouge qui donnait sur Holloway Road, la pluie striait la crasse de vitres qu'on n'avait pas lavées depuis longtemps. Nul besoin de pousser la grille pour l'ouvrir : une couche de rouille de plusieurs années d'épaisseur l'empêchait à jamais de se fermer. Un long silence suivit mon coup de sonnette, puis je perçus le bruit de pantoufles qui descendaient l'escalier. La porte s'entrouvrit de quelques centimètres et la tête de Rupert apparut brièvement dans l'entrebâillement. La porte se referma, je reconnus le cliquetis de la chaîne et elle finit par se rouvrir en grand.

« Dieu soit loué ! Tu as des nouvelles ?

– Pour l'instant, je suis plus préoccupé par la météo que par les nouvelles, répondis-je. Je suis en train de me faire saucer. Tu ne veux pas me laisser entrer ?

– Oh ! pardon, je suis désolé. Viens, monte, tu vas me raconter. »

Tandis que je le suivais dans l'interminable escalier, je me rendis compte que la morosité de son nouvel environnement avait commencé à déteindre sur lui. Son pantalon en velours côtelé était vieux, son chandail troué au coude, et il n'était pas rasé.

Le petit appartement qu'il occupait au quatrième étage avait tout d'un relais étape temporaire sur la route de sa prochaine destination, quelle qu'elle fût. La peinture bâclée, les housses de fauteuils mal ajustées, la moquette tachée, les stores vénitiens poussiéreux suggéraient que, parmi les anciens locataires, peu avaient eu l'intention d'y rester longtemps également. Ça n'était déjà pas terrible, mais même en partant d'aussi bas vous pouviez encore continuer à déchoir. Il y a toujours moyen de tomber plus bas.

« Je n'ai pas autant de nouvelles que j'aurais aimé, annonçai-je. Ça ne te surprendra pas d'apprendre qu'il n'y a pas d'argent sur le compte de Geraldine.

– Et mes deux cent mille livres, alors ?

– Parties en Suisse. »

J'observai attentivement son expression, mais elle ne trahissait rien d'autre qu'une totale incompréhension.

« En Suisse ? Pourquoi ?

– C'est là que partirait tout l'argent s'il avait le choix. C'est là qu'il est aimé et apprécié. Tu veux dire que tu ne savais pas qu'elle comptait transférer l'argent à l'étranger ? »

Il secoua la tête comme devant une définition de mots croisés particulièrement hermétique.

« En Suisse ? Non. Je t'ai dit : elle comptait l'investir dans des maisons à Hackney. Quel intérêt elle aurait eu à le transférer en Suisse ? Écoute, Ethelred, il faut que je récupère cet argent, c'est tout.

– C'est bien pour ça que je poursuis mes recherches. La banque va me fournir les détails du compte. S'il est à son nom, ça ne devrait pas être trop compliqué pour moi de tout récupérer.

– Il peut ne pas être à son nom ? Qu'est-ce qui te fait penser ça ?

– On s'inquiétera de ça plus tard, d'accord ? » m'empressai-je d'ajouter, bien que, s'il n'était pas encore inquiet à ce stade, je ne visse pas bien à quel moment il le serait.

Ou peut-être aurait-il été un poil plus inquiet s'il avait eu connaissance du petit prêt de Smith à Geraldine, qui ne manquerait pas de compliquer la répartition de toute somme potentiellement récupérable. J'aurais pu lui en toucher un mot, bien sûr. Mais je m'en abstins.

« Je t'en suis infiniment reconnaissant, Ethelred. Tu ne peux pas imaginer comme c'est rassurant de savoir que c'est toi qui t'occupes de tout ça.

– On se connaît depuis un bail, tous les deux, répondis-je avec un sourire bienveillant. Mais peut-être que tu peux m'aider un tout petit peu.

– Bien sûr. Tout ce que tu veux.

– Durant l'année passée, est-ce que tu as jamais eu le sentiment qu'il y avait quelqu'un d'autre dans sa vie ?

– Avant qu'on se sépare, ou après ?

– Les deux. »

Il avait été sur le point de me faire un aveu, le soir où il était venu me voir à Findon. Peut-être serait-il disposé à m'en dire davantage à présent.

« Je ne suis pas tellement en position de faire des commentaires sur après, mais avant… oui, certainement. Je dirais depuis mars, environ, si je devais donner une date. Rien sur quoi je puisse vraiment mettre le doigt, juste qu'elle s'absentait parfois pour toute la journée. Il lui arrivait même de découcher. Elle disait qu'elle cherchait d'autres projets en dehors de Londres, ce qui était peut-être le cas, d'ailleurs.

– Mais ça a éveillé tes soupçons ?

– Non… enfin, si. Une fois, elle m'a dit qu'elle revenait de Leeds. Mais quand je lui ai emprunté la voiture quelques jours plus tard, j'ai trouvé un ticket de parking sur le tableau de bord. Il correspondait au jour où elle avait dit qu'elle était à Leeds, pourtant c'était un parking à Chichester.

– Faute d'inattention, commentai-je.

– Je veux dire : Leeds… Chichester… pour moi ça n'aurait fait aucune différence. Alors pourquoi me dire l'un à la place de l'autre ? Et puis, évidemment, six mois plus tard on retrouve sa voiture à West Wittering, à même pas dix kilomètres de Chichester.

– Coïncidence ?

– Peut-être. C'est pour ça que je me suis demandé… vu que tu habites dans ce coin-là… est-ce qu'elle est jamais passée te voir ? Ça devait être autour du mois de mai.

– Pourquoi veux-tu qu'elle soit passée me voir ?

– Je ne sais pas. Non, tu as raison, c'est idiot de te demander ça. Mais ça m'a travaillé, sur le moment.

– Rien d'autre ? Qui ait pu éveiller tes soupçons, je veux dire. »

Il fronça les sourcils et finit par secouer la tête.

« Non, soupira-t-il. À part le fait qu'elle s'absentait de plus en plus et qu'elle avait parfois l'air… je ne sais pas… ailleurs. Et ce n'est pas faute d'y avoir pensé, crois-moi. Je l'aurais sans doute mieux vécu si elle m'avait quitté pour un autre. Mais finalement, elle m'a tout simplement quitté. Je m'attendais, après notre séparation, à ce qu'elle emménage illico avec quelqu'un d'autre. Mais non. Jamais.

– Est-ce que le nom de Darren Oxtoby te dit quelque chose ?

– Darren ? C'est l'empoté qu'elle a employé comme garçon de bureau.

– Rien de louche là-dessous, tu penses ?

– Darren ? »

Il ne put s'empêcher de rire. J'avais réussi à lui remonter le moral, apparemment. Ma visite n'aurait donc pas servi à rien.

« Darren ? Non, vraiment non. Même dans mes pires accès de jalousie, je n'aurais jamais pu imaginer que Geraldine soit attirée par Darren. Toi oui ?

– Non, non. Bien sûr que non. Oublie ce que j'ai dit. Et sinon, tu ne vois personne d'autre ?

– Comme je t'ai dit, je n'en sais fichtrement rien. C'est tout à fait possible. Je savais à quoi je m'engageais avec Geraldine. C'est pour ça qu'on s'était séparés à l'époque d'Oxford. Son attention avait tendance à s'éparpiller si tu ne la surveillais pas de près. Tu as dû avoir le même problème.

– D'autres hommes ? Pendant qu'on était mariés ? Je ne crois pas. Enfin, sauf toi, bien sûr.

– Mais... »

Il me regarda d'une façon bizarre que je n'étais pas sûr de bien savoir interpréter, puis haussa les épaules.

« Si tu le dis, vieux, reprit-il. Quelle importance, maintenant, de toute façon ? Tu penses qu'elle avait l'intention de s'enfuir avec quelqu'un ?

– Honnêtement, je n'en sais rien non plus. »

Mais la pièce du puzzle juste à côté de la traînée grise était désormais en place. Et c'était bel et bien une barque. C'était une barque.

Pendant tout le retour jusqu'à Findon, la pluie s'écrasa contre mon pare-brise. On avançait à deux à l'heure sur les routes défoncées de Clapham et de Wandsworth. Le bitume dansait dans la lumière de mes phares, sa surface luisante dans un état d'agitation constante. J'arrivai chez moi fatigué, prêt pour un whisky et au lit.

Je me garai à ma place attitrée et fus agacé de voir, en marchant jusqu'à la maison, une des filles du village assise sur le muret devant la résidence de Greypoint House, qui donnait des coups de talon dans la pierre.

« Qu'est-ce que ce mur vous a fait pour que vous lui en vouliez comme ça ? lui demandai-je en fronçant les sourcils.

– Qu'est-ce que ça peut vous foutre ? me rétorqua-t-elle.

– Il se trouve que c'est mon mur. En tout cas pour un huitième.

– Un huitième ? De *ça* ?

– À peu près.

– T'as rien de mieux à faire de ta vie ? lança-t-elle en donnant un dernier grand coup de talon dans le mur avant d'en sauter.

– Et que je ne vous y reprenne plus ! » assénai-je encore, ou quelque chose d'à peu près aussi ringard et inefficace.

Mais je pensais en réalité : mieux à faire de ma vie ? Oui, ce n'est pas idiot, comme question. Un de ces jours, il faudra vraiment que j'y réfléchisse.

10

S'il y a bien une chose qui me tape sur le système, c'est de commencer un nouveau chapitre et de m'apercevoir que ce con de narrateur a changé. Choisir une autre police de caractère ne fait qu'aggraver les choses, comme si l'auteur (cet abruti) pensait que le lecteur ne verrait pas qu'il s'agit de quelqu'un d'autre sans tout souligner à double trait et passer en Optima corps dix ou je ne sais pas quoi.

C'est typiquement le genre d'artifice contre lequel j'avais dû mettre en garde Ethelred, tout comme autrefois les mères mettaient en garde leurs fils contre les femmes de mauvaise vie. Remarquez que j'aurais bien fait d'alerter Ethelred contre les femmes aussi, avant que la Salope ne lui mette le grappin dessus. J'avais vu clair dans son jeu dès le premier jour. Ça, oui. Mais on ne peut pas ouvrir les yeux des gens malgré eux. Surtout quand ils s'imaginent être amoureux. Si j'étais au pouvoir, je ferais voter une loi contre ça.

Quand la Salope s'est tirée, il a bien failli ne pas s'en remettre. Pendant des mois, il n'a pas écrit une ligne, ce qui n'est pas trop grave quand vous touchez des royalties sur une dizaine de livres précédents, mais ce n'était pas son cas. Et je ne vous dis même pas ce qu'il restait de mes fichus douze et demi pour cent. Il a même laissé à cette pouffe l'appartement et tout ce qu'elle a voulu y prendre.

À l'époque, il semblait n'avoir plus personne dans son camp. Il s'était fait entuber par son meilleur ami. Sa belle-sœur, Charlotte, ne l'avait jamais beaucoup aimé ; elle considérait Ethelred comme un bon à rien depuis le début : un pauvre type dégingandé et lugubre qui n'était pas digne de sa sœur. À l'annonce de leur séparation, elle pouvait à peine cacher sa joie (c'est seulement plus tard, quand elle a commencé à mieux connaître Rupert, qu'elle s'est rendu compte que Geraldine avait réussi à trouver pire qu'Ethelred). Son banquier - un certain Smith, qui l'avait comme client depuis des années - lui a même refusé un prêt sous prétexte que ses revenus d'auteur ne constituaient pas une garantie suffisante à eux seuls. C'est d'ailleurs ça, plus que tout le reste, qui a contraint Ethelred à quitter Londres et à partir s'enterrer dans le Sussex, loin de ses amis, où la vie était moins chère et les banquiers plus conciliants. Mais, vu que la plupart de ses anciens amis semblaient se presser au portillon pour lui botter le cul, le fait de prendre ses distances s'avéra finalement beaucoup moins désastreux que ça n'aurait pu l'être. Non pas, autant que je sache, qu'il se soit fait de nouvelles relations dans son trou en bord de mer. Il avait l'air de ne plus pouvoir accorder sa confiance à personne. Jamais.

Si bien que, lorsque Ethelred est parti s'installer à Findon, j'ai pensé : D'accord, il est fauché, il est en miettes, il n'a plus de copains, mais au moins il s'est débarrassé de la Salope.

Au bout d'un moment, il s'est remis à produire régulièrement. Un Fairfax par an, qui lui permettait de se construire un joli petit lectorat fidèle. Lorsqu'il a eu envie d'essayer quelque chose d'un peu différent - des trucs historiques -, je lui ai conseillé de le faire sous un pseudonyme, et ça a plutôt bien marché aussi. Pareil pour ses romans à l'eau de rose, même si c'était évidemment, comme tous les romans à l'eau de rose, un ramassis de conneries.

À partir de quand est-ce que ça a commencé à clocher ? Avant la mort de la Salope, en tout cas. Je remarquais chez Ethelred une sorte d'impatience, une réticence à se mettre au prochain Fairfax, qui était pourtant déjà en retard. Il n'arrêtait pas de dire : « Pourquoi je n'essaierais pas ci, pourquoi je n'essaierais pas ça ? » Parce que tu n'en es pas capable, espèce d'idiot, je lui répondais. C'est vrai, on est obligé d'être cruel pour être gentil, parfois, non ?

Ensuite, il est parti en France et je me suis dit : Bon, peut-être que le changement lui fera du bien. Mais c'était encore pire après. La mort de Geraldine l'a affecté de façon étrange. Vraiment étrange.

Par exemple, le soir où on a appris sa disparition (j'ai été sympa, je suis restée avec lui un bon moment au cas où les flics l'emmerdent), il n'a pas bronché quand le policier lui a annoncé qu'elle s'était suicidée. Il a juste dit : « Putain, merde », ou un truc du genre, quand il a appris qu'elle avait fait ça à West Wittering. Mais la seule chose qui semblait vraiment le contrarier, c'est le fait qu'elle conduisait une Fiat rouge. Franchement, à quoi ça rime ?

Ensuite, il y avait des fois où vous auriez pu jurer qu'il se foutait pas mal qu'on retrouve l'assassin ou pas. Attention, que ce soit bien clair : ma propre attitude était sans doute... comment dire ? un peu ambivalente. La personne qui avait assassiné Geraldine l'avait manifestement fait avec les meilleures intentions du monde, donc il n'y avait pas lieu d'en vouloir à quiconque. Mais j'étais curieuse de découvrir le coupable. Vous aussi, non ?

Alors c'est vrai qu'Ethelred courait dans tous les sens pour poser des questions aux uns et aux autres (et ne me dites pas que c'était seulement pour remplir ses devoirs d'exécuteur testamentaire, par pitié). Mais il n'avait pas l'air de réellement vouloir trouver quoi que ce soit. Et il n'avait l'air ni franchement dévasté ni réjoui non plus par le décès prématuré de la Salope.

Il n'avait aimé que deux femmes dans sa vie, m'avait-il confié un jour. La première était une instit qu'il avait eue en primaire, la deuxième était la Salope. Et toutes les deux, bizarrement, s'appelaient Geraldine. Alors j'aurais pu comprendre qu'il soit bouleversé, même après tout ce temps, si quelque chose arrivait à l'une d'entre elles. Mais non, même pas.

D'un autre côté, il montrait clairement des signes d'inquiétude. Je m'en étais aperçue pour la première fois... quand ? Juste après qu'il était allé identifier le corps. Une tâche pénible, certes, mais qui, d'une certaine façon, aurait dû être cathartique. Cela aurait pu déclencher en lui des remords apitoyés, ou au contraire lui remonter le moral. Mais c'est exactement à partir de là qu'il a commencé à devenir sombre, de mauvaise humeur, presque. Et inquiet. Oui, très visiblement inquiet.

Depuis le début, j'avais l'impression qu'il savait certaines choses qu'il ne voulait pas me dire. Vous arrivez à comprendre, vous ? Je veux dire, qu'il ne veuille pas me les dire, *à moi* ?

Alors à quoi rimait la grande quête d'Ethelred ? Je savais bien sûr que, après notre visite à l'appartement, il était passé au bureau de Geraldine, puis à la banque, puis chez Rupert. Je n'étais pas censée le savoir ? Ah, vous aviez sous-estimé mon degré de fourberie ! Non, je ne l'ai pas suivi... enfin, si, d'accord, je l'ai suivi un petit moment, mais une fois qu'il s'est embarqué sur Holloway Road, j'ai compris qu'un rapide coup de fil pourrait me confirmer par la suite s'il était allé voir Rupert ou pas. Pas mal pour une apprentie détective, hein ?

Du coup, je suis restée assise près du téléphone toute la soirée en attendant qu'il m'appelle pour me raconter ce qu'il avait découvert, mais tintin ! Pas d'autre solution, dans ce cas, que de prendre ma voiture et de filer à Findon, en ayant tout le chemin pour me trouver une bonne excuse. Mais j'étais loin d'imaginer alors que ma visite s'avérerait aussi fructueuse qu'elle le fut.

11

Il plut pendant la majeure partie de la semaine suivante, après quoi il continua encore à pleuvoir. Je lus par la suite que ç'avait été l'automne le plus pluvieux depuis qu'il existait des données. J'avais passé la matinée devant mon ordinateur à essayer d'échafauder une nouvelle intrigue pour Fairfax, mais la pluie coulait, coulait de la gouttière cassée au-dessus de ma fenêtre, et Fairfax demeurait boudeur et peu communicatif. À plusieurs reprises, il me sembla avoir trouvé un bon point de départ, mais à chaque fois l'histoire finissait par prendre une direction curieuse, presque surréaliste. Fairfax avait souvent exprimé par le passé son mépris pour toutes les formes de littérature policière, en ignorant le fait qu'il était lui-même un produit du genre. À présent, on aurait dit qu'il avait soudain pris conscience de l'étrange anomalie de sa situation et qu'il se moquait de moi. Par deux fois, j'avais déjà écrit plus de mille mots avant de tout effacer et de recommencer à zéro.

Ma troisième tentative fut interrompue par une nouvelle visite des flics. Cela faisait environ une semaine que je n'avais presque plus de contacts avec eux, mais tout à coup ils semblaient impatients de me faire part de leurs progrès.

« Nous pensons, monsieur Tressider, être en mesure d'établir un lien entre le meurtre de votre femme et plusieurs autres dans la région.

– Je vois.

– Sur les deux dernières années, il y a eu quatre meurtres qui pourraient avoir été commis par le même assassin. Toutes les victimes étaient des femmes blondes, toutes ont été étranglées, et les corps ont tous été retrouvés dans un périmètre d'une trentaine de kilomètres autour de l'endroit où a été découverte votre épouse. Il y a eu aussi un autre incident... une autre dame blonde. Elle a commencé à parler avec un homme dans un pub, et il a fini par lui proposer de la raccompagner chez elle. Il lui a dit qu'il avait une Porsche, ce qui était vrai. Mais à mesure qu'ils roulaient, elle s'est rendu compte que la route qu'il prenait n'était pas la plus directe. Il s'est arrêté pour suggérer une petite promenade au clair de lune, mais à ce stade elle était déjà relativement méfiante, et à juste titre. Quand il a confirmé ses soupçons en essayant de l'étrangler, elle lui a donné un coup de genou dans le bas-ventre et... je vous passe les détails, mais on a maintenant une assez bonne description du type en question. En conséquence de quoi, j'ai le plaisir de vous annoncer que nous pensons avoir identifié le coupable.

– Et vous l'avez appréhendé ? demandai-je, brûlant soudain d'impatience.

– Pas encore. Il s'est volatilisé. Envolé. Il a fichu le camp. »

Puisqu'ils ne semblaient pas attendre de réponse de ma part, je n'en donnai pas.

« On compte passer l'affaire dans l'émission *Crimewatch*, ajouta-t-il non sans une certaine fierté. Du coup, je peux sans problème vous révéler son identité puisqu'elle sera rendue publique à l'antenne. Est-ce que le nom de George Peters vous dit quelque chose ?

– Non », répondis-je sans la moindre hésitation.

Même en remontant à ma plus tendre enfance, je ne me rappelais honnêtement avoir rencontré personne du nom de George Peters.

« Eh bien, c'est notre homme, indiqua le flic. Et une fois qu'on lui aura mis la main dessus, je crois que nous n'aurons pas à chercher bien plus loin pour trouver l'assassin de votre femme.

– Joli travail, dis-je.

– Vous n'avez pas l'air convaincu.

– Si, si, je suis terriblement impressionné. »

Le policier me regarda en plissant les yeux.

« Si vous savez des choses que vous ne nous avez pas dites concernant le meurtre, monsieur Tressider, je vous conseille de le faire au plus vite. La dissimulation de preuves peut être considérée comme un délit. »

Je me laissai aller contre le dossier de ma chaise et étendis les jambes devant moi.

« Pourquoi voudriez-vous que je fasse une chose pareille ? » rétorquai-je.

Après le départ de la police, j'éprouvai le besoin de sortir m'aérer, même si je risquais de prendre une saucée au passage. Mais le ciel s'éclaircit en fin de matinée et la pluie se transforma en une simple bruine intermittente. J'enfilai donc un ciré et des bottes en caoutchouc et partis en direction de Nepcote Green et du fort de Cissbury.

Les pluies incessantes des derniers jours avaient commencé à dépouiller les arbres de leurs feuilles et à les abandonner en tas détrempés sur les bords de la route, où ils formaient des barrages miniatures qui retenaient des flaques latérales d'eau terreuse. Les dernières tristes mûres d'une maigre saison pendaient, grises et moisies, aux branches nues des buissons. Les moutons paraissaient mouillés et malheureux. Et l'eau ne cessait de tomber. C'était en gros tout ce qu'elle savait faire : de chaque branche, de chaque feuille, de chaque brindille, il tombait de l'eau.

Je contournai le fort et poursuivis mon chemin en traversant les collines vers le village de Steyning. La boue crayeuse avait la consistance du ciment mouillé mais, dans l'air pur des hautes terres, les problèmes qui ailleurs paraissaient immenses s'évaporaient dans le bleu du ciel. J'avais souvent constaté qu'une longue marche me permettait de me clarifier les idées et de résoudre les incohérences qui s'étaient soudain révélées dans mon intrigue.

Ma promenade ce jour-là ne fit pas exception et, dans l'automne humide de la campagne du Sussex, j'oubliai les problèmes que j'avais cru avoir et me mis à imaginer une soirée d'été étouffante à Buckford.

Fairfax est assis à son bureau. Une fois de plus, il songe à prendre sa retraite. Et il est profondément troublé, bien qu'il soit encore difficile de dire à cause de quoi. Il discute avec un de ses jeunes collègues, apparemment de choses sans importance, mais laissant de plus en plus deviner au lecteur quelque conflit interne qui ne manquera pas de se développer au fil des chapitres suivants. La scène s'interrompt et on passe à un autre endroit de Buckford : un homme prépare un crime, mais nous ne savons pas encore de quel crime il s'agit. Ce n'est cependant pas un bandit ordinaire ; c'est quelqu'un que Fairfax connaît bien, un ami, si tant est que Fairfax ait des amis. À un moment, son histoire et celle de Fairfax vont être amenées à se croiser, mais pas avant plusieurs chapitres. Les événements à venir, quels qu'ils se révèlent être, vont mettre la loyauté de Fairfax à l'épreuve. Ou peut-être que non, finalement. Peut-être qu'il n'aura aucune difficulté à traduire cet ami en justice. Peut-être sacrifiera-t-il sa loyauté au nom de l'intérêt collectif, fidèle à un service qui a pourtant systématiquement omis de le récompenser pour ses efforts. Peut-être que ce sera là sa toute dernière enquête.

Et après ? Je ne sais pas encore. Mais l'histoire a commencé à couler. Et, avec un peu de chance, ce maigre filet d'eau gagnera en puissance et se transformera en ruisseau, puis en un torrent qui emportera l'intrigue jusque Dieu sait où.

Ce soir d'été torride serait mon point de départ.

Le soleil perça entre les nuages alors que je dépassais le fort de Cissbury sur le chemin du retour. Dans l'air plus chaud, on voyait clairement de la vapeur s'élever du dos des moutons. Çà et là, de petits îlots secs apparaissaient sur la route. À Nepcote Green, Catrin promenait Chardon, son border-terrier. Je la saluai de la main comme à mon habitude et elle me répondit. Quelque part, un oiseau, dans son ignorance, se mit peut-être même à gazouiller. Est-ce seulement avec le recul qu'il me semble que tout, dans ce retour de promenade, était d'une normalité suspecte ? Que je me laissais berner par un faux sentiment de sécurité ?

À Greypoint House aussi, les choses paraissaient comme à l'ordinaire, même si la gouttière coulait encore doucement sur le gravier. Je grimpai l'escalier jusqu'à mon appartement, impatient de me remettre à mon clavier.

Dans mes rêves, oui !

Le premier signe que quelque chose clochait fut le fait que la porte de chez moi n'était pas fermée à clé, alors que j'étais sûr et certain de l'avoir fait en partant. Je tournai prudemment la poignée et poussai la porte. Je m'arrêtai sur le seuil pour attraper sans bruit une canne sur le présentoir et tendis l'oreille, puis – espérant prendre l'ennemi par surprise – je fis brusquement irruption dans le salon.

Elsie releva les yeux sans bouger de son fauteuil.

« À quoi tu joues, espèce d'idiot ? »

Devant elle, étalés sur ma table basse, se trouvaient tous les relevés de compte de Geraldine. Par terre, je ne sais pourquoi, gisait un atlas routier des îles Britanniques. Et, bien serrée dans sa main, une barre de chocolat. En voyant ma moue réprobatrice, elle regarda d'abord la barre de chocolat, puis les relevés de compte, et de nouveau le chocolat.

« Oh, ça va, merde ! s'exclama-t-elle. Il était dans le placard. »

12

Je me garai juste à l'angle de Greypoint House, terminai le chemin à pied et sonnai à la porte. Pas de réponse, évidemment. On aurait pu penser que même Ethelred aurait eu le bon sens de ne pas sortir un jour où il tombait des hallebardes, mais il faut croire que non.

C'est alors que j'eus mon premier coup de bol (oh oui ! il allait y en avoir d'autres). La porte de l'immeuble s'ouvrit et une vieille bonne femme me lança :

« Je peux vous aider, très chère ?

– Je cherche Ethelred Tressider, mais j'ai l'impression qu'il est sorti.

– Oh ! il vient juste de partir se promener. Je doute qu'il soit de retour avant au moins une heure. Mais j'ai le double de ses clés. Venez, je vais vous faire entrer, comme ça vous pourrez l'attendre au sec. »

C'est ça que j'aime, à la campagne : Bonjour, je vois que vous êtes une parfaite inconnue, je n'ai qu'à vous faire entrer. Et sachez que vous disposez d'au moins une heure pour vider l'appart, si vous avez besoin de temps. Très chère.

« Merci, c'est vraiment gentil de votre part.

– Je vais chercher la clé, alors. »

Bien entendu, je savais que je ne pouvais pas trahir la confiance qu'Ethelred et la vieille bonne femme avaient placée en moi. Une fois que j'aurais fini de fouiller dans ses affaires, je ferais en sorte de tout remettre exactement comme je l'avais trouvé.

Les relevés de compte de Geraldine furent la première chose qui me tomba sous la main. Ils étaient fidèles à ce qu'Ethelred m'en avait dit : un solde créditeur de 92,57 livres. Le seul petit détail qui lui avait échappé était qu'un peu plus de six cent mille livres avaient été virées à partir du compte de Geraldine juste avant sa disparition. Mais peut-être avait-il simplement omis de me le signaler.

Où était donc passé cet argent ? C'est à ce moment que se produisit le deuxième coup de bol : le téléphone sonna. Évidemment, j'allai répondre.

« Appartement de M. Tressider. Ici Elsie Thirkettle.

- Ah... Et vous êtes *qui*, exactement ? me répondit une voix avec un léger accent écossais et une tendance à parler en italique. C'est au sujet de la *succession*.

- Je suis l'agent de M. Tressider.

- L'agent ? Ah, donc vous êtes quoi ?... une sorte de *comptable* ? Est-ce que vous vous occupez de la succession à sa place ?

- Oui. »

C'était une réponse qui me semblait plus prometteuse que « non ». Et puis ne venais-je pas justement de parcourir fort obligeamment les relevés de son ex-femme pour lui ?

« Parfait. Ici monsieur Smith, le *directeur* de la banque de M. Tressider. Est-ce qu'il vous a bien transmis les informations concernant le virement sur le compte *en Suisse* ? »

Ce nom m'était évidemment familier dans la mesure où il s'agissait de l'enfoiré qui avait acculé Ethelred à quitter la civilisation. J'étais assez tentée de lui demander quelques explications à ce sujet pas plus tard que maintenant, mais je me ravisai en songeant que cela risquait de retarder d'autant le moment où il me dirait ce qu'il avait à me dire. Je consacrai donc tous mes efforts à faire celle qui maîtrisait parfaitement la situation. Il serait toujours temps de le traiter de roi des connards après.

« Tout à fait, répondis-je. Un peu plus de six cent mille livres. Ça nous a d'ailleurs beaucoup intrigués.

- *Intrigués* ? Il me semblait pourtant lui avoir expliqué.

- Oui, oui, c'était parfaitement clair. Non, c'est plutôt les détails qui nous ont intrigués.

– Je vois… fit-il avec une légère note de suspicion dans la voix. Je ferais peut-être mieux d'attendre que M. Tressider soit disponible, finalement.

– Négatif, monsieur Smith, rétorquai-je avec toute la persuasion dont je pouvais faire preuve. Il a bien insisté sur le fait qu'il voulait que je m'occupe de ça pour lui. C'est justement ma spécialité. Ce serait beaucoup plus simple que vous vous adressiez à moi directement.

– Votre spécialité, hein ? »

Il paraissait encore hésitant, bizarrement. Pourquoi, mais pourquoi donc ce manque de confiance ?

« Très bien, reprit-il. Vous comprenez bien que mon intérêt dans tout ça se limite au prêt des trois cent mille livres.

– Que vous aimeriez que la banque puisse récupérer, complétai-je, fière de mon esprit de déduction.

– Vraiment, M. Tressider ne vous a *rien* expliqué du tout ? Il s'agissait d'un prêt *personnel* consenti par moi à Mme Tressider sans aucune garantie, ce qui peut sembler un peu idiot, mais… Pardon, vous disiez ?

– Non, rien, mentis-je.

– Dites à M. Tressider que j'ai de nouveau essayé d'obtenir plus d'informations auprès de la banque suisse mais qu'ils ont *refusé* de me fournir les détails. Tout ce qu'ils ont bien voulu me dire, c'est que le compte sur lequel a été transféré l'argent n'est *pas* au nom de Tressider. Bien sûr, on pouvait s'attendre à ce qu'elle ouvre le compte sous un autre nom, vu les circonstances.

– Et vous voulez que je… ?

– Que vous trouviez à quel nom est le compte et que vous *récupériez* cet argent, *bordel* ! »

Je pouvais quasiment l'entendre secouer la tête au bout du fil, mais il m'en avait désormais trop dit pour ne pas me faire confiance. Il me donna le nom et le numéro de téléphone de la banque, ainsi que le numéro du compte sur lequel l'argent avait été viré.

Il ne me restait donc plus qu'à appeler la banque suisse et à les convaincre de me divulguer les informations qu'ils refusaient de fournir au directeur en personne de la banque de Geraldine. Rien de plus fastoche, franchement.

Je commençai par passer un coup de fil préliminaire à un de mes amis chez Scotland Yard. Dieu merci, il y a encore des policiers qui ont des ambitions littéraires.

« Bill, c'est Elsie, j'ai besoin d'un petit service.

- Du même genre que la dernière fois ?

- Un peu, oui.

- Alors, c'est non, me rétorqua-t-il. Hors de question.

- Un de mes auteurs a un problème, poursuivis-je. Un personnage de son dernier roman doit persuader une banque suisse qu'il est de la brigade financière. Comment il faudrait qu'il s'y prenne, exactement ? »

La banque s'avéra extrêmement coopérative et accepta sur-le-champ de me fournir au plus vite les informations que je demandais. Et je tiens à préciser que je n'ai absolument aucune idée de ce qui a bien pu leur donner l'impression, dans le cours de la conversation, que je travaillais pour Scotland Yard.

Il leur fallut moins de dix minutes pour me rappeler.

« Pourrais-je parler à l'inspectrice Elsie Thirkettle, s'il vous plaît ?

- C'est moi.

- Le compte est au nom de Pamela Hamilton-Boswell.

- Attendez, je note.

- Je regrette cependant de ne pouvoir vous en dire davantage.

- Pourquoi ? Je croyais pourtant vous avoir fait comprendre qu'il s'agissait d'une très grave affaire de fraude.

- Ce n'est pas ça. Mais le compte a été fermé. Mlle Hamilton-Boswell a retiré l'argent en liquide.

- *Tout* l'argent ?

- Jusqu'au dernier centime. Avez-vous besoin d'autres renseignements ? »

J'étais sur le point de dire « non » lorsqu'il me vint l'idée de demander quand l'argent avait été retiré. Je griffonnai la date sur un bout de papier. C'était le lendemain du meurtre de Geraldine. Le *lendemain*. Ce qui était regrettable, car mon hypothèse de travail était bien entendu que Geraldine et Pamela ne formaient qu'une seule et même personne.

« Vous êtes sûr qu'il s'agissait bien de Mlle Hamilton-Boswell ? m'assurai-je.

– Non. Nous remettons toujours ce genre de montant sans réclamer aucune preuve d'identité. »

Intéressant. J'ignorais que les banquiers suisses pratiquaient l'ironie.

« Et vous êtes sûr également de la date ?

– Évidemment.

– Pourriez-vous me donner une description de la dame qui est venue récupérer l'argent ? »

Quelque part en Suisse, il y eut un petit ricanement.

« Je suis vraiment navré. Nos archives numériques ne comportent pas toutes les photos de nos clients. Mais elle a forcément dû produire les papiers d'identité nécessaires sur le moment. Oui, en parcourant son dossier, je vois qu'elle a en effet montré son passeport.

– Jeune ? Vieille ?

– Ça, je peux vous le dire sans problème. Attendez voir. D'après sa date de naissance, je dirais qu'elle avait... attendez... 39 ans. Vous appelez ça comment ? Jeune ou vieux ?

– Exactement mon âge, répondis-je.

– Vous voulez que je vous confirme toutes ces informations par écrit et que je vous les envoie à Scotland Yard ?

– Non, ce ne sera pas nécessaire, rétorquai-je avec peut-être un peu trop d'empressement. Merci, c'est très aimable à vous.

– Nous sommes toujours ravis de pouvoir rendre service à Scotland Yard. D'ailleurs, je croyais que vous étiez situés à Londres, mais le téléphone que vous nous avez donné semble être un numéro...

– Unité des fraudes graves, coupai-je avec encore plus d'empressement. Nous n'aimons pas beaucoup faire parler de nous.

- Je vois. Bonne fin de journée, alors, inspectrice Thirkettle.

- *Merci beaucoup* », répondis-je dans mon meilleur français.

Comme je dis toujours, la courtoisie et les bonnes manières à l'ancienne ne coûtent rien.

Il est clair que le nom Hamilton-Boswell n'est pas ce qui se fait de plus courant. En général, les renseignements ne fournissent pas de numéro de téléphone si vous ne connaissez pas l'adresse. Mais je pensais bien que la tâche serait plus aisée qu'avec la banque suisse.

Il s'avéra qu'il n'y avait que cinq Hamilton-Boswell dans l'annuaire. Aucun ne s'appelait Pamela ni n'avait un prénom commençant par la lettre *p*. Quatre d'entre eux habitaient en Écosse, et je les écartai au profit du cinquième : un commandant qui vivait dans un petit village de l'Essex. Et il se trouvait que je connaissais très bien ce petit village. Tiens, en voilà une coïncidence, songeai-je.

Je composai le numéro et un homme répondit. Assez âgé, d'après ce que je pouvais deviner à sa voix. Le père de Pamela plutôt que son mari.

« C'est bien le commandant Hamilton-Boswell ? demandai-je.

- Lui-même.

- Pourrais-je parler à Pamela, s'il vous plaît ? »

Il y eut un silence bizarre à l'autre bout du fil.

« Qui êtes-vous ? voulut-il savoir.

- Une amie de Pamela.

- Une amie de Pamela ? »

Il avait l'air sidéré que Pamela puisse avoir des amis. Un peu cruel de sa part, je trouvais.

« Oui, insistai-je. Une ancienne camarade de classe. »

Cela me semblait plus prudent que de me présenter comme une amie d'enfance vu que, dans l'hypothèse où Pamela était bel et bien sa fille, le commandant risquait de les connaître tous, ses amis d'enfance. Et puis, « camarade de classe », ça pouvait être le lycée, la fac ou même l'école vétérinaire. On verrait plus tard ce que je voulais dire par là, exactement.

« Vous étiez *en classe* avec Pamela ?

- C'est ça, affirmai-je avec largement plus de conviction que je n'en éprouvais alors.

- Pamela *Hamilton-Boswell* ? »

J'aurais dû commencer à m'habituer à ce que les gens me parlent en polices de caractère bizarres, mais ces deux derniers italiques me laissèrent perplexe. Pourquoi l'emphase sur le nom de famille ? Est-ce qu'elle avait changé de nom depuis ? Mariée, peut-être. Ou bien quoi ? J'avais besoin de temps pour réfléchir, au lieu de quoi je plongeai tête baissée sur une pente assurément glissante, à deux doigts du dérapage intégral.

« Ah oui ! c'est vrai, m'entendis-je dire. Est-ce qu'elle n'a pas épousé ce sympathique, euh... comment s'appelait-il, déjà ? »

Il y eut un nouveau silence interminable, après quoi le commandant finit par rétorquer, d'une voix extrêmement lente et extrêmement prudente :

« Je ne sais pas à quel petit jeu malsain vous jouez, mais à votre place j'aurais honte. »

En toute modestie, il me semble qu'à ce stade n'importe qui d'autre aurait marmonné une excuse pour faire croire qu'il s'était trompé de numéro, mais je ne suis pas du genre à me laisser démonter aussi facilement.

« Il est arrivé quelque chose à Pamela ? demandai-je. Ça fait un moment que je ne l'ai pas vue. »

Je perçus une sorte de gloussement étranglé.

« S'il est *arrivé* quelque chose à Pamela ? Non, il n'est plus rien arrivé à Pamela, comme vous dites, depuis fort longtemps. Mais je vous promets une chose : si vous vous avisez de rappeler ce numéro encore une fois, j'en retrouverai la provenance et je vous dénoncerai à la police. »

Je fus tentée de lui répondre qu'il parlait à une apprentie détective de chez Scotland Yard, mais vu les circonstances il me parut préférable de lui raccrocher au nez en priant pour qu'il ne fasse pas le 1471 afin d'identifier mon numéro (ou plutôt celui d'Ethelred).

Comme je disais plus haut, je connaissais le village où vivaient les Hamilton-Boswell, et la coïncidence était trop grosse pour en être une. Il y avait clairement anguille sous roche.

J'allai chercher un atlas routier sur les étagères et l'ouvris à la page correspondante. Feldingham était un de ces trous perdus sur la portion marécageuse de la côte qui s'étend au nord de la Tamise. Il se trouve que je connais bien cette partie oubliée du monde. Une petite église humide entourée d'un petit cimetière humide. Un petit pub humide rempli de blousons noirs locaux, abandonnés là un jour de grande marée vers la fin des années 1950 et qui n'en finissent pas de se ratatiner depuis. De pittoresques barques de pêcheurs en train de pourrir à petit feu sur la laisse de vase. Un pittoresque terminal à conteneurs sur la rive opposée de l'estuaire. Et la puanteur moite et verdâtre des marécages. Oh oui, je suis une authentique fille de l'Essex ! Et j'adore ma région, même si, la prochaine fois, je veux bien que vous me rappeliez de naître plutôt dans le Surrey.

J'étais indéniablement face à un problème à trois barres de chocolat, je me mis donc en quête d'en trouver dans la cuisine. Il me fallut une éternité pour en dénicher une tablette au fin fond d'un placard, mais il était clair d'après sa position (sous un paquet de riz) qu'Ethelred avait oublié son existence : on ne laisse pas du chocolat dans un placard sous un paquet de riz si l'on se souvient qu'on l'a. En tout cas, pas les gens normalement constitués. Et le chocolat oublié dans un placard devient propriété publique.

Je le rapportai dans le salon pour étudier la carte. Feldingham était à environ deux heures et demie de voiture en passant par le pont de Dartford. Une visite le jour même était envisageable si Ethelred revenait vite et qu'on se mettait en route illico.

Il ne me restait plus qu'à remettre les papiers en place et à finir le chocolat avant son retour. Il était censé être sorti pour une heure, ce qui voulait dire qu'il ne risquait pas de rentrer avant... je jetai un coup d'œil à ma montre... depuis un quart d'heure ! Merde !

À l'instant même où je commençai à rassembler les relevés de compte sur la table basse, j'entendis une clé tourner dans la serrure.

La porte d'entrée s'ouvrit. La pire chose qui pouvait m'arriver, c'était bien qu'Ethelred débarque maintenant. Mais personne n'apparut à la porte du salon. Il régnait un silence menaçant. Je fus forcée de rectifier mon précédent jugement : la pire chose qui pouvait m'arriver, c'était qu'un cambrioleur débarque maintenant. Ethelred, passe encore. C'est alors qu'il fit irruption dans la pièce en me filant la frousse de ma vie.

D'après moi, franchement, n'importe qui en ciré et en bottes en caoutchouc a l'air d'un con. N'importe qui en ciré et en bottes en caoutchouc qui surgit dans son propre salon en brandissant une canne à la main est un abruti fini.

« À quoi tu joues, espèce d'idiot ? » lançai-je.

Il faisait une mine furax, et je me demandais bien pourquoi. Je regardai d'abord la barre de chocolat, puis le bazar environnant, et de nouveau le chocolat.

« Oh, ça va, merde ! m'exclamai-je. Il était dans le placard. »

13

À la minute où je vis Elsie joyeusement installée au milieu de tous ces objets qui ne lui appartenaient pas, je sus que les choses étaient en train de se gâter. Pendant qu'elle me décrivait ses maladroits efforts d'apprentie détective, je ne pouvais que gémir intérieurement. Le récit de sa conversation avec le commandant Hamilton-Boswell fut particulièrement pénible.

« Mais bon sang, m'exclamai-je, tu n'es pas capable de te rendre compte quand tu fais fausse route ? Sa fille, ou qui que soit pour lui cette Pamela, n'a clairement rien à voir avec le compte en Suisse. Ce pauvre type a dû te prendre pour une cinglée.

– Mais, Ethelred, c'est à Feldingham. *Feldingham.* Ce nom ne te dit rien ?

– Je ne vois pas où tu veux en venir.

– Feldingham, Ethelred. Arrête de jouer au con une demi-seconde et reviens en arrière jusqu'à ce jour funeste de juin, il y a bien des années. Tu portais une jaquette grise et un haut-de-forme, si ça peut t'aider. Tu avais un œillet à la boutonnière, et une connasse pendue au bras gauche. Moi, j'avais une robe jaune citron, que j'ai depuis gracieusement offerte à l'Armée du Salut.

– D'accord, soupirai-je. C'est là que je me suis marié. Et alors ?

– C'est là que tu t'es marié parce que c'est là qu'habitaient les parents de Geraldine, et ce depuis des lustres. C'est là que Geraldine a grandi. Sa sœur vit toujours là-bas. Un petit effort, Ethelred : de tous les bleds du monde, le seul Hamilton-Boswell d'Angleterre habite dans celui-là. Ce n'est pas une coïncidence. C'est profondément, profondément louche. Ça mérite d'y regarder de plus près.

– Tu ne vas pas aller rendre visite aux Hamilton-Boswell ?

– Je te concède que ce serait peut-être un peu maladroit. Mais on peut aller voir la sœur de Geraldine, cette chère Charlotte Turner.

– Je n'ai pas l'intention de me lancer dans un jeu de piste au fin fond de l'Essex.

– Très bien. J'y vais toute seule, dans ce cas.

– Tu ne sais pas où habite Charlotte.

– Je ne savais pas non plus où habitaient les Hamilton-Boswell. »

Je laissai échapper un nouveau soupir.

« D'accord, je viens. Mais c'est seulement pour t'empêcher de te ridiculiser complètement.

– Je me disais bien… »

Bon sang, qu'est-ce qu'elle peut être agaçante, parfois.

Ce fut un long trajet à travers un paysage bas et sans ambitions. La route serpentait entre de faibles monticules et de douces dépressions qui n'arrivaient visiblement à se décider à n'être ni de réelles collines, ni des vallées dignes de ce nom. De temps en temps, une nouvelle perspective suggérait sournoisement qu'il y aurait peut-être plus à découvrir à la clé, pour finalement échouer à nous montrer rien que nous n'ayons déjà vu. Nous traversions des hameaux étirés le long de la route qui n'aspiraient nullement à être autre chose que cela. Seuls les panneaux publicitaires et les casses de voitures conféraient une petite touche de classe par-ci, par-là. En approchant de la côte, on commençait à sentir l'odeur de sel et de moisi des marais. Les vieilles maisons en bois blanches et les frêles églises en silex semblaient se blottir les unes contre les autres pour lutter contre un vent qu'on aurait cru venu tout droit des steppes à travers la mer du Nord. C'était une terre plate, simplement empruntée à l'océan, et que seules les digues et les chaussées empêchaient de retourner dès la première grande marée à l'étendue d'eau salée dont elle provenait.

L'église Saint-Pierre était une modeste construction de brique et de silex dotée d'un clocher en bois trapu et entourée d'un vaste cimetière plein de tombes moussues rendues en grande partie illisibles. À mesure que le village de Feldingham grossissait, la piété y déclinait proportionnellement ; le besoin ne s'était donc jamais fait sentir d'agrandir un édifice que Fairfax aurait sans doute approuvé comme parfaitement conforme aux normes de l'architecture romane.

Je parvins à convaincre Elsie que je n'avais pas la moindre envie de pèleriner sur les lieux de mon mariage et nous nous enfonçâmes vers l'extrémité du village, où se trouvait la maison de Charlotte : un grand parallélépipède moderne au milieu d'un terrain soigneusement entretenu.

Bien entendu, je savais pertinemment que Charlotte ne m'avait jamais porté dans son cœur, mais son aversion avait pris la forme d'une certaine distance plutôt que d'un antagonisme ouvert. Comme avec d'autres personnes qui avaient tenu un rôle dans mon divorce, que ce fût comme personnages principaux ou simples figurants, j'avais désormais davantage de raisons d'avoir pitié d'elle que de lui en vouloir. De son côté, Charlotte nous accueillit avec son indifférence coutumière.

Elle avait trois ou quatre ans de plus que sa sœur. Largement de quoi lui conférer un sentiment de supériorité à vie et lui faire considérer Geraldine, à juste titre, comme une gamine irresponsable qu'il faudrait sans cesse empêcher de patauger dans les flaques boueuses de l'existence. Elles ne se ressemblaient qu'en surface, sur le physique, mais pas du tout dans le caractère. Bien qu'elles eussent certains traits du visage en commun, Charlotte était plus grande, plus solidement bâtie que Geraldine. Elle avait hérité à la naissance du rôle de l'enfant sage. Même sur les photos d'elle toute petite, elle avait l'air sérieuse : on la voyait plus souvent en train de froncer les sourcils que de rire, avec une détermination dans le regard qui suggérait qu'elle n'était pas du genre à s'en laisser conter. Pourtant, même elle avait dû brièvement être sensible au charme de Geraldine, puisqu'elle avait elle aussi investi une somme non négligeable dans son dernier projet avorté. Contrairement à Rupert ou (dans un style différent) à Smith le Banquier, elle pouvait se permettre de perdre cet argent. Ses parents lui avaient légué une maison, elle avait une bonne position et pas de famille à entretenir. À cet égard, elle m'était toujours apparue comme quelqu'un d'assez seul. Je ne crois pas qu'elle se soit exactement fait plaquer devant l'autel, mais elle avait eu, dans un lointain passé, certaines déceptions... des fiançailles rompues, peut-être, une passion non réciproque pour un banquier d'affaires joueur de rugby à ses heures. Ou peut-être pas. Comment l'aurais-je su ? Elle n'était pas femme à partager ce genre de détails intimes avec son beau-frère, au contraire de Geraldine qui, elle, était toujours prête à partager les secrets de n'importe qui avec le premier inconnu. Elle était également l'exact opposé de Geraldine sur un point capital : c'était essentiellement quelqu'un de malheureux.

« J'ai fait du thé, déclara-t-elle. Il me semble que c'est ce qu'on est censé faire dans ce genre de circonstances, non ? La famille endeuillée se rassemble autour de sandwichs au pain de mie et d'une bonne dose d'hypocrisie. »

Je trouvais remarquable qu'elle puisse introduire autant d'amertume dans la simple proposition d'une tasse de thé.

« Merci, répondis-je.

– Ouais », fit Elsie, dans un effort de politesse démesuré.

Je la regardai jongler avec une tasse de thé et une petite assiette ornementée d'un triangle de pain de mie au concombre.

Charlotte reposa la théière qu'elle recouvrit d'un molleton pour la garder au chaud. J'essayai de me remémorer la dernière fois que j'avais bu un thé fait autrement qu'avec un sachet plongé directement dans la tasse.

« Alors, sans rire, qu'est-ce qui vous amène ? demanda Charlotte.

– Oh ! l'occasion de faire une balade à la campagne et de revoir les lieux heureux de mon mariage, répondis-je. Tu en as de la chance, c'est tellement paisible, par ici.

– Ne te fie pas aux apparences : l'église a été cambriolée il y a quelques mois. Les voleurs ont mis un bazar pas possible, ils ont même piqué les registres paroissiaux, si tu arrives à le croire. Et voilà, envolées, les archives de ton mariage ! Mais je sais pourquoi tu es là. C'est pour l'argent, n'est-ce pas ? J'imagine qu'il s'est envolé comme le reste, non ? »

Charlotte n'était pas du genre à perdre son temps en bavardages inutiles.

« Probablement.

– Je m'y attendais. Bon sang, quel chameau, ma sœur, quand même ! J'imagine que c'est toi qui t'es tapé de mettre son bordel en ordre ? »

J'opinai du chef tout en songeant que c'étaient sans doute les mots les plus compatissants que Charlotte m'ait jamais adressés.

« Tu as fixé une date pour l'enterrement ? poursuivit-elle.

– J'aimerais bien, mais je ne sais pas encore quand on pourra récupérer le corps.

– Je vais bien être obligée d'y aller, mais n'espère pas me voir pleurer sur le cercueil ni quoi que ce soit, hein. Je ne dis pas que je l'aurais étranglée moi-même, mais je peux comprendre que quelqu'un d'autre se soit dit que c'était une bonne idée. Est-ce que la police t'a interrogé ?

– Oui.

– Moi aussi, dit-elle avec visiblement un certain plaisir. J'étais là, le jour en question, à Feldingham, pardi. À une réunion de mon cercle de bienfaisance, figure-toi. Mortellement ennuyeux, mais l'alibi parfait. Et aucun inspecteur de police n'arrivera jamais à intimider la présidente du cercle au point de lui faire dire quelque chose qu'elle n'a pas envie de dire. Sale boulot pour les flics, d'ailleurs. S'ils doivent interroger tous ceux qui avaient envie de tuer Geraldine, il va falloir qu'ils aillent voir la moitié de Londres et de sa banlieue.

– Tu exagères, rétorquai-je. Elle avait aussi ses bons côtés.

– Pardon, dit Charlotte. J'oublie toujours que tu es le seul à n'avoir jamais vu clair dans son jeu. Et puis tu as été obligé de reconnaître le corps, ça n'a pas dû être drôle.

– C'était finalement assez prosaïque, tu sais.

– Quand même, ça ne doit pas être très agréable de voir quelqu'un que tu as aimé étalé sur une table d'autopsie, froid comme une morue. J'imagine que c'est à ça qu'elle devait ressembler, non ? Tu lui as toujours été dévoué comme un petit chien, alors, même si je n'ai jamais réussi à comprendre pourquoi, aujourd'hui tu as toute ma compassion, si ça peut te réconforter...

– Est-ce que le nom de Pamela Hamilton-Boswell vous dit quelque chose ? intervint Elsie, qui apparemment trouvait cet échange de politesses parfaitement hors sujet.

– Oui, évidemment, répondit Charlotte en fronçant les sourcils. Qu'est-ce que c'est ? Un test de culture générale ? »

Elle pianota un moment sur la table avant d'ajouter :

« Ce n'est pas elle qui présentait l'émission pour enfants *Blue Peter* dans les années 1960 ? Ou quelque chose comme ça. En tout cas, c'est un nom qui m'est familier.

– Elle devrait avoir plus ou moins votre âge, peut-être un peu plus jeune, précisa Elsie.

– Mon âge ? Attendez voir... Oui, je me souviens, maintenant ! »

Et elle se mit à déclamer d'une voix lugubre :

« *Pamela Hamilton-Boswell, elle ressort de sa tombe. Pamela Hamilton-Boswell, elle s'avance comme une ombre. Pamela Hamilton-Boswell, elle s'introduit chez toi. Pamela Hamilton-Boswell, partout elle te suivra !* »

Charlotte éclata de rire.

« Ça fait des années que je n'y avais pas repensé. C'est une comptine que Geraldine et moi avions inventée pour nous ficher la frousse. Récitée dans le noir sur le coup de minuit, ça fonctionne assez bien.

– Mais elle, c'était qui ? insista Elsie.

– Oh ! c'est la petite fille qui était morte, répondit Charlotte. Vous avez raison, elle devait avoir environ l'âge de Geraldine, mais elle avait à peine... peut-être un an ou deux quand elle est morte. Si on l'a rencontrée de son vivant, je ne m'en souviens pas, en revanche je crois me souvenir qu'on m'avait expliqué qu'elle était malade. Une leucémie, il me semble. Ça ne se soignait pas aussi bien, à l'époque, j'imagine qu'elle était plus ou moins considérée comme condamnée à partir du moment où on la lui a diagnostiquée. Horrible pour les parents. Elle est enterrée dans le cimetière de l'église. Du coup, on passait devant sa tombe tous les dimanches. C'est la première chose qui nous a fait comprendre que ce n'étaient pas seulement les personnes âgées qui mouraient : ça pouvait aussi arriver à des enfants comme nous. Le fait qu'elle avait presque exactement notre âge accentuait le message, j'imagine. Ses parents doivent encore vivre à Feldingham : le colonel et madame Hamilton-Boswell.

– Le commandant et madame, rectifia Elsie.

– C'est vrai. Le commandant et madame. Ma parole, vous êtes bien renseignée sur notre petit village. Et qu'est-ce qu'elle vient faire dans tout ça ?

– Vous pensez qu'elle a pu avoir un compte en Suisse ? » demanda Elsie.

Charlotte renversa la tête en arrière et partit d'un grand éclat de rire.

« Quelle idée bizarre !

– Alors quelqu'un en a ouvert un à son nom.

– Geraldine, vous voulez dire ? suggéra Charlotte en soulevant un sourcil.

– Peut-être bien. Mais si c'est le cas, elle a vidé entièrement le compte le lendemain de sa mort. »

Charlotte me dévisagea, puis se tourna de nouveau vers Elsie.

« Je ne suis pas sûre de comprendre où vous voulez en venir.

– Un complice. Une autre femme d'environ le même âge, qui lui ressemblerait un peu et qui aurait accès aux papiers de Geraldine.

– J'espère que vous n'insinuez pas que ça pourrait être moi.

– Ça pourrait, si. »

Si j'étais quant à moi prêt à pardonner et à oublier, ce n'était visiblement pas le cas d'Elsie. Elle avait attendu l'occasion de lancer une vacherie à Charlotte, et elle venait de la trouver.

« J'ai déjà rendu compte à la police de mes faits et gestes. Je ne pense pas avoir besoin de me justifier aussi auprès de vous.

– Vous reconnaîtrez qu'il ne doit pas y avoir beaucoup de gens mieux placés que vous pour le faire. »

Charlotte se leva. L'espace d'un instant, je crus qu'elle était sur le point d'empoigner Elsie à bras-le-corps et de la jeter dehors. Mais elle se contenta de soulever le molleton de la théière et de dire :

« Peut-être, mais ce n'est pas moi. Quelqu'un reveut du thé ?

– Vous n'auriez pas plutôt un bout de chocolat, par hasard ? demanda Elsie. Aïe ! » ajouta-t-elle quand je lui donnai un coup de pied.

Alors que nous passions devant l'église pour la deuxième fois en ressortant du village, je ne pus éviter de devoir garer la voiture et de remonter l'allée du cimetière dans la lumière déclinante, jusqu'à une tombe proche du mur de l'église.

PAMELA HAMILTON-BOSWELL
Née le 12-2-1965
Morte le 13-11-1967
Puissent les anges te guider jusqu'au ciel

« Une de plus ou de moins, ça ne se verra pas, marmonna Elsie en prélevant une rose dans un gros bouquet sur une tombe voisine afin de la déposer sur celle de Pamela Hamilton-Boswell. Pauvre petite biquette, ajouta-t-elle. Où est la volonté divine, là-dedans, hein ? »

Alors que nous regagnions la voiture, elle se frotta les yeux deux ou trois fois en reniflant.

« Je crois que j'ai attrapé froid », dit-elle histoire de devancer mes questions.

Nous fîmes la route du retour dans un épais brouillard qui s'était insidieusement levé de la mer pour envelopper en silence les champs et les arbres noirs, et sur lequel les faisceaux de mes phares se réverbéraient.

« Bon, je crois qu'on peut la rayer de notre liste, concéda Elsie.

– Je suis content que tu reconnaisses que c'était une perte de temps, répondis-je.

– Oh ! pas une perte de temps, non. Loin de là. Nous savons maintenant qui est la fameuse Pamela Hamilton-Boswell, et on peut avoir la certitude que c'est Geraldine qui a trouvé l'idée de ce nom pour le compte en Suisse. Ce qui confirme qu'elle avait planifié sa disparition depuis un moment : elle avait ouvert un compte sous un faux nom afin d'y transférer les fonds. Et, puisque Geraldine ne peut pas avoir retiré l'argent elle-même, nous savons qu'il y avait quelqu'un d'autre suffisamment informé de ses plans pour aller récupérer le magot après sa mort. J'ai toujours pensé qu'elle avait un complice, mais j'avais supposé à tort que c'était un homme. Je crois en fait que c'est une femme que nous cherchons, qui connaissait bien Geraldine et qui vit sans doute dans l'Essex. »

Elle marqua une pause avant d'ajouter :

« Je sais ! Arrête la voiture !

– M'arrêter ? Ici ? »

Il n'y avait aucun signe, le long de la route étroite sur laquelle nous roulions, d'un quelconque endroit où stationner sans danger, surtout dans un brouillard pareil. Je ralentis, cherchant des yeux de part et d'autre un bout de bas-côté assez large pour accueillir une berline de taille moyenne.

« Ethelred, espèce d'idiot ! Qu'est-ce que tu fabriques ? Tu vas nous tuer si tu t'arrêtes ici. Quand je dis "Arrête la voiture", je parle au figuré, bien sûr. Ce que je veux dire, en fait, c'est... »

Elsie consulta la carte avant de terminer sa phrase :

« ... tourne à gauche dans environ quatre kilomètres.

– Tu peux m'expliquer pourquoi ?

– Elizabeth.

– Tu ne crois quand même pas...

– Il ne faut négliger aucune piste. »

J'appuyai sur la pédale de l'accélérateur... trop tard. Dans mon rétroviseur, je vis une paire de phares se rapprocher à une vitesse terrifiante et faire une brusque embardée sur la droite. Un gros objet sombre nous dépassa à toute allure, avec un long coup de klaxon agacé. Je repris un peu de vitesse tout en guettant attentivement la prochaine route qui partait sur la gauche.

La maison d'Elizabeth était à l'opposé du confort moderne et étrangement périurbain de celle de Charlotte. Une courte allée de gravier nous conduisit jusqu'au perron d'une de ces grosses fermes à colombages dont regorge cette partie de l'Essex. Anciennes demeures de riches propriétaires terriens, elles sont pour la plupart devenues les résidences secondaires de ferrailleurs prospères ou de pornographes de luxe. Je n'arrivais pas à me remémorer laquelle de ces deux professions – ou une autre – exerçait Dennis, le second mari d'Elizabeth, mais, quoi qu'il en soit, elle lui rapportait un paquet d'argent, comme Elizabeth aimait souvent à me le rappeler. Je l'avais rencontré une ou deux fois car Elizabeth, juste après s'être fait plaquer par Rupert, me considérait comme une sorte d'allié. Nous nous étions offert un réconfort mutuel (purement verbal) et j'avais été invité à son mariage un an ou deux après son divorce d'avec Rupert. Après quoi, nous avions continué à nous envoyer des cartes de vœux à Noël (les siennes étaient grand format, avec un message personnalisé écrit de sa main à l'intérieur), mais je n'avais jamais visité sa nouvelle maison. Elsie ne se donna pas la peine d'expliquer comment elle avait obtenu l'adresse d'Elizabeth, même si je la soupçonnais fortement d'avoir consulté mon agenda en catimini.

Ce n'était pas seulement la maison d'Elizabeth mais aussi sa personne qui contrastaient avec Charlotte. Tout comme Geraldine et sa sœur, Elizabeth était blonde, mais là s'arrêtait la comparaison. Délicate et menue, elle m'avait souvent fait penser à une petite biche effarouchée. Mais une biche très déterminée, parfaitement convaincue de la justesse de sa cause. Selon la norme, elle aurait dû passer pour une belle femme – mince, blonde, aux traits fins –, mais sa bouche dessinait quasiment en permanence un demi-rictus vers le bas qui finissait par donner l'impression qu'elle était somme toute assez ordinaire. Dire qu'elle était quelconque – ce qu'il me semble avoir laissé entendre plus haut – serait peut-être un peu injuste, mais elle ne faisait pas se retourner les têtes dans la rue. Elle ne possédait pas non plus, en tout cas à ma connaissance, de talents particuliers. À en croire son opulence actuelle, on pouvait seulement dire que c'était une petite biche qui était très bien retombée sur ses sabots.

Elle m'accueillit avec chaleur mais sans surprise. Le soin de mettre au lit des enfants dont on avait indulgemment laissé passer l'heure du coucher avait été confié à une jeune mais apparemment efficace nounou, qui entraînait au pas de course un petit garçon et une petite fille dans un escalier en chêne sculpté en direction, sans doute, d'une tiède salle de bains remplie de vapeur et d'épaisses serviettes moelleuses.

Quant à nous, on nous conduisit jusqu'à un vaste salon à colombages noirs, bas de plafond et chauffé par une grande cheminée à l'ancienne. Elizabeth alla ajouter une bûche à la flambée déjà plus que satisfaisante avant de me dire :

« Je suppose que je n'ai pas besoin de te demander ce qui t'amène.

– J'imagine que la police t'a aussi contactée, non ? répondis-je.

– Bien sûr. J'étais heureuse d'apprendre que je faisais partie des principaux suspects.

– Rupert m'a raconté en effet que tu avais proféré des menaces de mort.

– Des menaces de mort ? Moi ? ricana Elizabeth. Ce pauvre garçon a toujours eu trop d'imagination. Pourquoi voudrais-tu que je perde mon temps à ça avec Geraldine ? Cette idiote m'a épargné une vie entière de vaches maigres. Il était clair que Rupert ne gagnerait jamais d'argent. Pas plus qu'il n'en hériterait, d'ailleurs.

– Il a bien dû en hériter un peu, fis-je remarquer. Geraldine a réussi à lui extorquer deux cent mille livres juste avant de disparaître.

– Oh ! je t'en prie, rétorqua Elizabeth sur un ton qu'elle avait sans doute acquis auprès de son second mari. Ce n'est pas ce que j'appelle *de l'argent*. Dennis gagne plus que ça en une année. Beaucoup plus.

– Il n'a pas besoin d'un agent, par hasard ? » suggéra Elsie, qui savait calculer douze et demi pour cent de n'importe quelle somme en une nanoseconde.

Elizabeth esquissa un sourire pincé, comme elle le faisait toujours quand il y avait quelque chose qu'elle ne comprenait pas vraiment, ce qui à l'époque arrivait assez fréquemment.

« Alors, est-ce que les flics t'ont cuisiné ? me demanda-t-elle.

– Pas vraiment. J'étais à Châteauneuf-sur-Loire au moment des faits. Et toi ?

– J'accompagnais Dennis pour un voyage d'affaires. À Strasbourg. »

Elsie se tourna vers moi et articula en silence : « En Suisse ? »

Je lui répondis sur le même mode : « En France. »

Je m'apprêtais à ajouter: « Ancienne ville libre impériale, désormais siège du Parlement européen », mais c'était trop compliqué à mimer du bout des lèvres.

« On y a passé quatre jours, poursuivit Elizabeth. Apparemment, on serait arrivés la veille du jour où Geraldine a disparu. La police s'est désintéressée de moi assez vite, de toute façon. Au grand soulagement de Dennis: les flics lui fichent la trouille, à ce qu'il dit. »

Tu m'étonnes, songeai-je.

« Je crois qu'ils soupçonnent un tueur en série », indiquai-je.

Elizabeth eut un haussement d'épaules.

« En tout cas, je n'ai rien à voir là-dedans. Tu ne t'imagines quand même pas que je vais risquer tout ça pour une revanche de bas étage sur une pouffiasse comme Geraldine ? La police l'a compris tout de suite.

– Et Strasbourg, c'était comment ? demandai-je.

– Oh ! ennuyeux à mourir. Bien pour le shopping. Et les restaurants. Mais sinon, d'un ennui ! En fait, j'y suis surtout allée pour garder Dennis à l'œil. Il suffit d'arrêter de le surveiller deux minutes pour que... »

Elle jeta un regard en direction du plafond.

« Il se tape la nounou ? voulut savoir Elsie, avec son tact et sa délicatesse habituels.

– Pas celle-ci. En tout cas pas encore. Mais la précédente... Elle a dû partir, évidemment. Dennis a eu peur que je le quitte. »

Elizabeth étouffa un étrange ricanement avant de reprendre.

« Dans ses rêves, oui ! Il n'y a jamais eu le moindre doute sur celui d'entre nous qui ferait ses valises. Encore un incident et il sait que je prendrai les enfants, la maison et jusqu'au dernier centime qu'il possède. »

L'espace d'un instant, une expression d'une telle intensité traversa son visage que je l'aurais crue capable de n'importe quoi pour protéger ce qu'elle avait gagné. Puis ses traits se détendirent de nouveau et elle sourit.

« J'ai encore un quart d'heure devant moi avant que les enfants ne me réclament une histoire. Vous voulez que je vous fasse visiter la maison ? Elle est classée. Grade deux, étoile. C'est mille fois mieux que grade deux tout court. »

Je proposai à Elsie de la déposer à Hampstead, mais elle me fit remarquer que dans ce cas sa voiture resterait en rade à Findon. Et vu qu'il serait trop tard, une fois arrivés à Findon, pour qu'elle reparte à Londres dans la foulée, nous convînmes que l'un de nous deux devrait dormir sur le canapé pendant qu'Elsie dormirait dans mon lit.

Elsie passa la majeure partie du trajet perdue dans ses pensées. Nous franchîmes le pont de Dartford en silence, avec en contrebas les eaux sombres et argentées du fleuve. La pluie se mit à tomber dru alors que nous traversions le Kent. À une ou deux reprises, je faillis m'endormir au volant, bercé par la douce mélodie des balais d'essuie-glace qui battaient la mesure en rythme et le chuintement des pneus sur la route mouillée.

Aux alentours de Crawley, Elsie rompit son inhabituel mutisme.

« Ethelred, dit-elle soudain, si c'est toi qui as dézingué Geraldine, quelle que soit la façon dont tu t'y es pris et le moment où tu l'as fait, je dirai que tu étais avec moi à Hampstead. Je dirai même qu'on était au lit ensemble, si ça peut aider. »

Il faisait trop noir pour qu'elle puisse voir mon sourire.

« Ce ne sera pas nécessaire, répondis-je. J'étais en France, et au lit avec personne.

– Du moment que tu sais que mon offre tient toujours. Pour ce soir-là ou n'importe quel autre.

– Merci. Mais je n'en aurai pas besoin. »

Nous arrivâmes à Greypoint House un peu après onze heures et demie, toujours sous une pluie battante. Je fus surpris de trouver une voiture de police stationnée devant la résidence.

Alors que je me garais, un policier en uniforme et un enquêteur en civil en sortirent et s'approchèrent de moi.

« Bonsoir, monsieur Tressider. Nous vous serions reconnaissants de bien vouloir nous accompagner au commissariat pour répondre à quelques questions supplémentaires.

– J'imagine que ça ne peut pas attendre jusqu'à demain matin ? demandai-je.

– Je crains que non, répondit l'enquêteur.

– Je suis évidemment ravi de pouvoir vous aider, mais je suis vraiment épuisé.

– Ce n'est pas une visite facultative.

– Je suis en état d'arrestation ?

– Pas pour l'instant, mais ça peut s'arranger.

– Vous ne me laissez pas le choix, si je comprends bien.

– Exactement, conclut l'enquêteur avec un sourire. On y va ? »

Je fis la route jusqu'à Worthing à bord du véhicule de police, laissant à Elsie le soin de faire comme chez elle dans mon appartement. Jamais je n'avais roulé aussi vite de ma vie, bien qu'à ma grande déception ils n'eussent pas allumé la sirène, me privant ainsi d'un rêve que je caressais depuis l'enfance.

Alors que nous pénétrions dans une des petites salles d'interrogatoire étouffantes du commissariat, la fatigue céda la place à une vigilance prudente. Je ne percevais pas encore tout à fait du danger, mais je savais qu'il me faudrait être sur mes gardes pendant l'heure – ou peut-être les deux ou trois heures – qui suivrait. Il y avait des questions auxquelles je ne tenais pas spécialement à répondre et, en dehors de ça, il me serait utile d'évaluer, le cas échéant, ce qu'ils savaient de plus que moi.

L'enquêteur revint avec un inspecteur, qui brancha un petit magnétophone auquel il annonça qui se trouvait dans la pièce et qu'il était désormais un peu plus de minuit.

« Nous pensons, Ethelred, que vous pouvez peut-être encore un peu nous aider dans notre investigation.

– Monsieur Tressider, rectifiai-je. Appelez-moi monsieur Tressider. Et moi, je vous appellerai inspecteur, à moins que vous préfériez autre chose. »

Il parut légèrement décontenancé par ma réaction.

« Très bien, monsieur Tressider. Avez-vous déjà vu cet objet ? »

Il se tourna vers le magnétophone et précisa à son intention : « Je montre à M. Tressider la pièce A. »

Il me tendit alors, dans un sachet en plastique transparent, la « lettre d'adieu » de Geraldine. Je l'examinai brièvement.

« J'en ai vu une photocopie, dis-je. Jamais l'original. »

L'enquêteur et l'inspecteur échangèrent un regard lourd de sous-entendus.

« Que ce soit bien clair, reprit l'inspecteur posément. Vous n'aviez jamais vu l'original de cette lettre avant que je vous le montre ?

– Jamais de ma vie.

– Alors peut-être pourriez-vous nous expliquer, monsieur Tressider, comment se fait-il qu'il y ait vos empreintes digitales partout dessus ? »

14

C'était un peu comme avec ces foutus Rubik's Cube qui étaient à la mode à une époque ; quelle invention à la con ! En gros, vous démarrez avec un cube qui a une face toute rouge, une autre toute bleue, une troisième toute verte, etc. Ensuite, vous les tournez dans tous les sens pour que les couleurs se mélangent. Et ensuite, vous les tournez encore pour revenir au point de départ. Évidemment, vous allez tout de suite y voir deux objections. 1) Si vous voulez remettre les cases dans l'ordre où elles étaient, pourquoi y avoir touché au départ ? Et 2) Je ne connais personne qui ait jamais réussi à les remettre dans l'ordre sans l'aide d'un gros marteau et d'un tube de colle. Vous arrivez à reconstituer toute une face en rouge et une deuxième en jaune, après quoi vous retournez le cube pour en faire une troisième en orange et vous bousillez les deux autres. Ensuite vous refaites la jaune mais entre-temps vous avez saboté la orange. À un moment, on en trouvait à la pelle dans les dépôts-ventes.

C'était la même chose avec le meurtre de Geraldine, mais sans la solution du dépôt-vente. Dès que je réussissais à éclaircir dans ma tête une partie de l'histoire, je me rendais compte que ça n'avait fait que disloquer une autre partie. Alors, pendant que nous roulions sous la pluie ce soir-là, traversant successivement l'obscurité mouillée de l'Essex et celle encore plus mouillée du Kent, je ne cessai de retourner le problème dans tous les sens.

Geraldine était morte. Au fond, décidai-je, c'était la seule certitude que nous pouvions avoir. Et, bien entendu, elle avait prévu de disparaître (enfin, probablement). Le faux suicide collait parfaitement avec une disparition arrangée. De même que le fait d'ouvrir un compte en Suisse sous un nom d'emprunt et d'y transférer de larges sommes d'argent qui ne lui appartenaient pas.

Ensuite, il y avait plusieurs choses qui laissaient croire à l'existence d'une ou d'un complice. Comment espérait-elle quitter West Wittering, surtout habillée comme elle l'était ? À quoi correspondaient ces curieux petits points jaunes dans son appartement qu'Ethelred s'était empressé de balayer de la main comme une fausse piste ? Étaient-ils censés guider quelqu'un qui allait s'occuper de ses affaires après son départ ? Oui, sans aucun doute. Mais qui ? Et pourquoi cette personne ne s'était-elle pas manifestée pour faire ce qu'elle avait à faire ?

Le plan initial avait vraisemblablement mal tourné puisque, avant que Geraldine ait le temps de s'envoler pour la Suisse comme prévu, quelqu'un l'avait étranglée et avait abandonné son corps au fort de Cissbury. Après quoi, quelqu'un était allé vider son compte en Suisse. Alors, la personne qui l'avait tuée était-elle la même que celle qui avait récupéré le magot ?

Et puis il y avait autre chose qui me turlupinait : pourquoi West Wittering ? Pourquoi le fort de Cissbury ? Parce que, enfin, des endroits le long de la côte, ce n'est pas ce qui manque. Il n'y a que ça partout : du sable, de l'eau salée, des merdes de mouettes. Pourquoi le Sussex, bon sang ? Tout avait l'air délibérément planifié pour orienter les soupçons vers Ethelred. Mais Ethelred n'aurait sûrement pas choisi le fort de Cissbury pour se débarrasser d'un corps, alors si quelqu'un essayait de lui coller le meurtre sur le dos, ce n'était pas très subtil. Et puis il était en France.

Non ?

Mais je ne croyais pas non plus à la thèse de la police, telle que me l'avait exposée Ethelred, selon laquelle Geraldine avait été, par pure coïncidence, assassinée par un tueur en série. Les autres victimes étaient de simples pauvres connes, alors que Geraldine était une salope intrigante : deux catégories bien distinctes. Et aucun tueur en série expérimenté ne serait assez imbécile pour en zigouiller une à la place de l'autre. Geraldine n'était pas du genre à tomber dans le style de piège grossier qui avait été tendu aux victimes précédentes. Et comment la thèse des flics expliquait-elle – pour autant qu'ils soient au courant – le retrait de l'argent en Suisse ?

Au fond de moi, j'étais persuadée qu'Ethelred en savait bien plus qu'il ne m'en disait. Il semblait se ficher éperdument de retrouver l'assassin de Geraldine. Et malgré ce qu'il prétendait, il se fichait aussi de retrouver l'argent. En revanche, il y avait autre chose qu'il cherchait à savoir à tout prix, bien qu'il n'eût aucune intention de me dire quoi. Oui, Ethelred était en train de se ridiculiser au dernier degré. À bien y repenser, c'était finalement là la seule certitude que j'avais.

On devait avoir passé le pont de Dartford depuis un bon moment lorsque je me retournai vers Ethelred pour lui dire :

« Si c'est toi qui as dézingué Geraldine, quelle que soit la façon dont tu t'y es pris et le moment où tu l'as fait, je dirai que tu étais avec moi à Hampstead. Je dirai même qu'on était au lit ensemble, si ça peut aider.

– Ce ne sera pas nécessaire, me répondit-il. J'étais en France, et au lit avec personne.

– Du moment que tu sais que mon offre tient toujours. Pour ce soir-là ou n'importe quel autre. »

Je fus moi-même choquée de me rendre compte que par « n'importe quel autre », je voulais dire dans le futur aussi bien que par le passé.

« Merci. Mais je n'en aurai pas besoin », dit-il.

À cet instant, son visage fut illuminé par les phares d'une voiture qui arrivait en face. Je ne le vis clairement que l'espace d'une seconde ou deux, mais il avait un grand sourire aux lèvres. Il avait l'air très content de lui. Espèce d'idiot, songeai-je, à quoi tu joues, bon sang ?

Et moi, je ne fus pas du tout étonnée que la police l'embarque.

Une fois dans l'appartement, cependant, mon cerveau se mit à tourner à deux cents à l'heure. Plus j'avais d'informations, plus il me serait facile d'aider Ethelred. Ce qu'il ne voulait pas me dire, il fallait que je le découvre par moi-même. La dernière fois que je m'étais retrouvée seule chez lui, je n'avais eu qu'une heure devant moi pour dénicher ce que je cherchais. Cette fois, j'avais sans doute trente ans, moins la remise pour bonne conduite. Mais bon, autant commencer le plus vite possible.

La première chose à faire, c'était d'identifier les personnes susceptibles d'avoir des informations que je ne possédais pas. Après une rapide consultation du carnet d'adresses d'Ethelred, un nom émergea, celui du garçon de bureau, Darren Oxtoby. Sur la route jusqu'à Feldingham, j'avais soutiré à Ethelred quelques renseignements à son sujet. Je savais qu'il travaillait pour Geraldine depuis un moment et qu'il était écrivain (ou en tout cas qu'il voulait le devenir), ce qu'il y avait moyen de tourner à mon avantage. Il était un peu plus de minuit, que pouvait être en train de faire un jeune écrivain passionné ? En train de profiter de l'inspiration nocturne et de travailler à son chef-d'œuvre, évidemment. Il n'était donc pas trop tard pour l'appeler.

Le téléphone sonna plusieurs fois avant qu'une voix légèrement pâteuse me réponde.

« Allô ?

– Pardon, Darren, je vous ai interrompu en train d'écrire ?

– Je dormais. Qui est à l'appareil ? »

Entre écrire un chef-d'œuvre et dormir, il faut choisir, bien sûr. Mais j'avais réussi à capter son attention, ce qui était la seule chose qui m'importait.

« Je m'appelle Elsie Thirkettle, je suis agent littéraire.

– L'agent que connaît M. Tressider ? Vous m'appelez à propos de mon roman ? »

Même dans son état de confusion actuel, il avait du mal à croire qu'un agent respectable l'appelle de but en blanc en plein milieu de la nuit pour discuter littérature. D'ici quelques instants, il serait tout à fait réveillé, il fallait donc agir vite si je voulais lui tirer les vers du nez.

« Oui, Darren, M. Tressider m'en a longuement parlé. Mais j'aurais d'abord besoin de vous poser quelques questions simples.

- Des questions ? Oui, bien sûr. J'ai commencé à écrire il y a environ deux ans. Une de mes nouvelles a été publiée dans la revue *Granta* l'an dernier, et...

- Non, Darren, pas ce genre de questions. D'autres questions. Par exemple, depuis quand vous travaillez pour la Salope ?

- Pour Mme Tressider, vous voulez dire ? Depuis quatre mois.

- D'accord. Maintenant, réfléchissez bien, Darren : qui pouvait avoir un mobile pour l'assassiner ? Qui ne pouvait vraiment pas la saquer ?

- Personne à ma connaissance. Il y a beaucoup de gens qui téléphonaient au bureau et qui étaient vraiment énervés.

- Dans quel sens ?

- Eh bien, elle leur devait de l'argent. Des entrepreneurs, des fournisseurs, les propriétaires de l'immeuble, les livreurs de journaux, un peu tout le monde, en fait. J'étais censé leur dire que leurs factures étaient en cours de traitement et qu'elles seraient bientôt réglées. S'ils venaient au bureau, je devais dire que Mme Tressider était sortie.

- Les livreurs de journaux assassinent rarement leurs clients. Qui d'autre ?

- Il y avait aussi les actionnaires de la société, comme Mlle Turner.

- La sœur de Geraldine ?

- C'est ça. Ils étaient quatre ou cinq en tout. Ils n'arrêtaient pas d'appeler. Ils voulaient récupérer leur argent. Mais je crois qu'en fait il n'y avait pas d'argent.

- Sauf qu'ils avaient tous encore moins de chances de revoir la couleur de leur fric avec Geraldine morte que vivante. Continuez. Qui encore ?

- Pas grand monde. Mme Tressider travaillait sur un nouveau projet. Des maisons dans l'East End de Londres.

- C'était un projet sérieux ?

- Oui. Elle avait eu plusieurs réunions à ce sujet avec Dennis Rainbird. Ils se voyaient assez souvent. Pendant un moment, je me suis même demandé s'il ne se passait pas un truc entre eux. »

Dennis Rainbird ? C'était un peu comme Charlotte quand on lui avait parlé de Pamela Hamilton-Boswell : je savais que je connaissais ce nom mais, merde, qui ça pouvait bien être ? Ah oui ! bien sûr : le mari d'Elizabeth. Voilà qui était ce Dennis Rainbird.

Après un silence stupéfait, je dis dans le combiné :

« Le mari d'Elizabeth ? »

La physique newtonienne stipule que, lorsqu'il y a un silence stupéfait à un bout de la ligne, il y aura un même silence stupéfait à l'autre bout, silence auquel en l'occurrence Darren mit fin en disant :

« Pardon ?

– Dennis Rainbird. Je le connais. Enfin, plus ou moins. C'était une simple relation d'affaires ou plus que ça ?

– Je crois qu'ils étaient assez proches.

– Tu m'étonnes.

– Mais vous le connaissez aussi, c'est ça ?

– En effet.

– Le monde est petit, fit observer Darren avec ce talent qu'ont les écrivains d'aller droit au vif du sujet.

– Vous n'auriez pas l'adresse professionnelle ou le téléphone de Dennis Rainbird ? demandai-je.

– Non, mais ils doivent être au bureau. Je n'y ai plus accès, M. Tressider m'a repris la clé.

– Pas grave, je devrais pouvoir me débrouiller. Merci, Darren, vous m'avez été d'une grande aide. Je vais vous laisser vous recoucher, à présent.

– Mais mon roman ?... »

Une note d'inquiétude pointait dans sa voix : est-ce qu'il ne venait pas de se faire avoir ? Si, bien sûr.

« Envoyez-moi un résumé et les deux premiers chapitres. Et n'oubliez pas d'inclure une enveloppe timbrée pour le retour. »

Je lui donnai mon adresse, mais pas mon numéro.

« C'est tout ? fit-il.

– Oui.

– Bonne nuit, alors.

– Bonne nuit, Darren. »

J'aurais pu appeler chez Elizabeth pour essayer de tomber sur Dennis, mais il était maintenant minuit et demi et je n'étais pas sûre de recevoir un accueil des plus chaleureux, même en lui faisant remarquer que j'étais (sans doute) en position de le faire chanter.

Je sortis un atlas routier. De l'Europe, cette fois. Strasbourg s'avéra être située dans le coin en haut à droite de la France et pas à des années-lumière de la Suisse. Intéressant.

Je résolus alors d'aller me pieuter. Après tout, la journée du lendemain risquait d'être longue, selon que je décidais de faire un tour en Suisse ou de retourner dans l'Essex. Je ne voudrais pas vous donner l'impression que je ne me faisais pas de mouron pour Ethelred, bien au contraire, mais je n'ai jamais eu de difficulté à trouver le sommeil. C'est ce qu'on appelle avoir la conscience tranquille, j'imagine.

Je ne sais pas à quelle heure je me réveillai, mais il faisait encore nuit. J'étais justement en train de me dire que c'était bizarre de m'être réveillée lorsque je m'aperçus que j'avais été dérangée par des bruits de pas dans l'appartement. Il me fallut quelques secondes pour me rappeler où j'étais, si bien que je n'eus pas le temps de penser à un cambrioleur avant de voir apparaître le long visage blême d'Ethelred dans l'entrebâillement de la porte. Il me regardait avec un grand sourire.

« Comment tu as fait pour t'évader ? demandai-je.

– Sans aucun problème.

– Qu'est-ce qu'ils te voulaient, les flics, au juste ?

– Oh ! pas grand-chose. Ils ont identifié mes empreintes sur la lettre d'adieu. Ils voulaient simplement savoir comment elles s'étaient retrouvées là.

– Et alors, tiens, comment elles se sont retrouvées là ? »

15

« Parce que c'est mon papier à lettres », indiquai-je.

Ce n'était pas la réponse à laquelle ils s'attendaient.

« *Votre* papier ? » répéta l'inspecteur.

En tant que plus haut gradé présent dans la salle, c'était en principe lui qui était censé avoir les meilleures répliques. Sauf que, pendant les quelques minutes qui allaient suivre, je savais que personne n'aurait de meilleures répliques que moi.

« Parfaitement, dis-je en ramassant la chemise en plastique et en la retournant afin qu'ils puissent mieux voir. Il nc rcstc dc l'adresse que N1, ce qui vous a peut-être amenés à penser qu'il s'agissait d'une adresse à Islington et donc du papier à lettres de Geraldine. Mais si vous aviez comparé avec une feuille de son papier, vous vous seriez rendu compte que le code postal ne collait pas, pour la simple raison que le code postal complet de cette feuille-ci est en fait BN14 0TF. Une rapide vérification vous apprendra que c'est le code postal de mon adresse dans le Sussex. Et d'ailleurs, si vous regardez bien, vous remarquerez qu'on distingue encore un petit bout du B juste avant le N. »

Ils regardèrent. Ils virent. Il y avait un petit bout du B.

« Mais vous nous avez dit que vous n'aviez jamais vu cette feuille auparavant, observa l'enquêteur.

– Non. J'ai dit que je n'avais jamais vu la lettre d'adieu. La dernière fois que j'ai vu cette feuille, elle devait être vierge, et elle devait aussi avoir encore son adresse en entier.

– Mais comment diable est-ce que Mme Tressider a pu se procurer une feuille de votre papier à lettres, si c'est bien ce que vous êtes en train de nous dire ? s'étonna l'inspecteur en me dévisageant avec les yeux plissés. Vous prétendez que vous ne l'avez pas revue depuis des années.

– Encore une fois, je crains de devoir vous reprendre. J'ai dit que je n'avais pas vu ma femme depuis *un moment*. Environ quatre ou cinq semaines. Avant de partir en France, en tout cas.

– Mais je croyais...

– ... que je n'avais pas revu Geraldine depuis notre divorce ? Il est vrai qu'après la séparation nous avons arrêté de nous voir pendant plusieurs années. Mais un beau jour, il doit y avoir sept ou huit mois de cela, elle a sonné à ma porte à l'improviste. Elle disait qu'elle passait dans le coin et qu'elle avait pensé me rendre une petite visite. Elle estimait qu'après tout ce temps nous n'avions plus de raisons de nous éviter. Nous avons déjeuné ensemble, après quoi elle a voulu mon numéro de téléphone. Je lui ai donné une feuille de mon papier à lettres – sans doute celle que vous avez sous les yeux –, sur laquelle se trouvaient à la fois mon adresse complète et mon téléphone. Je suis convaincu qu'elle a déchiré le bout qui lui servait, bien qu'assez négligemment, en perdant un N1 au passage, mais avec le numéro de téléphone intact, et qu'ensuite elle a gardé le reste de la page comme papier brouillon.

– Qu'elle a plus tard utilisé pour rédiger sa lettre d'adieu ?

– On dirait bien. Elle ne se souvenait sans doute même pas d'où il venait.

– Vous pensez que c'est une coïncidence ? »

Non, songeai-je.

« Oui, dis-je. Une pure coïncidence, inspecteur. Si j'avais eu l'intention d'écrire une fausse lettre d'adieu à la place de quelqu'un, vous croyez que je l'aurais fait sur une feuille de mon propre papier à en-tête ? Je suis quand même écrivain, bon sang. Mon appartement est rempli de papier A4 blanc standard quasiment intraçable. J'aurais plutôt utilisé ça, non ? Et je n'aurais pas laissé mes empreintes dessus. Je vous rappelle que j'écris des polars.

– Donc, récapitulons. Vous avez vu votre femme assez souvent dans l'année précédant sa mort ?

– Pas si souvent que ça. Disons une douzaine de fois. Mais je ne nie pas que nous étions redevenus amis. C'est ce que souhaitait Geraldine, et j'ai fini par apprendre, à la longue, qu'il était plus facile de ne pas lutter contre ce que Geraldine s'était mis en tête.

– Monsieur Tressider, je vous ai déjà averti que la dissimulation de preuves était un délit grave.

– Je comprends, inspecteur, mais j'ai toujours répondu à vos questions en toute honnêteté. Que j'aie vu ma femme pour la dernière fois il y a quelques semaines ou quelques années ne me semblait pas d'une grande importance pour vous. Le fait est que j'étais en France au moment du meurtre. Et puis d'ailleurs, je vous mets au défi de me trouver un mobile pour lequel j'aurais tué ma femme. La seule chose que je vous aie dissimulée, c'est que j'étais en très bons termes avec Geraldine quasiment jusqu'au jour de sa disparition. »

Les deux policiers échangèrent un regard. L'inspecteur toussota.

« Quelqu'un d'autre a manipulé cette feuille à part vous, mais aucune des empreintes n'était assez lisible pour être identifiée. Si ces empreintes-là sont celles de votre femme – ce que nous présumons –, cela appuierait fortement votre version.

– Eh ben voilà », conclus-je.

L'inspecteur se tourna brusquement vers le magnétophone et énonça très distinctement :

« Fin de l'interrogatoire à minuit trente-sept. »

Il appuya sur un bouton et le ronronnement s'arrêta. Je lui souris. Il ne me sourit pas en retour. L'enquêteur débrancha l'appareil sans nous regarder ni l'un ni l'autre.

« Autre chose qui pourrait vous intéresser, reprit l'inspecteur. On a localisé la voiture de votre femme. Elle l'avait vendue pour un prix suspicieusement bas – et en liquide, évidemment – à un type qui se retrouve maintenant en possession d'une voiture dont une société de financement revendique également la propriété. Si votre femme était encore en vie, nous aurions deux ou trois questions à lui poser.

– Je ne crois pas qu'elle avait l'intention de s'attarder par ici pour répondre aux questions, dis-je.

– Nous non plus. Son passeport, son permis de conduire et ses cartes de crédit n'ont toujours pas été retrouvés. Pas plus que la ou les valises qu'elle devait avoir avec elle. Notre tueur en série n'a pas laissé non plus de pièce d'identité sur ses autres victimes, remarquez. Encore un élément qui lie le meurtre de votre femme aux précédents. Ça, et le fait qu'elle était blonde, séduisante, et qu'elle se trouvait par hasard dans le West Sussex.

– Vous en revenez donc à la théorie du tueur en série ?

– Nous n'en aurions jamais varié si vous nous aviez tout simplement dit la vérité.

– C'est ce que j'ai fait.

– Pas *toute* la vérité.

– Je peux y aller, maintenant ? demandai-je.

– Vous n'avez rien d'autre à nous dire, monsieur Tressider ?

– Comme quoi ? Allez-y, demandez-moi. Je suis une mine de renseignements précieux sur l'histoire sociale de la fin du XIVe siècle. J'en connais aussi un morceau sur la chirurgie orale et maxillo-faciale et sur l'architecture religieuse médiévale. »

L'inspecteur se frotta les yeux. La nuit commençait à se faire longue pour lui aussi.

« Avez-vous autre chose à nous dire concernant le meurtre sur lequel nous enquêtons ? »

Il parlait d'une voix lente et menaçante, mais il était crevé.

« Je vous promets que je vous ai dit tout ce que je savais là-dessus.

– Je l'espère, rétorqua l'inspecteur. Je l'espère sincèrement. »

Mon idée d'être raccompagné chez moi dans un véhicule de police toute sirène dehors se heurta à un refus poli et je fus contraint de marcher jusqu'à la gare pour essayer d'y trouver un taxi. Je fus de retour à Findon un peu avant deux heures, ce qui n'était pas trop mal. Cela aurait pu être pire. Bien pire.

Il me sembla préférable de fournir à Elsie un récit raisonnablement fidèle de la soirée. Elle avait l'art de flairer les choses, et la moindre divergence entre sa version et une autre lui faisait toujours tirer des conclusions hâtives. Elle désapprouverait sans doute le fait que j'aie revu Geraldine, mais après tout ce n'étaient pas ses affaires.

Elle le prit finalement assez bien et je ne dus supporter son flot d'injures que pendant une dizaine de minutes à tout casser. Après quoi, elle me balança sa propre petite bombe.

« Dennis Rainbird ? répétai-je.

– Je me demandais si tu étais déjà au courant, dit-elle, très contente de son effet. Visiblement non.

– Pourquoi voudrais-tu que je sois au courant ? » rétorquai-je.

Elsie eut un haussement d'épaules et me regarda d'un petit air bizarre.

« D'accord, admis-je, d'accord. Je ne t'ai pas dit que j'avais revu Geraldine, mais je ne voyais pas ce que ça pouvait bien faire. »

Elle se fendit d'un autre regard bizarre, mais les regards bizarres ne sont pas la solution miracle : je n'avais pas l'intention de lui en dire plus.

« Dennis la Menace, reprit-elle. Encore un suspect de premier choix.

– Ah bon ? Et tu as qui d'autre sur ta liste ?

– Smith.

– Il n'a pas une tête de tueur, fis-je remarquer. Même si je dois reconnaître que je n'arrive pas à comprendre ce qui a pu le persuader de confier son argent à Geraldine.

– Oh ! arrête un peu. Elle couchait avec lui, c'est évident. »

Elsie est parfois complètement à côté de la plaque.

« Avec Smith ? Ça m'étonnerait, franchement. Ce n'est pas vraiment son genre.

– Ethelred. Tu peux revenir sur terre deux minutes ? Je n'aime pas dire du mal des morts, mais ton ex-femme couchait avec tout ce qui portait un pantalon. C'était précisément le genre de femme contre qui ta mère t'avait mis en garde. Vrai ou faux ?

– Tu ne l'as jamais vraiment connue.

– Tu me l'as déjà dit.

– Parce que c'est la vérité. »

Elle me regarda avec un de ses airs condescendants dont elle avait le secret, mais elle perdait son temps, parce que le fait est que je connaissais Geraldine mieux qu'elle.

« Alors, quand est-ce qu'on va voir Dennis la Teigne ? demanda-t-elle au bout d'un moment.

– Dès qu'on se sera organisés. Dennis n'est pas quelqu'un que tu peux passer voir à l'improviste. Je vais appeler sa secrétaire pour prendre rendez-vous.

– Tu ne crois pas qu'on perdra l'effet de surprise ?

– Si, mais on n'en aura pas besoin. Et même si on en avait besoin, Elizabeth a déjà dû lui dire qu'on était venus fouiner.

– Et entre-temps, on fait quoi ?

– Je suis écrivain, je te rappelle. Je vais dormir quelques heures, et ensuite je crois bien qu'il faudrait que j'écrive un peu.

– Fairfax ?

– Fairfax.

– D'accord, alors. »

16

Cet été-là, Fairfax travaillait dans un bureau qui donnait sur le fleuve et, au-delà, sur les prairies et les collines arborées. Le lit du fleuve était lent et brunâtre, et de part et d'autre apparaissait une bande de boue craquelée à l'endroit où le niveau de l'eau avait baissé. En s'approchant de la rive pour boire, le bétail retournait la boue avec ses sabots, mais, plus loin, la prairie était sèche, l'herbe roussie et poussiéreuse.

Entre le commissariat et le fleuve passait une route sur laquelle circulaient des camions, et la poussière qu'ils soulevaient se déposait sur les feuilles des buissons. À la nuit tombée, on pouvait entendre les camions vrombir sous la fenêtre et observer la façon dont leurs phares éclairaient les buissons et se réverbéraient sur la poussière des feuilles. Les branches oscillaient au passage des poids lourds, et parfois une brise tiède soufflait par la fenêtre ouverte de Fairfax. L'air n'était frais qu'au petit matin, quand les collines gris-bleu étaient encore à peine visibles et que le fleuve dessinait une frêle ligne laiteuse à travers les prairies sombres.

Cet été-là, pour la première fois, Fairfax comprit qu'il était vieux, ce qui n'avait rien à voir avec le nombre d'années qu'il avait vécues mais plutôt avec le nombre d'années qu'il lui restait à vivre. Et aussi avec le fait de savoir qu'il y avait certaines personnes qu'il avait aimées et qu'il ne reverrait plus, certaines choses qu'il avait faites et qu'il ne referait plus.

Le policier Rinaldi toqua poliment à la porte.

« *Un café,* brigadiere*? proposa-t-il.*

– Je préférerais une grappa, répondit Fairfax.

– Il n'y a pas de grappa, s'excusa Rinaldi. Seulement ce café que je vous ai préparé.

– J'ai de la grappa, dit Fairfax en ouvrant un tiroir de son bureau dont il sortit une bouteille et deux verres.

– Je ne peux pas boire pendant mon service. C'est interdit.

– C'est autorisé, rectifia Fairfax. Moi, je l'autorise. »

Il servit les deux verres et ils trinquèrent. La grappa était très forte et très bonne.

« *Un autre? suggéra Fairfax.*

– Je ne peux pas, indiqua Rinaldi. Je suis sujet aux maux de tête.

– Buvez-en un autre, insista Fairfax, votre tête le supportera très bien.

– Je ne peux pas. Vous devriez boire du café, brigadiere. *Vous aurez l'esprit plus clair.*

– Plus clair pour quoi?

– Je ne sais pas, brigadiere.

– Vous me demandez de ne pas boire de grappa et vous ne savez pas pourquoi. Je vais vous le dire. Je n'ai besoin d'avoir l'esprit clair pour rien du tout. Rien du tout. Je suis fatigué, Rinaldi. Je suis vieux et fatigué. Je n'ai plus rien à faire ici. Vous croyez en Dieu, Rinaldi?

– Non, brigadiere, *je suis athée. Je ne crois pas en Dieu et je ne fais pas confiance aux prêtres.*

– Je ne fais pas confiance aux prêtres non plus, mais moi, je crois en Dieu.

– Quel rapport entre Dieu et la grappa?

– Je ne sais pas, Rinaldi. Peut-être aucun avec la grappa, mais avec le fait de se sentir vieux. Je ne sais pas. »

Fairfax s'apprêtait à ranger la bouteille dans le tiroir, mais il la reposa sur le bureau. Il y avait encore deux ou trois doigts d'alcool dans le fond.

« *Vous êtes fatigué,* brigadiere, *c'est tout. Vous confondez Dieu et la grappa. Ce n'est pas la même chose. Moi aussi, je crois en la grappa. Vous devriez rentrer vous reposer. Vous devriez rentrer et laisser cette bouteille ici.*

– *J'en ai une autre chez moi, Rinaldi. J'ai découvert ça : il y a toujours une autre bouteille quelque part. Parfois c'est de la grappa. Parfois de la strega. Mais il y a toujours une autre bouteille si vous désirez vraiment la trouver. Avec Dieu c'est un peu différent, mais avec les bouteilles ça marche comme ça.*

– *Je ne vous comprends pas,* brigadiere. *Vous devriez rentrer vous reposer. Ce n'est pas bon de rester ici jour et nuit. Un homme doit rentrer auprès de sa famille de temps en temps. C'est normal.*

– *Je n'ai pas de famille, Rinaldi.*

– *Je suis désolé,* brigadiere.

– *Ne vous inquiétez pas, Rinaldi, ce n'est pas votre faute.*

– *Je ne m'inquiète pas pour votre famille, mais je m'inquiète pour la grappa. Promettez-moi que vous allez ranger cette bouteille et rentrer chez vous.*

– *Je vous promets, Rinaldi. Je vous promets pour la bouteille et je vous promets de rentrer. Maintenant, laissez-moi et je vais partir.*

– *Vous allez partir ?*

– *Promis. Parole de scout.*

– *Je vous laisse le café ?*

– *Non, prenez-le. Ça va aller, je vous assure.* »

Lorsqu'il fut absolument sûr que Rinaldi ne reviendrait pas, Fairfax déboucha la bouteille et se servit une généreuse rasade de grappa. Après ça, il resterait peut-être encore l'équivalent d'un verre. Et ensuite, il rentrerait chez lui, songea-t-il. Ensuite, il rentrerait chez lui.

Voilà que ça recommençait. Qui était donc ce policier Rinaldi ? Et qu'est-ce que c'était que cette histoire de grappa, à laquelle Fairfax n'avait jamais touché jusque-là à ma connaissance ? Il buvait de la bière et, à l'occasion, du whisky. Mais jamais depuis son premier roman il n'avait bu une seule goutte d'alcool au bureau. Qu'essayait-il de me dire ?

Je fis glisser ma souris, cliquai sur « Édition », « Sélectionner tout » et appuyai sur « Suppr ». Le chapitre disparut de mon écran et fut remplacé par une page blanche. J'enfilai mon ciré et mes bottes et sortis sous la pluie en direction du fort de Cissbury.

17

Il serait injuste de laisser croire que mon père n'était rien d'autre qu'un universitaire raté. Bien qu'il ait eu moins de temps à y consacrer, son échec dans le domaine politique était tout aussi entier et infiniment plus humiliant à la fois pour lui et pour sa famille.

Le principal défaut de mon père en tant qu'homme politique était que ses idées ne correspondaient à celles d'aucun parti identifié. Elles tournaient autour du concept d'une monarchie élective semi-héréditaire sous laquelle les rois (il n'y aurait nul besoin d'avoir des reines) seraient choisis parmi les authentiques descendants du roi Cerdic de Wessex. Les électeurs consisteraient en un Witan de grands sages dont mon père se voyait, pour une raison étrange, comme un des membres éminents. Bien que la proposition ne fût, à première vue, ni plus ni moins ridicule que la primogéniture, mon père éprouvait quelque difficulté à persuader les partis politiques établis que l'inclusion de la monarchie élective dans leur programme pourrait faire pencher les indécis en leur faveur. Cela ne manquait pas de l'intriguer, mais il persévéra néanmoins au point d'adhérer au parti conservateur local et d'adopter tous leurs principes de façon inconditionnelle, à l'exception de la loyauté envers la maison des Windsor.

La progression de mon père au sein de la hiérarchie du parti fut, c'est le moins qu'on puisse dire, très limitée. Lorsqu'il laissait entendre qu'il pourrait faire un bon candidat au Parlement, certains lui répondaient par un silence gêné. D'autres prenaient ça pour de l'autodérision et réagissaient en éclatant de rire et en lui donnant de grandes tapes dans le dos. Aucune de ces deux attitudes ne l'empêcha de continuer à affirmer ses prétentions. On finit par l'autoriser à se présenter comme candidat conservateur à une élection locale. La circonscription en question correspondait à une vaste cité HLM en périphérie de la ville, ainsi qu'à un petit groupe de fermes et de maisons de campagne. Par la suite, les habitants des cités HLM allaient soutenir en masse Margaret Thatcher, tout comme les classes moyennes soutiendraient Tony Blair. Mon père, quant à lui, fut essentiellement ignoré par les habitants de la cité et traité avec condescendance par ceux des résidences secondaires. Ni les uns ni les autres ne manifestèrent le moindre intérêt pour le roi Cerdic de Wessex, ni pour la création d'un Witan. Il se fixa pour mission – accomplie, il me semble – de visiter personnellement chaque logement de sa circonscription, afin que personne ne puisse ignorer ses positions. Son score fut le plus faible jamais enregistré de toutes les élections qui aient eu lieu dans cette circonscription.

Partant de là, en théorie, la carrière politique de mon père ne pouvait que progresser, mais en réalité elle ne fit que se maintenir tant bien que mal à ce niveau. On le chargeait parfois de prononcer un discours de remerciement pour un invité de passage, ou d'organiser la kermesse de l'été. Il faisait régulièrement le pied de grue à la sortie des bureaux de vote, avec la pluie qui lui dégoulinait dans le col de la gabardine, afin de noter les noms des électeurs. On ne l'autorisait à faire quoi que ce soit qui puisse lui offrir une tribune pour avancer sa vision cerdicienne d'une monarchie réformée. De temps en temps, il écrivait des lettres au *Times* sur le sujet, pour lesquelles il recevait systématiquement les remerciements polis mais navrés du rédacteur en chef.

Vers la fin de sa vie, mon père devint aussi brièvement un théologien raté. Non pas qu'il prêchât, comme on aurait pu s'y attendre, pour un renouveau du culte des dieux Thor et Odin, pas plus que pour celui d'un obscur saint saxon parmi tant d'autres. C'est en réalité le Saint-Esprit qu'il décida de gratifier de ses attentions ; un membre tristement négligé de la Trinité, comme il aimait à le rappeler à tous ceux qui commettaient l'erreur de l'écouter.

Mon père avait suffisamment appris de ses expériences au sein du parti conservateur pour ne pas tenter une réforme radicale de l'Église anglicane. Il se contentait de donner une emphase particulière à toute mention du Saint-Esprit dans la liturgie ou dans les cantiques. Seuls les jours où l'église était quasiment vide remarquait-on cette bizarrerie. Personne ne fit jamais le moindre commentaire dessus. Ma mère aurait pu choisir des lectures et des cantiques appropriés pour les funérailles de mon père, mais comme par hasard elle préféra les passages traditionnels dans lesquels le Saint-Esprit n'était absolument pas mentionné. Si le Saint-Esprit était présent à la cérémonie, ce ne fut donc pas immédiatement visible. Le président de la section locale du parti conservateur se fit également excuser.

Ce n'est qu'après son enterrement que je pris conscience d'avoir aimé mon père. Mais c'est peut-être un phénomène trop banal pour qu'il mérite qu'on s'y appesantisse.

Le téléphone sonna. Inévitablement, c'était Elsie.

« Alors, quand est-ce qu'on va voir Dennis la Menace ?

– Il est en déplacement à l'étranger. Sa secrétaire m'a dit qu'il me rappellerait la semaine prochaine.

– Tu es vraiment nul. Je te donne une seule chose à faire et tu la foires. Je suis sûre qu'il est là. On aurait dû y aller sans rien demander à personne.

– Eh ben, on l'a pas fait. Et ne t'avise pas d'essayer.

– Et ton livre, ça avance ?

– C'est une vraie question ou un intérêt poli ?

– Un intérêt poli à quatre-vingt-sept et demi pour cent, une vraie question pour les douze et demi qui restent.

– Ça piétine.

– Panne d'inspiration ?

– Trop-plein d'inspiration. Ça coule tout seul, mais c'est de la merde. Je crois que Fairfax se prend pour de la littérature.

– Grossière erreur.

– Je crois qu'il essaie de me dire que, soit je fais de lui de la littérature, soit il claque la porte. Quelque chose dans le genre, en tout cas. Il a l'air de ne plus trop m'aimer.

– Ethelred, tu as encore laissé ton cerveau au vestiaire. C'est *toi* qui écris les romans de Fairfax. Fairfax n'est que le produit de ton imagination. Il n'a pas d'autres pensées que celles que tu lui prêtes. Tu peux lui faire faire exactement ce que tu veux.

– Alors c'est peut-être que j'essaie de me dire quelque chose à moi-même. Et puis d'ailleurs, pourquoi est-ce que je n'écrirais pas de la littérature, de temps en temps ? Je n'ai jamais vraiment renoncé à remporter le Booker Prize, tu sais.

– Ethelred, on dirait ton père.

– Je ne vois pas comment tu peux dire ça. Tu n'as jamais rencontré mon père.

– Tous les hommes finissent par ressembler à leur père. C'est le seul et unique problème des femmes. »

18

Un doux soleil perça la brume qui enveloppait Buckford. Puis flâna le long de la cathédrale, ne s'arrêtant que pour dorer de ses rayons de miel la plus repoussante des deux gargouilles, avant de tourner brusquement à gauche sur Market Street. Il traversa ensuite Mucklegate Street et, en respectant les sens uniques, arriva devant l'auguste et terrible bâtiment du commissariat principal de Buckford. Un soleil plus faible, moins déterminé, s'en serait peut-être tenu là et se serait tiré discrètement en direction du Rose and Crown, mais celui-ci était d'une autre trempe. Après avoir pénétré par une fenêtre du premier étage, il se posa sur le bureau d'un certain inspecteur Fairfax, qui était jusque-là en train de regarder dehors en rêvassant.

La vue qui s'offrait vaillamment à lui était un paysage paisible de prairies, de vaches heureuses et de lointaines collines bleutées. Une vue qui semblait dire que, quelque part, un agneau se désaltérait dans le courant d'une onde pure, qu'un corbeau était – selon toute vraisemblance – perché sur son arbre et que tout était pour le mieux dans le meilleur des mondes. L'inspecteur Fairfax voulait bien accepter les yeux fermés la quiétude de l'agneau et du corbeau, mais, pour le monde, il n'était pas du même avis. Quelque chose lui rongeait le cœur, et un homme au cœur rongé a bien du mal à se faire une opinion mesurée de la vie en général.

Et comme si le destin avait choisi capricieusement de lui prouver que les choses pouvaient encore empirer, il entendit à cet instant les pas de son supérieur approcher dans le couloir. Ils s'arrêtèrent quelques secondes pile devant la porte de Fairfax, laissant penser que leur propriétaire avait temporairement oublié la raison pour laquelle il s'était aventuré jusqu'à cette contrée relativement lointaine de son empire. C'était sans doute le cas, car il y eut un frottement hésitant avant que la porte finisse par s'ouvrir en grand et que le commissaire divisionnaire Emsworth déambule nonchalamment dans la pièce.

Emsworth portait un pantalon qu'une boutique de l'Armée du Salut aurait eu honte de mettre en rayon, si les boutiques de l'Armée du Salut avaient eu le droit de revendre des uniformes de police au rebut. Sa veste était boutonnée au petit bonheur, indiquant qu'il avait l'esprit ailleurs, peut-être même à des kilomètres de Buckford, quand il l'avait enfilée. Et, de fait, un doute subsistait quant à l'endroit précis du commissariat dans lequel son esprit se trouvait à présent.

« Je ne vous dérange pas, j'espère, Fairfax ? » demanda-t-il.

Il s'assit en face de Fairfax et se mit à sortir mécaniquement les stylos de leur pot avant de les y replacer un par un.

« Je peux vous aider, monsieur ? » répondit Fairfax.

Emsworth interrompit son réarrangement de stylos l'espace d'un instant et parut pensif.

« Oui, il y avait quelque chose. Impossible de me rappeler quoi, en revanche. Ça vous est déjà arrivé, Fairfax, d'entrer dans une pièce et d'oublier ce que vous veniez y faire ?

– Non, monsieur.

– Moi, ça m'arrive tout le temps. »

Emsworth fredonna un moment et sembla sur le point de diriger son attention sur les trombones.

« J'imagine que ça ne vous arrive pas car vous avez l'esprit acéré, que vous mangez plein de poisson et que vous ne touchez jamais une goutte d'alcool, reprit Emsworth, quand tout à coup son doux visage s'illumina. Mais bien sûr, voilà ce dont j'étais venu vous parler ! La bibine !

– Monsieur ?

– J'ai cru comprendre que vous étiez un peu trop porté sur la boisson, Fairfax. Je ne peux pas révéler mes sources. Je ne voudrais pas créer d'ennuis à ce brave Rinaldi, pas vrai ? Je n'ai rien contre un petit verre de temps en temps, bien sûr. Y a pas de mal à se prendre une bonne cuite à l'occasion. Mon frère Gally a passé la plupart de sa jeunesse en coma éthylique et j'ai rarement vu un gars de 57 ans en aussi bonne forme. Mais, en l'occurrence, mes sources s'inquiètent que vous y alliez un peu fort, même selon les critères de Gally. »

Fairfax se redressa de toute sa hauteur, un préalable utile lorsque vous vous apprêtez à nier quelque chose, que ce soit une vérité ou un mensonge.

« Vous avez des griefs à formuler sur mon travail, monsieur ?

– Le travail ? Le travail ? se demanda Emsworth comme s'il contemplait une idée nouvelle. Certainement pas, mon cher. J'ai été plus qu'impressionné par la manière dont vous avez appréhendé Ginger McVitie.

– Vous avez peut-être bien fait de passer me voir. Je songe à arrêter, de toute façon.

– Vous songez à arrêter de boire ? Parfait, mon cher, parfait.

– À arrêter de travailler dans la police. Je me fais trop vieux.

– Vous plaisantez ? Quel âge avez-vous ?

– Cinquante-huit et demi.

– Eh ben alors ? Gally n'a qu'un an de moins que vous et il n'a aucune intention d'arrêter. Remarquez qu'il n'a jamais vraiment rien commencé, concéda Emsworth, alors on aurait du mal à voir ce qu'il pourrait bien arrêter. Écoutez, Fairfax, vous êtes sûr que ce n'est pas juste à cause du temps ? Le temps affecte les gens d'une étrange manière, vous savez. J'avais autrefois un jardinier qui me donnait sa démission chaque fois qu'un orage menaçait. Régulier comme une horloge. On a même pensé à le prêter à la météo nationale.

– Ce n'est pas le temps, monsieur. »

Emsworth se creusa la cervelle à la recherche d'autres causes possibles de détresse. D'après son expérience, arrivaient généralement en tête les objections parentales au projet d'épouser une danseuse de revue (33 contre 1), les menaces d'enlèvement pesant sur son cochon de concours (10 contre 1), ou l'imminence d'un entretien avec sa sœur Connie (2 contre 1). Aucune de ces hypothèses n'était à première vue susceptible de s'appliquer à Fairfax.

« Peut-être que je ne m'exprime pas très clairement, monsieur, s'excusa Fairfax.

– Pas très, non, mais ne vous en faites pas, mon cher, c'est tout à fait normal. Connie dit souvent la même chose à mon sujet.

– Vous savez, monsieur… »

Leur conversation fut interrompue par trois coups polis à la porte et un discret raclement de gorge.

« Qu'est-ce qu'il y a, Beach ? demanda Emsworth avec agacement. Encore une de mes sœurs au téléphone ? Eh bien vous n'avez qu'à lui dire que je suis occupé, nom d'un chien. »

Le policier Beach se racla de nouveau la gorge d'un air contrit.

« Ça fait dix minutes que le commissaire divisionnaire Parsloe-Parsloe de Matchingham attend dans votre bureau, monsieur.

– Et qu'est-ce qui lui prend de faire un truc pareil ? Est-ce qu'il n'a pas un bureau à lui à Matchingham ?

– Il dit qu'il a rendez-vous avec vous, monsieur. Une histoire de manuscrit volé qui risque d'embarrasser la moitié du Shropshire si jamais son contenu est révélé au grand public.

– Ah ! rétorqua Emsworth, reprenant ses esprits. Un rendez-vous, vous dites. Très bien. Nous allons devoir poursuivre cette conversation sur vos problèmes de danseuse une prochaine fois, Fairfax. Mais le conseil que je peux vous donner, c'est de la mettre dans une décapotable et de filer le plus vite possible

à Gretna Green pour un mariage express. Allez, Beach, je vous suis. Allons voir ce que nous veut ce Parsloe-Parsloe. »

Les bruits de pas s'éloignèrent de nouveau dans le couloir et Fairfax se replongea dans la contemplation de la campagne du Buckfordshire. Le soleil avait délaissé Buckford et s'accordait un moment de répit derrière un nuage. Les prairies paraissaient désormais ternes et moroses. Quelque part à l'horizon, une vache qui avait un chagrin secret laissa échapper un meuglement plaintif.

Mais qu'est-ce que c'était que toute cette histoire ? me demandai-je. Emsworth ? Beach ? L'honorable Galahad Threepwood ? (avais-je bien dit Threepwood ? Oui, bien sûr, je n'avais pas besoin qu'on m'explique d'où sortait cette galerie de personnages)[1]. Évidemment, Elsie avait raison : c'était moi qui écrivais, pas Fairfax. Mais qu'est-ce que ça *signifiait* ? Qu'était-il advenu du crime dont l'intrigue était censée se dérouler en parallèle ? Et quel était donc ce problème mystérieux avec lequel Fairfax se débattait ? Comment se faisait-il que lui le savait et pas moi ? Il n'y avait plus qu'une solution :

« Édition. »

« Sélectionner tout. »

« Suppr. »

Je me levai pour aller me faire une tasse de café.

1. En effet, tous les personnages cités dans ce chapitre, ainsi que nombre d'anecdotes, sont empruntés au roman *Heavy Weather*, de P. G. Wodehouse, publié en 1933. *(NdT.)*

19

J'avais dû rencontrer Dennis Rainbird pour la première fois peu avant son mariage avec Elizabeth. Elle m'en avait déjà un peu parlé et, d'après ce qu'elle m'avait dit, je m'attendais à une sorte de croisement entre un capitaine d'industrie à l'ancienne et un videur de boîte de nuit : sans doute une queue-de-cheval, une veste un tantinet trop longue, très certainement une chaîne en or et une cicatrice ou deux récoltées dans l'exercice de ses fonctions.

Il ne possédait rien de tout ça. Pour commencer, il avait une bonne décennie de plus que moi, et il ressemblait en tout point au gros businessman prospère qu'il était bel et bien. Ses costumes, comme il me l'expliqua très vite, venaient invariablement de chez Gieves & Hawkes, ses chemises de chez Turnbull & Asser, et ses chaussures de chez Church's. Son après-rasage (peut-être un peu trop insistant) était une obscure – mais éminemment respectable – marque anglaise. Il n'avait les cheveux ni trop longs ni trop courts, et sur les côtés ils rebiquaient vers l'arrière en deux petites vagues à la façon communément admise dans la haute bourgeoisie. Il avait l'accent d'Oxford (contrairement à moi qui avais pourtant étudié à Oxford), et cette habitude d'ouvrir les portes aux dames que soit ma génération avait oubliée, soit nos mères ne nous avaient pas enseignée. À vrai dire, il donnait l'impression d'avoir été, à un moment de sa vie, coincé dans un train au ralenti avec rien d'autre à lire qu'un manuel vieux jeu sur les règles de savoir-vivre, qu'il avait donc mémorisées jusqu'au dernier point-virgule. Peut-être la clé pour comprendre Dennis était de savoir qu'il était capable de s'habiller et de se conduire de cette façon irréprochable sans pour autant cacher ne serait-ce qu'une minute qu'il n'était en fait qu'un petit parvenu des bas quartiers.

Et puis il y avait encore une autre clé : alors qu'il était toujours ravi de me faire savoir combien il avait payé sa cravate ou avec quelle célébrité de seconde zone il avait dîné la semaine précédente, je n'ai jamais rien su de sa famille, d'où il venait, ni de ce qu'il avait fait de sa vie avant ses 35 ans. Je ne suis pas en train de dire qu'il avait une part d'ombre, mais ça vous laissait le sentiment qu'il n'y avait peut-être pas trop de quoi se vanter. Et quand Dennis ne pouvait pas se vanter de quelque chose, cette chose avait tendance à rester en dehors de la conversation.

Le bureau de Dennis se trouvait sur Wardour Street, un coin qui arrive bizarrement à faire à la fois riche et légèrement miteux, avec ses immeubles juste un poil trop hauts pour la largeur de la chaussée. La rue était encore dans l'ombre malgré le fait que la matinée était déjà bien avancée.

Son immeuble à lui était de style Art déco, rappelant l'époque où c'était un quartier prestigieux, noyau d'une industrie du cinéma britannique qui pensait alors pouvoir rivaliser avec Hollywood. Le décor du bureau de Dennis ne faisait cependant aucune concession aux courbes gracieuses et aux chromes élégants qui sont si prisés de nos jours. Il avait clairement sa propre idée de la grandeur déchue, sans doute d'après une maison qu'il avait visitée ou, pourquoi pas, cambriolée des années plus tôt.

Dès l'instant où nous pénétrâmes dans la pièce, je constatai qu'Elsie était bien décidée à ne se laisser impressionner par rien de ce que Dennis aurait à lui montrer : ni l'énorme bureau en cuir et acajou massif, ni les imposants fauteuils en cuir, ni les informes statues modernes, pas même l'onctuosité de la moquette (dont l'invraisemblable épaisseur rendait le long trajet entre la porte et le bureau lui-même entièrement silencieux). Elsie avait choisi de porter pour l'occasion une jupe moulante très courte et une veste assortie qui auraient pu être très seyantes sur un tas de gens. Il y avait incontestablement au fond d'elle une femme menue et raffinée qui luttait pour se faire entendre et dont on ne pouvait qu'admirer la ténacité.

Dennis me tendit la main.

« Désolé pour Geraldine, vieux. Ça doit être un sacré coup dur.

– Il y a encore beaucoup de choses à régler, répondis-je avec un haussement d'épaules.

– Bien sûr. Et je serai ravi de pouvoir t'aider d'une façon ou d'une autre. Mais d'abord, vous préférez un café ou quelque chose de plus fort ? »

Vu qu'il était dix heures du matin, il aurait pu se douter que ni Elsie ni moi n'opterions pour un whisky, mais peut-être qu'il n'en allait pas de même pour ses autres visiteurs matinaux.

« Un café, s'il te plaît, dis-je.

– Moi aussi », renchérit Elsie.

Elle n'avait pas lâché Dennis des yeux depuis que nous avions mis les pieds ici et elle le fixait à présent d'un regard insistant. Mais si l'objectif était de l'intimider, ça n'avait pas l'air de marcher.

Dennis parla dans un microphone posé sur son bureau et un plateau avec du café et des biscuits apparut presque aussitôt.

« Alors, je vous écoute, reprit-il avec un grand sourire clinquant. Qu'est-ce que je peux faire pour vous, exactement ?

– Il y a une ou deux choses qu'il me serait utile de savoir, répondis-je.

– Vas-y. Tout ce que tu veux.

– Très bien. Tu étais en contact avec Geraldine avant qu'elle disparaisse, n'est-ce pas ?

– Un peu. »

Le sourire demeura, mais il semblait désormais sur ses gardes.

« Je ne voyais pas bien qui c'était la première fois qu'elle m'a appelé, poursuivit-il. Juste une personne de plus avec une proposition à me faire... J'en reçois tous les jours, dans mon secteur d'activité.

– Qui consiste en quoi, au juste ? voulut savoir Elsie.

– Oh ! un peu de tout. Comme je vous le disais, je reçois beaucoup de propositions, mais celle-ci me paraissait suffisamment sérieuse et sans risque. Pour moi, en tout cas. Geraldine voulait investir dans des maisons dans l'East End, les retaper et les revendre à des gens respectables. Des gens comme nous, en somme. Elle voulait m'embaucher comme conseiller. J'étais ravi de pouvoir l'aider. Elle ne m'a pas demandé de mettre de l'argent dans l'affaire, et d'ailleurs je ne l'aurais pas fait. J'ai l'habitude que mon capital me rapporte entre vingt-cinq et trente pour cent par an. Au mieux, elle allait faire un bénéfice de quinze, vu l'état du marché. Peut-être vingt avec mes conseils et des vents favorables. Évidemment, elle a trouvé un moyen de se faire cent pour cent, mais à l'époque je ne savais pas qu'elle comptait se tirer avec le magot. »

Dennis laissa échapper un petit gloussement jaloux et but une gorgée de café.

« Extra, ce café, non ? J'ai un type qui me l'importe directement du Costa Rica. Rien à voir avec ces histoires absurdes de commerce équitable, je vous rassure : il exploite ces braves paysans costaricains comme il se doit ! Je peux vous en avoir, si vous voulez. Moyennant finance, bien sûr.

– À quel moment as-tu compris qui était Geraldine ? demandai-je.

– Quand elle a décidé de me le dire, j'imagine.

– Le nom ne te disait rien avant ? Elizabeth ne l'avait jamais mentionné ?

– Possible... Je ne m'en souviens pas. Tu sais, le fait que Geraldine se soit tirée avec l'ex d'Elizabeth avait peut-être une importance pour madame, mais pour moi c'était purement professionnel, vieux. Purement professionnel. »

Il m'apparut alors que les deux seules personnes à m'appeler « vieux » étaient Dennis et Rupert. Tout le monde avait ses propres schémas. Rupert qui quittait une blonde pour une autre. Elizabeth qui passait sans effort d'un poseur à l'autre (assez différents chacun dans leur genre, il est vrai). Du coup, on ne pouvait pas s'empêcher d'imaginer qu'à un moment de sa vie Dennis avait dû s'inventer un personnage de A à Z, exactement comme l'avait fait Rupert. Quels étaient les schémas de ma propre existence ? À qui ressemblais-je ? Je préférais ne pas y penser.

« Il y avait quand même un risque qu'Elizabeth s'en aperçoive », fit remarquer Elsie.

Son besoin de se faire entendre avait finalement vaincu sa tentative d'intimider Dennis.

Ce dernier esquissa un demi-sourire. Je devinai que, comme Geraldine, il devait avoir le goût du risque. Ce qui les avait sans doute rapprochés. Mais, contrairement à elle, Dennis préférait les risques contrôlés et quantifiables.

« Elizabeth est au courant ? repris-je. Je me demande comment elle réagirait si elle l'apprenait. Et si quelqu'un le lui disait ?

– Qui pourrait faire une chose pareille ?

– Moi, par exemple.

– Attends, vieux... » commença Dennis avant de s'interrompre.

La conversation prenait un tour qu'il n'avait visiblement pas anticipé. Il semblait agacé, mais aussi inquiet. Je n'avais pas l'air d'un maître chanteur, mais il n'avait pas l'air d'un escroc non plus (du moins le croyait-il).

« Oui, insistai-je. Je pourrais très bien le dire à Elizabeth. Pourquoi pas ? C'est une bonne amie, après tout. Tu dis toi-même que tu savais qu'elle n'aurait pas apprécié. D'une certaine façon, ce pourrait être mon devoir de la mettre au courant.

– Mais tu ne vas pas le faire ?

– Peut-être que si », répondis-je, conscient qu'Elsie avait désormais le regard braqué sur moi et me dévisageait comme si j'avais entamé un strip-tease en chantant *Ainsi font, font, font*.

Mais je ne me laissai pas démonter. Je savais ce que je faisais (en tout cas je l'espérais).

« La police non plus n'a pas poussé l'enquête jusqu'à toi. Après tout, personne ne leur a parlé de tes liens avec Geraldine.

– N'essaie pas de me faire chanter, Ethelred. D'autres s'y sont risqués avant toi. Je t'aurais bien passé leur numéro pour qu'ils te donnent un ou deux conseils, mais j'ai peur que tu aies du mal à les joindre.

– Ce n'est pas du chantage.

– Qu'est-ce que tu veux, alors ?

– Simplement que tu répondes aux trois questions que je vais te poser. Si tu y réponds sincèrement, ni Elizabeth ni la police n'entendront un mot de ma bouche. Mais si je me rends compte un jour, n'importe quand, que tu m'as menti, je passerai deux petits coups de fil. C'est clair ?

– Oui. »

Dennis ne savait décidément pas que penser de moi, mais il résolut, pour le moment du moins, que le mieux à faire était de jouer le jeu. Contrairement à Elsie, il ne me regardait pas comme si j'étais dingue.

« Première question, annonçai-je. Sais-tu ce qui est arrivé à Geraldine le jour où elle a disparu ?

– Non, bien sûr que non. J'étais à... »

Dennis consulta un agenda (relié cuir, évidemment).

« À Strasbourg, c'est ça. J'avais toute une série de réunions là-bas. D'ailleurs Elizabeth était avec moi. Elle a dû vous le dire, j'imagine. Et je n'avais pas vu Geraldine depuis plusieurs semaines avant ça. Elle s'était désintéressée de ses investissements immobiliers. On sait tous pourquoi, maintenant, bien sûr. Mais, même sur le moment, je ne trouvais pas bizarre qu'elle ne téléphone pas ni rien. Son projet n'avançait plus. Mentalement, j'avais déjà fait une croix dessus.

– Merci.

– Si c'était ta première question, ça ne valait pas le coup de me faire du chantage pour ça. Tu aurais pu avoir ta réponse gratos.

– Je voulais une réponse avec une garantie en béton. Deuxième question : est-ce que tu as déjà couché avec Geraldine ?

– Quoi ?

– Est-ce que tu as couché avec elle ?

– Non.

– Tu en as eu envie ?

– C'est la troisième question ?

– Non, toujours la deuxième.

– Et la réponse est toujours non. Je ne dis pas qu'elle n'était pas attirante. Bien sûr. Et je ne doute pas non plus… Bref, ce n'est pas à toi que je vais faire un dessin. Mais ç'aurait été un trop gros risque à prendre. Je suppose qu'Elizabeth t'a déjà parlé de Cathy, notre dernière nounou ? Hum, c'est bien ce que je pensais. Eh bien, vois-tu, je n'ai aucune intention de me retrouver à nouveau dans cette situation. Elizabeth partirait avec les gosses et me plumerait jusqu'au dernier centime. Je suis trop vieux pour tout foutre en l'air juste pour une partie de jambes en l'air. Ça te va ?

– Oui.

– Troisième question ?

– Je n'ai plus besoin de te poser la troisième question. Je sais déjà que tu n'as pas la réponse.

– Je peux quand même te demander quelle était la troisième question ?

– Non.

– Alors, est-ce que je peux t'en poser une ?

– Très certainement.

– À ton avis, qui a tué Geraldine ? »

Je réfléchis un instant.

« Je crois que la police est sur la bonne voie. Ils penchent pour un tueur en série.

– Tu veux dire qu'elle était sur le point de mettre en scène sa disparition et qu'elle s'est retrouvée au mauvais endroit au mauvais moment ?

– Je n'ai pas les détails, dis-je.

– Dans ce cas, qui est allé récupérer l'argent sur le compte ? objecta Elsie.

– Quel compte ? » demanda Dennis, brusquement intéressé.

Je maudis intérieurement Elsie et sa manie de penser tout haut, mais c'était de toute façon un aspect de l'affaire que nous allions devoir explorer avec lui. Je révélai donc à Dennis l'existence du compte en Suisse, sans cesser d'observer son expression pour essayer de déterminer s'il en savait plus que moi.

Dennis hocha la tête d'un air admiratif devant l'efficacité du stratagème, puis se carra dans son fauteuil et sortit un cigare dont il coupa soigneusement l'extrémité.

« Je ne vois pas où est le problème, dit-il. D'après ce que j'ai compris, aucune pièce d'identité n'a été retrouvée sur le corps. Ni passeport, ni permis de conduire, ni carnet de chèques, ni carte de crédit, c'est bien ça ?

– En cffct, oui.

– Eh ben voilà, alors. Elle devait également avoir sur elle les références du compte en Suisse. S'il y avait des mots de passe, elle les avait sans doute notés quelque part. La plupart des gens sont assez nigauds pour faire ça. Du coup, le type qui la zigouille fouille dans ses papiers et se rend compte qu'il a tout ce qu'il lui faut pour aller récupérer le pognon, pourvu qu'il fasse vite. Il cache le corps comme il peut et retire tout ce qui pourrait servir à l'identifier, histoire de ralentir les choses quand il sera découvert. Et il file aussitôt en Suisse, passeport et références bancaires en main. Bingo !

– *Il*, souligna Elsie. *Il*. Ça risque de poser un petit problème quand il présentera le passeport à la banque en se faisant passer pour Geraldine.

– Combien il y avait, sur ce compte ? s'enquit Dennis.

– Six cent mille, répondis-je.

– Francs ?

– Livres.

– Aucun problème, affirma Dennis. Ça se divise très facilement par deux. Il n'y a que l'embarras du choix pour trouver une femme blonde en Suisse.

– Geraldine avait un complice ici, insista Elsie. J'en suis sûre.

– Qui est sans doute en train de faire profil bas à l'heure qu'il est, compléta Dennis avant d'allumer son cigare en recrachant plusieurs bouffées de fumée. Énigme résolue.

– C'est possible », acquiesçai-je.

Sur ce point au moins, Dennis et moi pouvions tomber d'accord. Il avait ses raisons de vouloir que le monde se désintéresse du meurtre de Geraldine Tressider. Moi aussi.

« Des drôles de types, ces tueurs en série, reprit-il en regardant les volutes de son cigare tourbillonner en l'air et se dissiper peu à peu. J'en ai connu un à Chelmsford.

– À Chelmsford ? demanda Elsie.

– Il faisait de la taule à Chelmsford », précisa Dennis, songeur.

À la fois son accent et son vocabulaire s'étaient légèrement relâchés pendant la discussion sur le meurtre. L'espace d'un court instant, on aurait dit que le coin du lourd rideau voilant son passé avait été écarté par mégarde. Mais il retomba aussitôt. La lumière qui avait brillé une seconde s'éteignit. Ses manières et son langage châtiés reprirent le dessus.

« On croise de drôles de zouaves, dans mon secteur d'activité, vous savez.

– Qui consiste en quoi, au juste ? demanda Elsie.

– Oh ! des choses et d'autres, répondit-il. Un peu plus de café, ma chère ? »

20

Peu de temps après cette entrevue, Elsie me fit une remarque étrange, même si finalement, avec le recul, je comprends où elle voulait en venir.

« Elizabeth n'a jamais eu l'œil pour repérer les imposteurs, on dirait.

– Tu veux parler de Dennis ? Non, on ne peut pas vraiment dire qu'il fasse partie du gratin.

– Ni lui ni Rupert.

– Rupert ?

– Mon paternel connaissait assez bien le père de Rupert.

– À Southend ?

– Ils étaient tous les deux dans le même domaine : les fruits et légumes.

– Comment ça ? Tu veux dire que le père de Rupert tenait un stand de primeurs ?

– Pas exactement, non. Je crois qu'il était même assez friqué. Mais il faisait du business avec mon père, donc ce n'était pas le duc de Westminster. Et quand tu sais qu'il lui faisait même crédit, ça prouve que ce n'était pas non plus Albert Einstein. »

Je n'essayai pas d'argumenter avec elle, pourtant je me demandais bien comment le père d'Elsie, qui n'avait sans doute jamais rencontré Rupert, pouvait être aussi sûr d'avoir connu son père. Que la fortune familiale de Rupert puisse avoir été bâtie en vendant des fruits et légumes ajoutait une nouvelle facette à son personnage, mais ne m'aidait en rien à résoudre les problèmes plus immédiats auxquels j'étais confronté.

Cependant, la rencontre avec Dennis avait eu le mérite de dissiper un doute dans mon esprit. Elle avait, en quelque sorte, refermé une des nombreuses portes qui étaient restées malencontreusement ouvertes lorsque la police était venue m'apprendre la disparition de Geraldine. Mon problème était maintenant que j'avais trop bien réussi à éliminer les différentes pistes et que je ne savais plus désormais dans quelle direction avancer. Il me manquait encore une information cruciale, mais il semblait que j'allais devoir attendre qu'elle se présente à moi de son plein gré… si tel était son choix.

L'enquête de police paraissait également avoir perdu l'entrain avec lequel elle avait commencé. Personne ne fouillait plus le fort de Cissbury à la recherche d'indices, et les derniers restes de ruban rayé avaient disparu des buissons. Mes contacts avec la police se firent de plus en plus rares. Ma brève notoriété dans le village était elle aussi retombée. Les quelques personnes qui me savaient lié à cette affaire (et aucun habitant de Findon n'avait jamais rencontré Geraldine en chair et en os) avaient même cessé de jaser sur l'étrange coïncidence de sa mort. On m'avait d'abord dit que j'allais encore être convoqué dans le cadre de l'enquête judiciaire, puis finalement qu'on n'avait plus besoin de moi. Les flics m'avaient promis de me donner très vite de nouvelles informations, après quoi je n'avais plus entendu parler d'eux pendant des semaines. J'avais encore une ou deux longueurs d'avance sur eux, mais ça ne me servait à rien.

Je ne pensais pas que la présentation de l'affaire à la télévision puisse faire avancer les choses, et d'ailleurs je ne pense pas qu'elle le fît. Mais, ce soir-là, je me sentis naturellement obligé d'allumer mon poste à Findon, tout comme je savais qu'Elsie le ferait à Hampstead. Les derniers déplacements connus de Geraldine et la découverte du corps furent rapportés en détail, avec l'omission volontaire de quelques points importants – comme le veut la coutume, j'imagine, dans ce genre d'affaire (Fairfax refusant catégoriquement tout lien avec les médias, je ne m'étais jamais documenté sur la mise à contribution du public via la télévision). Le présentateur souligna clairement que, pour la police, ce meurtre était l'œuvre d'un tueur en série sévissant dans le West Sussex et conclut en demandant aux téléspectateurs de signaler toute information qui pourrait aider à localiser M. George Peters, dont la police pensait qu'il serait en mesure de faire grandement avancer l'enquête. M. Peters était prié de les contacter au plus vite, ne serait-ce que pour être rayé de la liste des suspects. (C'est ça, songeai-je, je suis sûr qu'il va se précipiter.)

Bien entendu, ce n'était pas la seule affaire présentée ce soir-là et, une fois de plus, je fus frappé par les schémas, les coïncidences. Il y avait de curieux parallèles, par exemple, avec une autre affaire: une certaine Mary Jones, de Margate, dont le visage apparaissait maintenant à l'écran, avec un sourire timide. Mlle Jones aussi avait une entreprise qui battait de l'aile, même si dans son cas il s'agissait d'un cabinet de conseil en gestion. Le jour de sa disparition, elle s'était rendue à Bournemouth pour présenter son travail à une société à laquelle elle espérait vendre ses services. Elle était gravement endettée et, selon ce qu'avaient raconté des témoins à la police, elle voyait ce rendez-vous comme celui de la dernière chance pour sauver son entreprise de la faillite. Elle était venue à Bournemouth en train en prévoyant suffisamment de temps pour une réunion dont elle pensait qu'elle durerait environ deux heures; finalement, elle avait été écourtée après un petit quart d'heure. On lui avait fait savoir que son approche ne correspondait pas aux attentes du client, et qu'on ne voulait pas lui faire perdre davantage de temps. Elle avait remercié poliment avant de partir en disant qu'elle allait peut-être visiter une galerie d'art locale avant de reprendre le train. On ne la revit jamais, à part sur les images floues d'une caméra de sécurité d'un grand magasin. Un peu plus tard, quatre cents livres furent retirées de son compte en banque en deux retraits successifs avec sa carte de crédit.

Elle n'avait pas de famille proche ni, semblait-il, beaucoup d'amis. Il avait fallu plus de deux semaines avant que quiconque ne songe à signaler sa disparition. Nous avions eu droit à quelques plans charmants de Bournemouth, mais voilà que la photo de Mary s'affichait de nouveau à l'écran. Quelqu'un l'avait-il aperçue le jour de sa disparition en septembre ou dans les semaines suivantes ? Elle nous souriait à la télévision, sur une photo peut-être prise dans une fête ou lors d'une de ses rares sorties. « Je suis sans doute morte mais, je vous en prie, ne vous dérangez pas pour moi », semblait-elle vouloir dire. On sentait que ce visage moucheté aurait pu être assez joli avec un minimum d'efforts, mais ses longs cheveux châtain terne ne la mettaient pas en valeur, pas plus que l'absence de maquillage. Sa robe, d'après ce qu'on pouvait en voir, avait un air triste et démodé. On pouvait presque l'imaginer pendant sa présentation : timide, effacée, manquant d'assurance, vouée à l'échec. En une petite vignette, vous pouviez vous représenter une vie entière de ratages et d'humiliations. « Où est-elle allée après son rendez-vous ? » demandait le présentateur. L'avions-nous vue ? Pouvions-nous aider ? Mais vous auriez pu l'avoir croisée dix fois dans la rue sans la remarquer. Alors non, probablement pas.

Il y avait encore trois autres personnes qui avaient disparu sans laisser de traces. Wayne, un apprenti acteur, était parti de chez lui pour Londres et n'était jamais arrivé à destination. Paula, mère célibataire, était sans doute en train de manger les pissenlits par la racine quelque part autour de Manchester, sans la petite Tiffany qui attendait son retour. Les voisins d'Ada, une charmante vieille dame atteinte d'Alzheimer, ne l'avaient plus vue depuis deux semaines, et on pensait qu'elle s'était sans doute égarée jusqu'à sa dernière demeure. Les avions-nous vus ? Pouvions-nous aider ?

Les quatre photos apparurent de nouveau, occupant chacune un quart de l'écran ; quatre parfaits inconnus juxtaposés l'espace d'un instant. Un numéro à appeler s'afficha au bas de l'image, masquant partiellement Wayne et Ada, qui, manque de chance, avaient écopé de la partie inférieure de l'écran.

Puis on passa brusquement à l'histoire spectaculaire d'un homme qui s'était fait passer pendant des années pour un employé du gaz à Sevenoaks. Et Wayne, Ada, Paula et Mary retournèrent dans l'ombre.

Le téléphone sonna. Je sus immédiatement que c'était Elsie.

« Alors ? dit-elle, avec son habitude d'aller droit au but.

– Je ne vois pas comment ça pourrait aider, répondis-je.

– Elle n'a pas été assassinée par un tueur en série, affirma-t-elle. J'en suis certaine. Et tu le sais aussi bien que moi. Rappelle-moi pourquoi tu as raconté à Dennis la Menace que tu croyais à la version de la police ?

– Parce que je me fiche pas mal de savoir qui l'a tuée.

– Comment peux-tu dire ça ?

– C'est vrai. Ça ne changera rien.

– J'ai réfléchi, Ethelred. Tu ne crois pas qu'on devrait au moins informer la police de l'existence du compte en Suisse ? Je sais que ce serait embarrassant pour Smith, mais je doute que tu t'en soucies. J'imagine que ça voudrait dire aussi que les créanciers feront main basse sur le fric et que Rupert en sera pour ses frais. Mais ni l'un ni l'autre ne sont réellement des gens méritants. C'est même plutôt l'inverse : avec Geraldine, ce sont sûrement les deux personnes qui t'ont fait le plus de mal. Alors ne me dis pas que tu te sens le devoir de les protéger, quand même !

– Le mal qui a été fait ne peut être réparé, rétorquai-je. Jamais.

– Tu es d'humeur joyeuse, ce soir, ma parole.

– Les émissions de faits divers me font toujours cet effet-là.

– Ne fais pas de cauchemars.

– Non, promis. »

Mais toute la nuit, chaque fois que je fermai les yeux, je revis le triste et obsédant visage de Mary Jones : ses longs cheveux ternes, ses taches de rousseur, son sourire contrit. À quoi pensait-elle le jour de sa disparition ? Était-elle, comme Geraldine, en train de s'organiser pour disparaître sans bruit et refaire sa vie quelque part ?

Dans la pénombre grisâtre de cette aube hivernale, je marchai jusqu'à la petite pièce exiguë qui me tenait lieu de cuisine et me préparai une tasse de café. Puis je restai assis là, seul, à le siroter très lentement.

21

Feuillet sans date

Il m'est arrivé quelque chose, il n'est plus permis d'en douter.

Le changement ne s'est pas produit soudainement. À vrai dire, il s'est produit si lentement que, même aujourd'hui, je ne sais pas bien quand le processus a commencé, si tant est qu'on puisse appeler ça un processus. Mais je suis conscient du fait que certaines choses qui m'étaient autrefois familières me paraissent désormais étrangères et anormales.

Prenez mon carnet de police, par exemple. Selon toute apparence, c'est exactement le même qu'avant : un simple bloc A6 à spirale avec une couverture bleue rigide. Il est posé devant moi sur mon bureau, comme lui et bien d'autres l'ont été par le passé. Il contient soixante ou soixante-dix feuilles de papier rayé. Point barre. C'est la chose la plus ordinaire qu'on puisse imaginer, un objet si insignifiant qu'il passe quasiment inaperçu. Pourtant, il me fait peur.

Non, pas peur. Comment pourrait-on avoir peur d'un carnet ? Mais le simple fait de le voir me répugne. Si je le touche, je sais que je sentirai une bile chaude me monter à la gorge et que la pièce commencera à se dissoudre. La couverture du carnet sera rugueuse et sèche comme un vieux parchemin. Elle s'effritera entre mes mains. C'est quelque chose de totalement étranger, insidieux, menaçant dans son caractère éphémère.

Alors, ce carnet aurait-il changé de façon subtile au cours des semaines et des mois récents ? Mon bureau, mon fauteuil, ma moquette ont-ils pris de nouvelles caractéristiques sans que je m'en rende compte ? C'est peu probable. Mais, dans ce cas, je dois alors accepter que c'est moi qui ai changé, que je suis moins moi-même qu'avant. Qui suis-je donc à présent ?

Dehors, le soleil brille sur les vertes prairies. Je vois des arbres, un fleuve, des troupeaux. Pourtant, au moment même où les idées se forment dans mon esprit, je m'aperçois que ces mots ont perdu leur sens. Pas de problème. Je n'ai qu'à essayer d'analyser ce que je vois, ce que je ressens. Si je devais définir ce que j'ai devant moi, je dirais qu'il s'agit d'une belle journée de juillet et d'un paysage typique de la campagne anglaise. Jusque-là, ça va. Alors pourquoi est-ce que ça aussi ne provoque rien d'autre chez moi que de la nausée ?

Il est vrai que je suis sujet à de brusques changements. À une époque, je buvais beaucoup, y compris au bureau. Et puis un beau jour, j'ai tout arrêté… du moins pour un temps. Mes centres d'intérêt aussi ont changé. À peu près au même moment où j'arrêtais de boire, j'ai développé une passion pour l'architecture romane qui s'est mise à m'absorber totalement. Pourquoi ?

Peut-être qu'en notant mes impressions au jour le jour je pourrais repérer les nuances, les classer, les comparer. Pourtant, au bout du compte, je sais que ce n'est qu'une question de [mot laissé en blanc dans le manuscrit].

Trois heures et demie

Trois heures et demie. Trop tôt pour faire quoi que ce soit, trop tard pour faire quoi que ce soit. Je vais devoir attendre le soir. Alors, on verra. Mais d'ici là, je reste affalé dans mon fauteuil, trop las ne serait-ce que pour me détourner des objets sur mon bureau qui me répugnent tant.

De ma fenêtre, je n'aperçois que l'auvent du salon de thé The Cathedral, *pourtant j'entends, derrière les rideaux en dentelle, le son de la musique ragtime qui monte en un lent crescendo.*

Je connais bien ce disque. Dans quelques secondes, la négresse va se mettre à chanter. C'est un fait inévitable, incontournable, absolument nécessaire. L'espace d'un instant, la musique s'arrête, puis sa voix fuse dans l'air brûlant de l'après-midi :

Some of these days
You'll miss me honey !

C'est vrai, je pense. Un de ces jours, je vais vous manquer. Ça, au moins, c'est une certitude.

« Édition. »
« Sélectionner tout. »
« Suppr. »

22

Je ne me rappelle plus exactement pourquoi j'ai choisi la fin du XIVᵉ siècle comme cadre à mes romans historiques. C'était une période qui en valait bien une autre, et personne ne l'avait traitée récemment (en tout cas pas sous forme de roman policier). De nos jours, sans doute qu'un nouvel auteur de polars historiques trouverait assez peu de créneaux libres dans le calendrier, mais j'étais sur le coup suffisamment tôt pour mettre la main sur Richard II et exploiter ce maigre filon, sans trop savoir ce qu'il donnerait. Depuis, il a donné quatre livres. Comme tant d'autres choses dans ma vie, ça aurait pu être pire.

Toutes les époques, si vous les observez d'assez près, se révèlent être des périodes de transition. Rien n'est jamais figé, et chaque siècle peut être considéré, selon votre point de vue, comme une route poussiéreuse venant du précédent ou le vert chemin conduisant au suivant. Quelque chose dans le genre, en tout cas. Mais la fin du XIVᵉ...

Bien que sur le moment peu de gens l'aient encore remarqué, de larges fissures commençaient à apparaître sur toute la façade fière mais sordide de la féodalité. Bientôt, le raz-de-marée de la révolte des paysans déferlerait depuis les côtes de l'Essex et du Kent jusqu'à submerger les murailles de Londres et faire monter les eaux puantes de la Fleet. Et même si tout ça se retirerait peu à peu avec la marée descendante, cela laisserait dans son sillage un étrange paysage nouveau qui sentirait l'air marin frais et le poisson mort : un riche terreau sur lequel, avec un peu de temps, toutes sortes de choses inattendues pourraient pousser.

Ce qui m'intéressait encore plus en tant qu'écrivain était que, dans ce même paysage fertile, le français cédait la place à l'anglais comme langue de la littérature. Un certain Geoffrey Chaucer était occupé le jour au service du roi, tout en produisant un poème de temps à autre.

J'avais d'abord songé à faire de Chaucer le personnage principal de mes romans – dont le premier tome se serait appelé *L'inspecteur Chaucer mène l'enquête* – mais, une fois passé l'effet de surprise de voir Chaucer en détective, la blague s'essoufflait vite. Je me rabattis finalement sur un fonctionnaire subalterne du bureau de Chaucer: maître Thomas, un médecin raté employé comme clerc, qui était à même d'utiliser à la fois sa position à la cour et ses connaissances médicales pour résoudre les crimes qui se produisaient avec une étonnante régularité (en moyenne deux et demi par livre) dans le périmètre immédiat d'un bureau des douanes autrement morose. Je m'étais mis à écrire sans aucune idée préconçue sur le personnage de Chaucer, à part une vague bienveillance à l'égard d'un frère en écriture. Mais, vu par les yeux de maître Thomas, il devint vite un détestable phraseur qui menait son équipe à l'épuisement, rabaissait tout effort littéraire autre que les siens et faisait étalage de ses liens ténus avec l'aristocratie. C'était également un plagiaire. Nombre de ses vers célèbres s'avéraient avoir été volés à maître Thomas, lequel poussait l'imprudence jusqu'à faire partager à Chaucer son projet d'écrire un livre sur des pèlerins se rendant sur le sanctuaire de Notre-Dame de Walsingham (« Canterbury, lui rétorquait Chaucer avec un sourire condescendant. Malgré quelques minces ressemblances avec le modeste et insignifiant manuscrit que vous m'avez montré, mon propre ouvrage concerne *Canterbury*. Rien à voir, vous en conviendrez, mon cher maître Thomas. Bref, que disiez-vous à l'instant sur les giboulées de mars ? »). Si Thomas avait bien un point commun avec Fairfax, c'était de ne recevoir quasiment aucune reconnaissance pour ses efforts, littéraires ou policiers, et de sembler voué à rester éternellement clerc au bureau des douanes. À un moment, je craignis que maître Thomas ne devînt rien de plus qu'un Fairfax du XIVe siècle, mais il demeurait obstinément guilleret et ne partageait en rien la tendance à l'introspection de Fairfax. Pas plus, étonnamment, que son goût pour l'architecture religieuse. Au XIVe siècle, le gothique perpendiculaire remplaçait peu à peu le curvilinéaire comme style dominant, mais Thomas se refusait à tout commentaire sur le sujet à l'exception d'une fois où, visitant la cathédrale de Canterbury, il faisait remarquer que la rénovation de la nef produisait une quantité excessive de poussière.

Je crois cependant que ce qui m'attirait par-dessus tout dans cette période était le personnage de Richard II, qui faisait lui aussi plusieurs apparitions dans mes livres. Richard était un homme en avance sur son temps. Il aurait fait un excellent Tudor. Il serait passé parfaitement inaperçu dans une foule de Stuart. Mais, en tant que Plantagenêt, il était tout bonnement à côté de la plaque. Une époque plus tardive aurait compris pourquoi il tenait à nommer des ministres qui soient loyaux à sa personne plutôt que simplement à leur classe. Une époque plus tardive aurait admis que ce n'était pas le rôle essentiel d'un monarque que de mener ses troupes au combat. Une époque plus tardive aurait compris son souhait d'être un érudit et un mécène plutôt qu'un soldat. Une époque plus tardive aurait peut-être même accepté ses idées sur la nature de la royauté. Le XIVe siècle se contenta de le regarder comme s'il avait pété, et d'offrir le trône à Henri IV, un homme qui savait manier l'épée et qui disait « cabinets » plutôt que « toilettes ». Richard II avait toutes les bonnes idées, mais pas au bon moment. Est-ce qu'il m'intéressait en dépit de son échec patent, ou bien à cause de lui ? Encore une fois, je ne saurais le dire. L'enquête sur sa mort solitaire (d'inanition, selon toute vraisemblance) devait justement faire l'objet du prochain tome des aventures de maître Thomas. Évidemment, je savais maintenant que je ne l'écrirais jamais. De même que je n'écrirais jamais un autre Fairfax, malgré toute la bonne volonté que je pourrais y mettre.

23

Debout à côté de son bureau, Fairfax balayait la pièce des yeux.

« Pathétique, dit-il. Voilà ce que c'est. Pathétique. »

Il fit le tour de la table et regarda de nouveau autour de lui.

« C'est bien ce que je pensais, reprit-il. Ça n'est pas mieux vu de ce côté. Mais est-ce qu'ils s'en soucient ? Oh non ! ce ne serait pas politiquement correct, bien sûr. Pathétique, voilà ce que c'est. »

Il entendit la porte s'ouvrir dans son dos.

« Bonjour, inspecteur Fairfax, lança le policier Winnie.

– Bonjour, inspecteur Fairfax, lança le policier Porcinet.

– Un bon jour, vous dites ? rétorqua Fairfax. Oui, j'imagine qu'il doit être bon pour certains. Bon pour les agresseurs, sans doute. Pas trop mauvais non plus pour les dealers, les pédophiles et les délinquants juvéniles. Je suis sûr qu'ils passent tous une merveilleuse journée et, attention, ne me faites pas dire ce que je n'ai pas dit, je suis ravi pour eux et tous leurs travailleurs sociaux. Mais il y a certaines personnes pour qui ce n'est pas un aussi bon jour que pour d'autres. Je ne me plains pas. Mais c'est un fait.

– Quelque chose ne va pas ? demanda Winnie.

– Pour moi ? Qu'est-ce qui vous fait croire ça ? »

Winnie réfléchit un moment à la question. Il pencha la tête d'un côté et, vu que ça n'avait pas l'air de marcher, il essaya de l'autre. Puis il leva les yeux au plafond.

« Au contraire, poursuivit Fairfax, vous pouvez voir autour de moi toutes les choses dont je ne peux que me réjouir. »

Le policier Winnie engloba la pièce d'un regard circulaire, puis jeta un œil sous le bureau.

« Où ça ? demanda-t-il.

– Vous ne les voyez pas ? Ma promotion ? L'estime de mes collègues ? Le soutien et le respect d'un public reconnaissant ? Une voiture de sport dernier cri ? Des liasses de billets de banque ? La joie de vivre, *comme disent les Français quand ils veulent parler de sexe.*

– Non, répondit Winnie, je ne les vois pas.

– Eh bien moi non plus. Bizarre, non ? On pourrait penser qu'après une vie entière passée dans la police, une vie entière à combattre le crime de façon désintéressée, je pourrais prétendre à avoir au moins une de ces choses-là. Deux, ce serait encore mieux, mais je suis même prêt à me satisfaire d'une seule.

– Je crois qu'à un moment j'ai eu le respect du public, répliqua Winnie, mais j'ai dû l'égarer quelque part. Il faudra que je demande à Tigrou.

– Vous êtes un policier sans un gramme de cervelle. C'est pour ça qu'ils vous mènent tous en bateau : les bandits, les gauchos, les bons Samaritains qui se mêlent de tout et qui veulent défendre le droit des criminels à commettre des crimes sans être emmerdés par des gens comme vous et moi. Vous sortez faire votre ronde avec les deux mains attachées derrière le dos et ensuite on vous critique parce que des vieilles dames se font agresser sur le chemin de l'église par des jeunes qui se sont payé leur couteau avec l'argent de la Sécurité sociale. Le crime ne paie pas ? Vous plaisantez ou quoi ? C'est juste qu'on n'est pas du bon côté de la barrière.

– Je croyais que c'étaient les criminels qui n'étaient pas du bon côté, fit observer le policier Winnie.

– Plus maintenant. Maintenant, c'est nous qu'on surveille. Qu'on tient à l'œil. Laissez tomber l'idée d'attraper les bandits, Winnie. Si vous voulez une promotion, contentez-vous de remplir vos objectifs en matière d'égalité des chances. »

Ne sachant pas bien quoi répondre à ça, Winnie se mit à fredonner dans sa barbe.

Buckfordshire, Buckfordshire, Buckfordshire.
Un mensonge ne tue pas, mais un tueur peut mentir.
Demandez-lui le coupable et voilà ce qu'il va dire :
Buckfordshire, Buckfordshire, Buckfordshire.

À la fin du premier couplet, comme l'inspecteur Fairfax ne l'avait toujours pas viré de son bureau, il enchaîna sur le deuxième, mais à voix très basse, presque en chuchotant.

Buckfordshire, Buckfordshire, Buckfordshire.
Elle est morte, ça c'est sûr, mais qui a pu l'occire ?
Demandez à Tressider et voilà ce qu'il va dire :
Buckfordshire, Buckfordshire, Buckfordshire.

« Tressider ! marmonna Fairfax. Je ne veux plus travailler avec lui.

– Pourquoi ? s'étonna l'agent Porcinet.

– Pourquoi ? Comment voulez-vous comprendre une chose pareille, mon brave Porcinet ? Vous n'avez pas encore saisi les forces maléfiques de ce monde, ni la duplicité des écrivains. Mais lui, il sait pourquoi. Il sait ce qu'il a fait. Oh oui ! il sait très bien ce qu'il a fait. N'est-ce pas, Tressider ? Hein, Tressider, espèce de criminel ? »

« Édition. »
« Sélectionner tout. »
« Suppr. »

« Je n'avais pas le choix, rétorquai-je face à l'écran vide. Je ne pouvais rien faire d'autre. Et puis j'étais *en France*, merde ! »

Mais bon, ce ne serait plus très long, à présent. Il y avait au moins ça pour se consoler. Ce ne serait plus très long.

24

L'enterrement eut lieu en décembre. Pendant longtemps, la police avait conservé le corps, mais un jour, juste avant Noël, on nous autorisa enfin à inhumer Geraldine.

Je pensais qu'elle serait enterrée dans le cimetière de l'église, à Feldingham, peut-être même à côté de ma vieille copine et camarade de classe Pamela Hamilton-Boswell. Ethelred nous annonça cependant que Geraldine avait toujours exprimé le souhait d'être incinérée. Ce qui me surprit doublement car primo, je n'avais jamais vu Geraldine prévoir quelque chose autant à l'avance et deuzio, même dans le cas contraire, elle n'était pas du genre à s'appesantir sur sa propre mort au point d'exprimer un quelconque souhait à ce sujet. Mais bon, le fait est qu'Ethelred avait été marié avec elle, et il n'était pas impossible qu'ils se soient amusés, certains après-midi de pluie, à discuter de leurs funérailles respectives. Et puis d'ailleurs, qui étais-je pour décider si la Salope devait être incinérée ou pas ? Les deux m'allaient.

Et donc, par une des rares journées ensoleillées de cet hiver-là, je me retrouvai à rouler pied au plancher (j'étais en retard, comme il se doit) à travers les plaines marécageuses de l'Essex. Ma jupe noire neuve était légèrement trop serrée pour permettre de vrais changements de vitesse, mais les routes étaient désertes et sinuaient sans encombre en pente douce vers la mer. Le soleil de midi restait obstinément bas dans le ciel et projetait de longues ombres sur les champs labourés. Mais c'était un paysage joyeux, avec une lumière qui rappelait étrangement celle d'un matin d'été.

Le crématorium se trouvait dans un de ces parcs jolis mais extrêmement cérémonieux qui n'arrivent à faire croire à personne qu'ils sont autre chose que ce qu'ils sont. La grande cheminée qui crache une fumée noire vend toujours la mèche, je trouve. La bonne vieille ronde des enterrements tournait à plein régime, avec un petit groupe qui sortait tout guilleret par la porte de derrière au moment où le nôtre entrait par l'avant. Je garai ma Volkswagen à côté d'une grosse BMW flambant neuve : peinture noire immaculée et sièges en cuir beiges (apparemment, Dennis était venu dire adieu à son ancienne associée). Puis je me mis en route d'un pas vif mais néanmoins féminin afin d'arriver à la cérémonie avant le cercueil.

Mon père étant le plus jeune d'une grande famille, j'ai assisté au fil des années à des enterrements en tout genre et je suis habituée à leur petite routine. Un type qui a mis son col devant derrière débite « Je suis la résurrection et la vie, dit le Seigneur », et l'assemblée pleurniche. Vous vous agenouillez, vous vous levez, vous chantez, vous vous demandez si vous avez bien fermé la voiture, vous vous rasseyez, vous vous curez le nez, vous vous dites : « C'est un crématorium, bordel, personne ne va venir piquer une bagnole ici », vous vous relevez, vous rechantez, et en gros c'est tout. Pas de quoi en faire un plat. Sauf si vous êtes à la place du mort.

Comme j'étais tout au fond de la chapelle, je pus m'amuser à compter les personnes présentes (vingt-deux) et à essayer de les reconnaître de dos. Le manteau en poil de chameau (à la fois un peu trop clair et un peu trop voyant pour un enterrement), c'était Dennis. Le vieux duffel-coat noir miteux, Rupert. Ethelred était au premier rang avec Charlotte, tous les deux en costumes noirs relativement neufs. Les deux vieilles bonnes femmes à côté d'eux avec des chapeaux pas possibles, ça devait être des tantes, ou quelque chose comme ça. Je ne voyais pas qui était le crâne d'œuf juste devant moi, à part que son costume rayé indiquait qu'il ne venait pas du coin. Darren Oxtoby était complètement sur la droite ; je réussis à croiser son regard et à lui adresser un hochement de tête souriant. Ah oui - je ne vous l'ai pas dit ? -, il était devenu un de mes auteurs, entre-temps. Évidemment, il m'avait envoyé l'intégralité de son manuscrit plutôt que les premiers chapitres et le résumé comme je le lui avais pourtant clairement demandé (les écrivains ? Ils ne savent même pas péter sans un agent pour leur rappeler où est leur cul). Mais, hé ! finalement, le manuscrit était bon. Non, vraiment. Très, très bon. Dès la première page, j'avais su que je pourrais le vendre. C'était une heroic fantasy, mais racontée avec tellement d'humour et de légèreté que ça ne ressemblait à rien de ce que j'avais jamais lu.

Sitôt la fin de la cérémonie, nous sortîmes en troupeau par la porte du fond afin de laisser la place aux suivants (« Je suis la résurrection et la vie, dit le Seigneur », debout, assis, etc.). En passant devant le pasteur d'un pas traînant, nous marmonnâmes à tour de rôle : « Très belle cérémonie, pasteur, très émouvante. » Nous présentâmes nos condoléances à Ethelred et à Charlotte, vu qu'il n'y avait personne d'autre à qui les offrir et qu'on ne voulait pas non plus rentrer à la maison avec. Puis nous sortîmes dans l'air frais et le soleil éclatant. Rien de mieux qu'un enterrement pour vous faire vous sentir vivant. Nous restâmes un moment à traîner sur place en admirant les fleurs et en se disant qu'on se les caillait.

Un des principaux problèmes avec la crémation, c'est qu'après il n'y a pas de tombe sur laquelle aller danser. Mais j'avais quand même le pas sautillant en retournant vers la voiture. On l'avait incinérée. Je demandais à voir comment la Salope allait s'en tirer, ce coup-ci.

Nous fûmes tous invités à nous retrouver à Feldingham, à un bon quart d'heure de voiture le long de routes étroites. Alors que nous passions devant la petite église du village, je fus de nouveau frappée par l'absurdité d'avoir dû rouler des kilomètres jusqu'à un crématorium anonyme. Cette décision en disait long sur les sentiments d'Ethelred envers Geraldine, mais j'aurais été bien en peine de dire s'il s'agissait de sa part d'un dernier geste d'amour ou de vengeance.

Non pas que je m'y connaisse des masses en amour. Mon paternel m'avait lancé un jour, combinant ainsi un cours d'éducation sexuelle et sa philosophie de la vie en une seule brève leçon : « Elsie, souviens-toi seulement d'une chose : l'amour est triste, le sexe est joyeux. Si tu t'aperçois que tu pleures, c'est soit que tu viens de te prendre le doigt dans la calandre, soit que tu es amoureuse. Si tu t'aperçois que tu te marres, tu ferais bien de jeter un coup d'œil dans ta culotte, parce qu'il est fort possible que tu sois en train de t'envoyer en l'air. » Il était rond comme une barrique quand il m'a sorti ça, mais ça m'est resté.

Je crois que c'est l'un des points communs que j'ai avec Ethelred : un père qui était un vrai connard. Ça crée des liens. Et c'est aussi pour ça que je l'aime bien. Il est supportable. Enfin, pour un auteur, je veux dire. Et puis il y a quelque chose de touchant dans sa façon de se tenir tout avachi comme un pingouin dépressif. D'ailleurs, c'est une espèce en voie de disparition, non ? On ne peut pas s'empêcher de vouloir les protéger.

La plupart de ceux qui avaient assisté à l'enterrement se pointèrent chez Charlotte pour s'empiffrer de sandwichs saumon-concombre et de Christmas pudding (vu qu'on était presque à Noël). Le crâne d'œuf saisit la première occasion venue pour entraîner Ethelred à l'écart et avoir avec lui une conversation en privé. Quand il revint, il avait la mine grise et – sans mauvais jeu de mots – cadavérique.

« En tout cas, merci d'avoir *essayé* », l'entendis-je dire.

Je reconnus alors la voix monocorde et fatiguée de Smith le Banquier. Il se tourna dans ma direction. Bien entendu, il ne pouvait pas savoir qui j'étais, ni qu'il m'avait déjà parlé. Je lui souris tout en songeant que, avec sa peau grasse et ses grosses lèvres myrtille, il était encore plus repoussant en chair et en os qu'au téléphone. Cependant, mon sourire resta sans réponse. Il avait l'air absent et son visage ne laissait paraître aucune expression, à part peut-être un profond désespoir. Si j'avais été peintre, j'aurais pu y voir une allégorie de la cupidité et de la luxure récoltant ce qu'elles avaient mérité mais, comme je ne suis pas peintre, je n'y vis rien du tout.

Je croisai le regard d'Ethelred qui me lança un clin d'œil avant d'aller papoter avec Charlotte. Soudain, je me sentis snobée, presque jalouse, bien que cela n'eût clairement aucune raison d'être. Si Charlotte et lui avaient envie de jouer au maître et à la maîtresse de maison comme un vieux couple marié, ce n'étaient pas mes oignons. Un des problèmes d'Ethelred, c'est la façon dont il se laisse manipuler par les femmes. À sa place, je ne le supporterais pas. Vraiment pas.

J'attrapai Darren par le bras et l'entraînai dans le jardin pour une discussion largement inutile au sujet de ses royalties. En rentrant, je trouvai Ethelred en grande conversation avec les deux tantes, ce contre quoi je n'avais rien à dire du moment que ça lui faisait plaisir.

« Bien le bonjour, chère madame, me lança une voix derrière moi.

– Ah, Dennis, bonjour !

– Pas mal pour du moderne, commenta-t-il en balayant la pièce du regard. Mais je préfère les choses un peu plus anciennes et un peu plus haut de gamme. Prenez ma maison, par exemple. Classée grade deux, étoile...

– Je l'ai visitée, coupai-je.

– Dans ce cas, vous voyez ce que je veux dire, rétorqua-t-il avec un ricanement sarcastique à l'intention des appareils d'éclairage.

– Oui, je vois ce que vous voulez dire. Je peux vous poser une question ?

– Posez toujours. Mais je ne vous promets pas d'y répondre, ha, ha !

– Vous croyez que c'est facile de liquider quelqu'un ? »

Dennis réfléchit un instant sans montrer le moindre signe d'étonnement.

« Puis-je vous demander qui vous voulez faire disparaître ?

– Je me renseigne pour un ami.

– Oui, bien sûr, comme tout le monde. Disons que c'est faisable si vous avez les contacts. Vous êtes prête à mettre combien ?

– J'aime bien en avoir pour mon argent. Et mon ami aussi. Vous connaissez quelqu'un qui fait des promos sur la liquidation des êtres aimés ?

– Vous voulez le moins cher ? Dans ce cas, il vous en coûtera le prix d'une dose pour un junkie, chère madame. Mais n'espérez pas que ça reste entre vous très longtemps. Quand vous vous offrez un vrai professionnel, vous achetez un service discret et personnalisé avec une garantie de qualité. Et ça, ça a un prix. »

Même sur le moment, je me doutais que Dennis me pipeautait et qu'il n'en savait pas plus que moi sur le sujet. Mais il paraissait assez convaincant. Il faut dire que son côté patibulaire en pardessus vulgaire lui conférait une certaine crédibilité.

« Quelques dizaines de milliers de livres ? demandai-je.

- Disons dix mille. Mais ce n'est pas lui.

- Comment ça ?

- Ce que vous voulez réellement savoir, c'est si Ethelred a payé un tueur à gages, pas vrai ? »

Pas si bête que ça, ce Dennis, finalement.

« Et donc ? relançai-je.

- La plupart des tueurs à gages travaillent à l'arme à feu. Quelques-uns au couteau. Mais je n'ai jamais entendu parler d'aucun qui ait étranglé sa victime à mains nues. Pourquoi s'emmerder ? Trop lent, trop pénible, trop incertain. Étrangler quelqu'un comme ça ne fait que témoigner d'un manque de planification. Ce n'est pas un meurtre sur contrat.

- Merci, Dennis, vous m'ôtez un poids, je vous le dis franchement.

- Sauf s'ils ont voulu faire passer ça pour l'œuvre d'un tueur en série, évidemment.

- Évidemment. Retour à la case départ, donc. Génial. Merci beaucoup.

- Ethelred n'est pas un tueur. Ni en personne ni par procuration. Je le sais, et vous le savez aussi. Et puis de toute façon, qu'est-ce que ça peut vous faire ?

- Je n'ai pas envie de perdre un de mes auteurs. Je préfère qu'ils évitent la prison, autant que possible.

- C'est la seule raison ?

- Oui, Dennis, c'est la seule raison.

- Si vous le dites. C'est un brave type.

- Je sais. Il dit toujours qu'il n'a jamais compris ce que Geraldine lui trouvait, mais moi oui. C'est un brave type, en effet. Quelqu'un sur qui on peut compter, gentil, loyal. Il y en a à qui ça peut taper sur les nerfs, bien sûr. La loyauté est une chose que l'on apprécie seulement avec l'âge. Alors je peux comprendre que Geraldine en ait eu marre à un moment, mais je suis prête à parier qu'après quelques années avec Rupert elle aurait tout fait pour le récupérer. Et lui, il y serait retourné, cet idiot. La mort de Geraldine est une vraie aubaine pour Ethelred.

- Juste un auteur parmi les autres, vous dites, hein ? me lança Dennis en haussant un sourcil.

- Merci pour vos conseils, répondis-je.

- Oh ! mais je vous en prie, chère madame. »

Je partis en quête d'une théière pour me resservir. Alors que je passais devant les deux tantes, j'entendis l'une dire à l'autre :

« Mais *assassinée*, juste ciel ! C'est bien la première fois que quelqu'un se fait *assassiner* dans la famille.

- Et Ivy, alors ? lui rétorqua l'autre.

- Ah oui ! mais là c'était par son mari, ça n'a rien à voir.

- Peut-être. D'ailleurs, je ne l'ai pas vu au crématorium. Et toi ?

- Non, il ne se déplace presque plus, le pauvre. »

Je poursuivis mon chemin, la tasse toujours vide.

Rupert discutait avec le pasteur. C'est le genre de personne qui sait s'adresser aux hommes d'Église. Un vrai don : on l'a ou on ne l'a pas. En me voyant, il prit congé de l'ecclésiastique (un don bien supérieur à mon sens) et traversa la pièce pour venir à ma rencontre.

« Bonjour, Elsie.

- Bonjour, Rupert. Comment ça va ?

- Franchement ? Pas très bien. Il n'y a pas beaucoup de travail pour les consultants en recherche de financement, ces temps-ci. Geraldine qui se tire avec mes économies, c'est le coup de grâce. Mon propriétaire n'est pas très content de ne pas avoir son loyer rubis sur l'ongle. J'ai demandé à Ethelred s'il n'était pas temps d'aller prévenir les flics. Peut-être qu'eux, ils sauraient retrouver la personne qui a vidé le compte en Suisse. Mais il dit que, si on fait ça, ce sont les autres créanciers qui vont empocher le magot. Les banquiers, les gens comme ça. Il dit qu'il vaut mieux enquêter nous-mêmes. Mais s'il n'y arrive pas, je fais comment ? Si ça se trouve, je vais devoir me trouver un vrai boulot. »

Il laissa échapper un éclat de rire, ce qui, vu les circonstances, était un petit exploit de sa part.

« Mais Ethelred va retrouver l'argent, vous ne croyez pas ? » reprit-il.

Des gens désespérés, j'en avais déjà vu un certain nombre, mais au point de mettre tous leurs espoirs en Ethelred Tressider, jamais.

« Mais oui, bien sûr », répondis-je du même ton lénifiant qu'Ethelred.

Je finis par réussir à attraper Ethelred alors que la plupart des invités partaient.

« Jolie jupe, dit-il. Elle est nouvelle ?

– Un peu serrée, répliquai-je en tirant discrètement dessus. Ils ont bien essayé de me vendre une taille 44, mais je ne me suis pas laissé faire. »

Il me répondit par un hochement de tête compatissant, mais qu'est-ce qu'il connaissait à la souffrance des femmes ?

« Alors, quoi de neuf ? lançai-je d'un ton détaché.

– La succession de Geraldine est quasiment bouclée. J'ai vendu l'appartement. La vente ne prendra pas effet avant le début de l'année, mais tout est réglé. Je n'ai plus rien à faire, ce sont les avocats qui vont s'occuper des derniers détails. »

Je trouvais ça curieux, car jusque-là il avait tenu à tout gérer lui-même. Mais s'il avait envie de souffler un peu et de laisser un notaire prendre le relais, tant mieux pour lui.

« Tant mieux pour toi », dis-je.

Après quelques secondes de silence, Ethelred enchaîna de but en blanc :

« Elsie, est-ce que tu pourrais me rendre un service ?

– Peut-être, répondis-je, même si, bien entendu, je n'en ferais rien.

– J'aimerais te montrer un truc que j'ai dans la voiture. »

Le « truc » s'avéra être deux gros cartons. Il en ouvrit un. Il était rempli de manuscrits : deux piles côte à côte. Sur le dessus se trouvaient le tapuscrit d'*Une seule journée d'été* et quelques pages noircies d'une écriture d'enfant peu soignée.

« Les plus anciens sont tous là, sur papier, dit-il. Les plus récents sur disquettes. »

Je plongeai la main dans le carton pour attraper les quelques pages écrites à la main.

« *Le Pincoin et le airisson* ? fis-je.

– *Le Pingouin et le hérisson*, rectifia-t-il en se voûtant légèrement et en agitant ses nageoires. C'est mon premier roman. J'avais 6 ans quand je l'ai écrit.

– Tu me rassures ! Le *pincoin* ? Je dois aussi te faire remarquer qu'en général dans "Il était une fois", on met un *s* à fois, sauf si on veut parler de l'histoire des religions. Qui était ton éditeur, à l'époque ? Bref, je veux bien m'occuper des manuscrits. Et dans l'autre carton, qu'est-ce qu'il y a ?

– Des choses et d'autres. Je te fais confiance pour ne pas fouiller. Mais je peux quand même te dire que, sur le dessus, j'ai laissé une lettre qui ne doit être ouverte que dans le cas où je disparaîtrais pour ne plus jamais revenir. »

Ses mots me donnèrent froid dans le dos. Qu'est-ce qu'il mijotait, nom d'un chien ?

« Et tu prévois de disparaître où ? demandai-je.

– Je ne sais pas encore.

– Alors pourquoi tu ne reviendrais pas ?

– Je ne le sais pas non plus.

– Ethelred, est-ce que quelqu'un te menace ? Quelqu'un te fait chanter ? Parce que, si c'est le cas, je suis sûre que Dennis saurait quoi faire. Je peux aller lui en parler si tu n'oses pas.

– Non, non, il n'y a aucun danger, m'assura-t-il. Pas pour moi, en tout cas. »

Il me décocha un sourire confiant, exactement comme dans la voiture quand nous revenions dans le Sussex, juste avant que les flics ne l'embarquent.

« Très bien, dis-je. Comme tu voudras. Et donc, en attendant, tu veux que je te garde ces affaires, c'est ça ?

– Oui. Jusqu'à ce que je sois en mesure de te faire parvenir d'autres instructions. Mets-les à l'abri, et n'ouvre surtout pas le deuxième carton à moins d'y être obligée. Je peux te faire confiance ?

– Ethelred, je ne comprends rien à tout ça, et ça ne me plaît pas beaucoup.

– Je peux te faire confiance ?

– À ton avis ?

– Merci, Elsie, tu es une perle.

– Je sais. »

À la première aire de stationnement en quittant Feldingham, je m'arrêtai pour ouvrir le deuxième carton. Oh ! ça va, hein, vous auriez fait quoi, à ma place ? Il contenait principalement des albums photo plus, cachés dans un coin, quelques bijoux. Je feuilletai rapidement certains des albums. C'étaient de vieilles photos d'Ethelred, de Geraldine, une ou deux de Rupert jeune et puis des tas d'autres gens que je ne connaissais ni d'Ève ni d'Adam. Il y avait un album entièrement consacré au mariage d'Ethelred et de Geraldine. Je me reconnus d'ailleurs sur deux ou trois clichés. Merde, j'étais vraiment ridicule dans cette robe jaune citron, avec la moitié des jardins botaniques royaux accrochée à l'épaule (aujourd'hui vous ne le croiriez pas, mais à l'époque j'avais des goûts vestimentaires épouvantables). Je reconnus également Ethelred, en jaquette grise, avec un haut-de-forme et une connasse pendue au bras gauche. Elle avait un sourire niais et, autour du cou, une chaîne en or qui se trouvait être un des bijoux planqués au fond du carton.

Sur le dessus était posée une lettre dans une enveloppe scellée. Je l'examinai en passant un doigt le long du rabat. Il suffirait d'une seconde pour la déchirer et l'ouvrir. Mais aussitôt, je songeai : Non, il me fait confiance. Comment est-ce que je peux céder à la tentation quelques minutes à peine après l'avoir quitté ? Pour la lettre, j'attendrai demain.

Qu'y avait-il à comprendre dans tout ça ? Les bijoux faisaient sûrement partie de l'héritage, mais c'était sans doute lui qui les lui avait offerts et, à sa place, j'aurais essayé de récupérer une partie du fric avec lequel elle s'était tirée. Mais les albums photo ? Bien sûr, je comprenais qu'il les considère comme quelque chose de précieux et qu'il veuille les mettre à l'abri, ainsi que ses manuscrits. Mais pourquoi m'interdire de les voir ? Ce n'étaient que des photos, après tout. À moins qu'il n'ait tout calculé. Il savait évidemment que j'allais ouvrir le carton et il *voulait* que je voie ces albums. J'avais de plus en plus l'impression d'avoir tous les éléments du puzzle sous le nez mais de ne pas réussir à les assembler. En langage Rubik's Cube, j'en étais revenue aux six faces mélangées comme des arcs-en-ciel.

Je refermai les cartons et poursuivis ma route vers l'ouest, de retour vers la civilisation. Le fait de savoir la lettre encore intacte dans son enveloppe scellée me conféra un sentiment de vertu sur tout le trajet jusqu'à chez moi.

25

Le public perdit vite le peu d'intérêt qu'il avait pour le meurtre de Geraldine Tressider. L'assassinat d'un petit Nigérian dans le sud de Londres fit les gros titres des journaux peu de temps après et resta à la une la majeure partie de l'hiver. Mary Jones, la triste conseillère en gestion d'entreprise, connut un bref moment de gloire lorsque la police annonça que, en l'absence de tout signalement depuis sa disparition, elle traitait désormais son cas comme un homicide. Mais vu qu'il n'y avait ni cadavre ni rien d'autre à se mettre sous la dent, cette affaire aussi tomba aux oubliettes tandis qu'un humide mois de novembre cédait la place à un non moins humide mois de décembre et que nos esprits se tournaient vers des préoccupations plus sérieuses, comme par exemple réussir à continuer son régime pendant les fêtes. Je ne sus jamais si Wayne, Ada ou Paula avaient réapparu. Les gens qui disparaissent n'ont pas tous envie qu'on les retrouve. Geraldine, bien entendu, ne voulait pas qu'on la retrouve, mais cette idiote en avait fait des caisses, comme d'habitude.

Pendant les deux semaines après les funérailles, je ne vis presque pas Ethelred. Il était occupé à un tas de choses et j'étais quant à moi accaparée par la vente des droits du roman de Darren, qui se solda par une avance suffisamment exorbitante pour faire l'objet d'une mention dans les principaux quotidiens. Après quoi, Ethelred disparut pour aller passer Noël chez un lointain parent dans le Dorset. Je fus la première étonnée de constater à quel point il me manquait maintenant que je ne l'avais plus sous la main, mais je savais que je le verrais tout mon soûl au Nouvel An.

De mon côté, je passai Noël toute seule à Hampstead. Pas aussi déprimant que vous ne pourriez croire, dans la mesure où personne ne se bourre la gueule et ne part en faisant un esclandre, et où vous pouvez regarder toutes les conneries qu'il vous chante à la télé. J'avais ouvert le cadeau que je m'étais fait à moi-même (du chocolat), celui d'Ethelred (du chocolat, brave petit) et celui de Darren (du chocolat), mangé mon déjeuner de fête (une dinde au micro-ondes, du chocolat, plus un demi-pamplemousse pour bien montrer à mon régime que je ne l'avais pas oublié), et je m'étais confortablement installée pour six heures d'abrutissement populaire lorsque je me souvins qu'il y avait encore une petite surprise que je m'étais gardée pour la fin : la lettre d'adieu d'Ethelred. En quelques minutes, je l'avais récupérée dans le carton et elle s'était retrouvée entre mes mains, inexplicablement ouverte.

Chère Elsie (disait-elle), *j'imagine que tu liras ces lignes dès la première aire de stationnement que tu trouveras sur ta route* (perdu, songeai-je). *Ça ne me dérange pas. Je ne peux pas encore te dire où je vais aller parce que je ne le sais pas moi-même, alors ça ne t'avancerait pas beaucoup. Ce que je sais, c'est que, d'une manière ou d'une autre, je vais partir pour un très long voyage à un moment de l'année prochaine. Tu n'as qu'à appeler ça des recherches pour mon prochain livre, si tu veux. Avant d'entrer dans les détails, je voudrais te remercier pour toute l'aide que tu m'as apportée au fil des ans et pour celle que, j'en suis sûr, tu vas m'apporter cette fois encore.*

Ah oui ? Tu crois ça ?

Suivaient des instructions détaillées pour le versement de ses droits d'auteur sur son compte en banque, la liste des virements automatiques qu'il avait mis en place, que dire aux voisins, que faire de sa voiture, etc. Trois pages au total, plus assommantes les unes que les autres. Il avait pensé à tout, tel l'honnête inspecteur des impôts qu'il était encore au fond de lui. Brave petit. Mais aucune instruction d'aller chez les flics pour les avertir qu'il avait la mafia aux fesses. Ni pour leur dire que Geraldine avait arnaqué tout le monde. Aucune confession d'aucune sorte.

À la fin de la lecture, j'avais le sentiment, comme il m'arrive si souvent à Noël, que tout ça était finalement très décevant. Je n'en savais guère plus qu'avant, à part qu'Ethelred avait un système de chauffage doté d'un thermostat réglable sur une semaine et que sa voiture était assurée auprès de la Civil Service Motoring Association, choses qui n'étaient pas absolument fascinantes. Mais cela eut au moins le mérite de me rappeler que le nœud du mystère - la nature de la quête d'Ethelred - n'était toujours pas résolu. Depuis le jour où il était rentré de France, je ne comprenais rien à son attitude et, malgré tous mes efforts d'apprentie détective, je n'avais pas avancé d'un iota sur l'identité du tueur ni sur le rôle d'Ethelred dans toute cette affaire.

C'est alors que, pendant ce trou abyssal entre le discours de la reine et l'heure minimum à laquelle vous pouvez décemment aller vous coucher, il me vint une de ces idées dont je sus instantanément que je finirais par la regretter. La France ! Mais bien sûr, c'était la seule piste que je n'avais pas encore explorée. Si je voulais comprendre le comportement d'Ethelred pendant tout cet automne, la clé résidait certainement dans son séjour en France. Était-ce une coïncidence qu'il ait été en voyage au moment où Geraldine disparaissait, ou bien cela était-il prévu d'avance ? La conclusion logique n'était-elle pas de me rendre moi-même à Châteauneuf-sur-je-ne-sais-quoi pour mener l'enquête ? Si, bien sûr. Je consultai donc une carte routière. J'avais le choix entre une « autoroute » orange qui filait imperturbablement vers le sud via Paris ou un élégant arc de cercle le long de plusieurs « routes nationales » rouges qui traversaient le Pas-de-Calais et la Normandie. J'optai instinctivement pour l'itinéraire touristique. C'est incroyable le nombre de décisions merdiques qu'on peut prendre en une seule soirée, quand on s'y met.

Je crois que je commençai à avoir de sérieux doutes lorsque je sortis la voiture du ferry à Calais et remarquai que les gens avaient l'air, pour une raison que j'ignorais, de rouler du mauvais côté de la route. C'était clairement un voyage pendant lequel je n'allais pas pouvoir rêvasser en conduisant.

J'avais calculé mon coup pour faire la plus grande partie du trajet de nuit et avoir les routes pour moi seule. Encore une idée qui m'avait paru bonne sur le moment, mais beaucoup moins maintenant que mes yeux luttaient pour rester ouverts et surveiller l'intense circulation nocturne.

Je devais être aux environs d'Abbeville quand il me traversa l'esprit que mon assurance ne me couvrait probablement pas à l'étranger, et quelque part autour de Rouen lorsque je me rendis compte qu'il aurait sans doute été sage, en cette période de fêtes, de changer de l'argent avant de partir au cas où les banques soient fermées. Je m'arrêtai dans une petite ville qui prétendait s'appeler Louviers et essayai d'introduire ma carte bancaire dans un distributeur, prête à la voir engloutie sous mes yeux, mais la machine me cracha généreusement cent euros. Sentant que j'étais dans une bonne passe, je fis une deuxième escale à Évreux et, sur une place déserte mais très éclairée, en retirai cette fois deux cents. Si je ne savais pas exactement comment cette excursion allait tourner, je me doutais en revanche que j'aurais besoin de tout cet argent, et sans doute plus.

Après Évreux, les routes devinrent quasiment vides et je faillis plusieurs fois m'endormir au volant. Je traversai des villages aux volets clos où tous les êtres vivants semblaient s'être réfugiés derrière les façades en pierre à colombages. Avec moi sur la voie publique, c'était plutôt une bonne idée. De temps en temps, un énorme camion venant d'en face m'aveuglait de ses phares, après quoi je me retrouvais de nouveau seule, libre de rouler à droite ou à gauche, comme bon me semblait.

À Verneuil (théâtre d'une victoire anglaise en 1424, comme vous le savez sans doute), je m'aperçus qu'au carrefour précédent j'avais complètement oublié de tourner à gauche et que, si je voulais finir ce voyage en vie, il fallait que je dorme un peu. Je me rangeai donc sur la première aire de stationnement venue, verrouillai les quatre portes et piquai un petit roupillon. Je me réveillai sous un ciel gris et une bruine bien française, avec la conscience qu'il me restait un bon bout de chemin à faire.

Six pains au chocolat et un bol de café à Châteauneuf-en-Thymerais me firent reprendre goût à la vie et je continuai la route vers le sud en direction d'Orléans. J'atteignis Châteauneuf-sur-Loire en fin de matinée et n'eus aucun mal à identifier l'hôtel dans lequel avait séjourné Ethelred.

Il donnait sur le fleuve mais, à part ça, c'était un vrai trou à rats. Un vieux papier peint miteux, des meubles en acajou décolorés, des rideaux de velours épais et une drôle d'odeur qui datait des années 1950. Vu les circonstances, je n'avais pas tellement d'autre choix que de retenir ma respiration, de prendre une chambre et de poursuivre mes investigations du mieux possible. Je déjeunai tranquillement en passant en revue différentes stratégies, sans toutefois parvenir à aucune conclusion précise sinon que j'étais complètement conne d'avoir fait le déplacement. Mais bon, qui ne tente rien n'a rien.

J'attendis le soir après dîner, quand la réception était calme et qu'il n'y avait plus grand monde dans les parages, pour engager la conversation avec le réceptionniste.

Je vins lui demander un timbre histoire de trouver un prétexte pour l'aborder. Comme il s'exécutait, j'en profitai pour remarquer que c'était vraiment joli, par ici, ce à quoi il s'empressa de répondre par un haussement d'épaules tout gaulois, me laissant entendre qu'il se foutait pas mal de ce que je pouvais bien penser. Je lui décochai alors mon sourire le plus sexy. C'est mon ami Ethelred Tressider qui m'a conseillé cet hôtel, dis-je. Peut-être se souvenait-il (le réceptionniste) de M. Tressider, non ? Il répondit quelque chose comme « Pof », avant d'ajouter que les flics étaient déjà venus lui poser des questions. Et que lui avaient-ils donc demandé ? m'enquis-je. Pas grand-chose, juste de confirmer les dates du séjour de M. Tressider, ce qu'il avait fait bien volontiers. C'était tout. « Pof », répéta-t-il à l'intention de personne en particulier.

Vu qu'on s'entendait comme larrons en foire, je lui demandai s'il pouvait me recommander deux ou trois choses à voir à Châteauneuf et dans les environs. Par exemple, qu'avait fait M. Tressider ? Eh bien, apparemment, il avait passé le plus clair de son temps sur la terrasse avec son ordinateur portable. Il semblait se contenter de rester là à écrire. Il travaillait sur un nouveau roman dont il était très satisfait. C'était de la merde, coupai-je. De la merde de chien.

« De la merde de chien ? répéta-t-il, visiblement interloqué.

– Laissez tomber. Et sinon, qu'est-ce qu'il a fait d'autre ? »

M. Tressider avait aussi visité un certain nombre de châteaux. Hélas, ils étaient fermés à cette période de l'année, mais en revanche le musée d'Orléans serait ouvert, ainsi peut-être que le petit musée local consacré aux fromages et aux vins. Il avait les renseignements quelque part, il me les donnerait demain matin.

Il avait l'air de vouloir arrêter là la conversation et, comme il se replongeait dans la lecture de son magazine, je tentai une nouvelle approche : M. Tressider avait-il reçu des visites pendant son séjour à l'hôtel ? Une dame, peut-être ? Le réceptionniste se raidit aussitôt. Certainement pas, dit-il. À l'hôtel Printania, au bout de la rue, on s'accommodait sans doute de tels arrangements, mais ici c'était une pension de famille respectable. Non, rectifiai-je, je veux dire en tout bien tout honneur, juste une amie d'Angleterre qui serait passée le voir. Une blondasse à taches de rousseur. Personne, affirma-t-il, il était resté seul tout le temps. Et pas de coup de téléphone non plus ? voulus-je savoir.

Cette fois, il ne se contenta pas de se raidir. Il referma lentement son magazine et me regarda droit dans les yeux. En quoi ça me concernait ? Le sous-entendu étant que, quelles que soient mes motivations, il n'avait plus l'intention de répondre à mes questions jusqu'à ce que je lui dise ce que j'avais derrière la tête.

Il me vint à l'esprit toute une gamme de mensonges possibles, certains moins crédibles que d'autres. J'en choisis un au hasard : j'étais une détective privée engagée par l'épouse de M. Tressider. Elle le soupçonnait d'infidélité et m'avait chargée de rassembler des preuves. Si ces renseignements avaient un prix, j'étais prête à le payer, dans la limite du raisonnable. La raison pour laquelle j'avais opté pour cette version m'échappait en partie, si ce n'est qu'elle était bien moins compliquée que la vérité et que j'avais à peu près le vocabulaire nécessaire pour l'exposer en français.

Au début, je crus que je venais de commettre une erreur fatale car, lorsque je parlai d'adultère, il sembla enclin à se ranger par principe du côté du mari injustement accusé. Mais, fort heureusement, le mot « prix » flatta immédiatement ses instincts les plus nobles et les plus raffinés. Il se gratta le nez et me toisa de haut en bas, comme pour évaluer de combien il pourrait m'arnaquer. D'accord, qu'est-ce que je voulais savoir ?

M. Tressider avait-il reçu des coups de fil ? En avait-il passé lui-même ? Eh bien, hésita le réceptionniste, c'était un peu délicat, contraire au règlement de l'hôtel et, selon toute probabilité, au code Napoléon lui-même, mais on pouvait peut-être consulter le registre des appels sortants. Combien je proposais d'allonger ? Je suggérai cent euros, il me rétorqua « Pof », je montai à cent cinquante et il me promit, si je payais d'avance, de me laisser éplucher tous les documents relatifs au séjour de M. Tressider. Je n'avais qu'à retourner dans ma chambre, il m'apporterait tout dès que la voie serait libre.

Il arriva vingt minutes plus tard avec un grand classeur et une bière, dont la livraison était censée lui servir de prétexte pour venir toquer à ma porte si jamais il croisait quelqu'un en route. Je lui répondis que je n'aimais pas la bière. Il haussa les épaules et s'assit pour la boire lui-même, la mousse s'accrochant à sa moustache, tandis que je parcourais les papiers qu'il m'avait apportés.

La note énumérait les taxes et suppléments habituels d'un séjour hôtelier : journaux, boissons, dîners presque tous les soirs, et seulement deux coups de téléphone, visiblement facturés au tarif d'un million d'euros la minute que pratique tout hôtel qui se respecte. Les deux appels avaient pour destinataire le même numéro en Angleterre : une conversation de quinze minutes et une beaucoup plus courte presque aussitôt après. Et ils dataient du soir avant le meurtre de Geraldine. J'avais la sensation d'avoir sous les yeux un indice criant, mais lequel ? Je passai de nouveau en revue les notes du bar et les autres éléments, non pas en espérant y trouver quoi que ce soit d'intéressant mais parce que j'avais quand même déboursé cent cinquante euros pour ça et que j'avais envie d'en avoir pour mon argent. Puis je recopiai le numéro de téléphone - la seule piste concrète que j'avais gagnée -, signai un reçu pour la bière que je n'avais pas commandée et dis au réceptionniste qu'il pouvait maintenant foutre le camp et aller dépenser ses biens mal acquis.

Quand il fut parti, je restai assise un moment à contempler le numéro. Il commençait par le préfixe du Royaume-Uni, suivi du nombre 20, ce qui signifiait que c'était un numéro londonien. La suite - 7607 - correspondait, autant que je m'en souvienne, au quartier d'Islington. Bien sûr, si je voulais vraiment trouver à qui appartenait ce numéro, il n'y avait qu'une seule manière de le savoir.

Contrairement à Ethelred, j'avais un portable qui fonctionnait en dehors du Sussex, même si je serais sans doute facturée d'une somme astronomique pour avoir osé m'en servir du mauvais côté de la Manche. Mais bon, comme il me semble l'avoir déjà fait observer, qui ne tente rien n'a rien. Au bout du fil, le téléphone sonna six fois dans le vide.

Puis il y eut un déclic et la voix d'une morte me parla.

« Vous êtes bien chez Geraldine Tressider. Malheureusement, je ne peux pas vous répondre tout de suite, mais si vous laissez un message je vous rappellerai dès que possible. »

Alors là, j'aimerais bien voir ça, songeai-je.

Après le signal sonore, j'enregistrai dix secondes de respiration rauque avant de m'apercevoir que j'avais encore le téléphone plaqué sur l'oreille droite.

J'avais des indices sous le nez et, pourtant, l'impression d'être aveugle. Je savais qu'Ethelred venait tout juste de vendre l'appartement et qu'il était encore inoccupé, mais pourquoi n'avait-il pas fait couper la ligne de téléphone, depuis le temps ? Pourquoi pouvait-on encore tomber sur le répondeur de Geraldine ? Quel était l'intérêt de laisser courir l'abonnement ?

Question intéressante mais qui ne menait nulle part, si bien que je sortis de mon sac ma tablette de chocolat de secours et m'écroulai sur le lit dur de l'hôtel. Je défis le papier et, bien que ce fût d'ordinaire pour moi un moment sacré, je croquai une première bouchée quasiment sans m'en rendre compte. Que savais-je maintenant de plus qu'avant ? Qu'Ethelred avait appelé Geraldine la veille de sa mort. Deux fois de suite. Un appel relativement long, puis un court. Qu'est-ce que cela pouvait signifier ? Peut-être qu'il était au courant de ses plans, à savoir précisément où elle se trouverait le lendemain et à quelle heure. Mais qu'avait-il fait ensuite ? Il n'y avait pas de troisième coup de fil à un éventuel tueur à gages, ce qui était plutôt une bonne nouvelle. D'un autre côté, il pouvait très bien être sorti téléphoner d'une cabine ou envoyer un mail d'un cybercafé, donc je n'étais pas tellement plus avancée qu'avant.

Un court, un long. On aurait dit du morse. Un court, un long. Je me répétai ces mots en boucle dans ma tête en fixant le plafond jusqu'à m'assoupir mais, quand je me réveillai le lendemain matin, j'avais huit heures de plus au compteur et pas progressé d'un iota. J'ouvris les rideaux. L'aube était grise et une fine pluie tombait sur la vallée de la Loire.

26

Le trajet retour par l'autoroute orange fut une partie de rigolade, bien que la circulation autour de Paris s'avérât intéressante. Il plut tout du long et, pendant que les essuie-glaces chuintaient sur le pare-brise, je repensais à ces deux coups de téléphone. Je ne m'arrêtai que pour déjeuner dans une station-service anonyme où je commandai des moules frites et, en fin d'après-midi, j'étais revenue du bon côté de la Manche. Deux heures plus tard, j'étais à Findon et je sonnais à la porte d'Ethelred sans obtenir de réponse. C'est à ce moment-là seulement que je me souvins qu'il était censé être parti quelque part en Écosse pour animer un atelier d'écriture à la con. La rémunération offerte était alléchante et, une fois n'est pas coutume, Ethelred s'était laissé séduire par l'appât du gain. Je n'avais plus qu'à rentrer à Londres sous la flotte, bredouille.

Mais d'abord, oui, évidemment, du chocolat.

L'épicerie était toujours allumée et cela me semblait l'endroit idéal pour me réapprovisionner avant de reprendre la route. J'étais quasiment devenue une habituée, j'aurais pu trouver ce que je cherchais les yeux fermés dans les rayonnages. Karen, la patronne, était sur le point de baisser le rideau, mais elle attendit gentiment que je choisisse la plus grosse tablette disponible et passe à la caisse.

« Vous avez entendu la nouvelle, j'imagine, me dit-elle alors que je cherchais ma monnaie.

– Quelle nouvelle ?

– Ils ont arrêté l'assassin de Mme Tressider. Enfin, en quelque sorte. »

Et voilà, songeai-je, je m'étais tapé plus de mille kilomètres aller-retour jusqu'à la Loire pour finalement apprendre que tout s'était passé en mon absence à Findon. Génial.

« Comment ça, *en quelque sorte* ? » demandai-je.

Karen me montra un exemplaire de la *Gazette du West Sussex* : « Le meurtrier présumé se tue en voiture », annonçait la une.

« Les policiers ont repéré son véhicule à Findon Valley, m'expliqua Karen. Il a essayé de leur échapper. Vous voyez ce virage serré devant l'internat de Windlesham ? Apparemment, il a voulu le prendre à cent quatre-vingt-dix à l'heure, et bing. Au bout du compte, ils ont dû l'identifier à sa dentition.

- Et... ?

- C'était ce fameux Peters qu'ils recherchaient depuis le début. »

J'achetai la gazette en plus du chocolat. Non que ça m'en dise tellement davantage que ce que je savais déjà, mais à ce stade j'avais besoin de faits concrets pour continuer à avancer. Ce que j'ignorais, c'est que j'allais bientôt recevoir une montagne de faits à la figure et que j'aurais ainsi pu économiser trente-sept pence, mais ça, personne ne vous le dit jamais avant qu'il ne soit trop tard, pas vrai ?

Le lendemain, je sortis faire une promenade matinale dans le parc de Hampstead Heath, chose qui ne m'arrive presque jamais vu que le simple fait de voir passer les joggeurs m'épuise. Ils étaient là en force ce matin-là, foulant les sentiers humides dans leurs cyclistes en lycra fluo et leurs gants Nike (vous n'imaginez pas comment peuvent s'accoutrer certaines personnes). Les amis des chiens étaient aussi au rendez-vous, promenant leur labrador, leur caniche et autre terrier tout en arborant leurs petits sachets pleins de crotte comme un gage de civisme. Bref, entre eux et les joggeurs, il n'y avait quasiment plus de place pour laisser les gens normaux marcher et réfléchir.

De retour chez moi, je me replongeai dans les deux cartons que m'avait confiés Ethelred. Il y avait là ses manuscrits. Je les étalai tous par terre sans y trouver rien d'autre que ce qu'il m'avait dit : des versions papier de ses premiers romans, des disquettes pour les plus récents. Et puis l'histoire du pincoin. Rien à en tirer. J'examinai alors les bijoux. Une ou deux jolies pièces - cette chaîne en or, par exemple - mais, à part ça, aucun objet de valeur. Sans doute Geraldine avait-elle emporté avec elle les plus beaux spécimens, qui avaient du coup disparu comme le reste. Ceux qu'elle avait laissés étaient le genre de choses qu'on garde pour des raisons sentimentales mais qui finissent en général dans une vente de charité plutôt que chez Sotheby's. Je pouvais comprendre que Geraldine ne veuille pas s'en séparer de son vivant, mais pourquoi donc Ethelred les avait-il conservés ?

Pour finir, je feuilletai les albums photo un à un. Venaient d'abord les plus anciens, sur lesquels on voyait un jeune Ethelred et une Geraldine souriante à ses côtés. Puis d'autres qui étaient clairement plus récents. Des clichés de Geraldine plus vieille. De Geraldine avec Rupert. De Rupert avec quelqu'un d'autre. De Rupert et de Geraldine à un mariage. De Rupert tout seul.

Bon sang, mais c'est bien sûr ! Ce n'étaient pas du tout les albums photo d'Ethelred. C'étaient ceux *de Geraldine*. Alors pourquoi me les avait-il confiés si précieusement ? Je voyais bien la valeur qu'ils avaient pu avoir pour elle tant qu'elle était vivante, évidemment, mais qu'est-ce qu'Ethelred pouvait bien en avoir à faire ? Pourquoi les garder maintenant que Geraldine était morte ?

Je ne sais pas si vous faites des puzzles, mais il y a toujours un moment où vous jureriez que ces idiots ont encore oublié une pièce. Vous avez beau fouiller dans la boîte, aucune ne ressemble, même de loin, à celle qu'il vous manque. Et puis vous en ramassez une que vous aviez sous les yeux depuis le début, vous la retournez et bingo ! Eh ben là, ça me fit exactement le même coup. La pièce dont j'avais besoin avait toujours été là, elle attendait seulement que je la regarde dans le bon sens.

Oui, pourquoi diable vouloir garder ces albums *maintenant qu'elle était morte* ? Je sentis un frisson glacé me parcourir l'échine.

Et à cet instant, pour la toute première fois, je sus exactement à quoi jouait Ethelred.

Le con.

27

Je passai le reste de l'après-midi et le plus clair de la soirée à faire et à refaire le numéro d'Ethelred. Quelque part au fin fond du Sussex, un téléphone sonnait dans une pièce vide et s'arrêtait. Puis il recommençait à sonner et s'arrêtait encore. Et encore. Je suis sûre que les voisins ont dû adorer, mais il faut bien qu'il pleuve de temps en temps dans la vie de tout village du Sussex, aussi petit soit-il.

Il était presque une heure du matin lorsque quelqu'un décrocha enfin et dit :

« Allô ?

– Ethelred, triple buse, ça fait des plombes que j'essaie de te joindre.

– Je viens juste de rentrer d'Écosse.

– Eh ben, mon vieux, t'as pris ton temps.

– Peut-être. C'est urgent ?

– Non, non, j'appelle toujours les gens au milieu de la nuit juste pour papoter. »

Il n'y a pas que les banquiers suisses qui savent manier l'ironie. Et vu l'heure qu'il était, je trouvais que je ne m'en sortais pas si mal.

« Je t'écoute. Qu'est-ce qui se passe ?

– Il faut qu'on parle.

– En général ou en particulier ?

– Je voudrais t'empêcher de commettre la plus grosse erreur de ta vie. »

Après une légère pause, Ethelred reprit :

« J'ai un avion à prendre.

– Dans ce cas, j'arrive tout de suite.

- Maintenant ?

- Et quand, sinon ? Maintenant. Écoute, Ethelred, je sais tout. Tu viens enfin de te trahir. Je vois clair dans ton jeu, espèce d'abruti.

- Ça m'étonnerait, rétorqua-t-il.

- Je sais qui tu t'apprêtes à aller retrouver.

- Vraiment ? J'en doute fort.

- On parie ? La seule chose que je n'arrive pas à comprendre, c'est comment tu as fait pour t'en tirer aussi bien jusque-là.

- Une chance imméritée, sans doute. Plus le fait d'écrire des romans policiers. Je pense que ça a pas mal joué. »

Je laissai échapper malgré moi un ricanement sarcastique.

« Tu as raison, poursuivit-il, ça n'a peut-être pas compté tant que ça. Mais en tout cas, je n'aurais jamais espéré que tout se passerait aussi bien. Il faut dire que j'ai eu deux coups de bol magistraux. La mort de Peters étant le deuxième, évidemment.

- Évidemment, répliquai-je.

- Parce que ça n'aurait pas du tout arrangé mes affaires qu'il puisse affirmer n'avoir jamais rencontré Geraldine de sa vie.

- En effet. Mais pourquoi tu as fait ça ?

- Sans doute parce que je n'ai jamais cessé de l'aimer.

- Tu es vraiment un cas désespéré, ma parole. À quelle heure part ton avion ?

- Je dois être à l'enregistrement vers cinq heures.

- De l'après-midi ? demandai-je, pleine d'espoir.

- Du matin. J'ai réservé un taxi pour quatre heures.

- Annule-le. Elle ne fait que t'utiliser, Ethelred. »

Nouveau silence. Puis :

« Bon, d'accord. Peut-être que tu mérites au moins une explication. On pourra discuter sur le chemin de l'aéroport. Je te raconterai ce qui s'est passé et, si tu arrives à me convaincre, je ne monte pas dans l'avion.

- Ne pars pas avant que j'arrive.

- Promis.

- Parfait. Mais franchement, Ethelred, les bras m'en tombent. Je ne sais pas d'où tu sors ça.

– De mon père, soupira-t-il au bout du fil. Tout droit de mon père. »

Je me retrouvai de nouveau à rouler de nuit dans un état bizarre, mais cette fois-ci essentiellement du côté gauche. Je traversai le quartier ocre, étrangement désert et éclairé au néon de la City, franchis le Blackfriars Bridge et longeai la rive sud. Le palais de Westminster apparut brièvement sur ma droite au-delà des eaux noires du fleuve, la longue façade aveugle du Lambeth Palace sur ma gauche, après quoi je m'enfonçai dans la crasse interminable des quartiers sud. Quelque part au niveau de Chessington, je débouchai enfin en rase campagne, et dès lors je ne levai plus le pied de l'accélérateur, sauf aux endroits où je savais que des radars étaient planqués. Michael Schumacher aurait été fier de moi. Lui, et le commandant Cousteau. Après tout, c'était d'abord une mission destinée à sauver les pingouins.

Il y avait un mot punaisé sur la porte d'entrée de Greypoint House qui disait : « Ne sonne pas, c'est ouvert, monte directement. » Sympa de sa part de penser à ne pas déranger les voisins. C'est vrai qu'un connard les avait déjà empêchés de dormir en téléphonant non-stop jusqu'à une heure du mat...

En entrant dans l'appartement, je trouvai trois valises qui attendaient sagement au milieu du salon. Ethelred était occupé à ranger des papiers.

« Dieu merci, tu es encore là, espèce d'idiot.

– Idiot peut-être, mais un idiot qui tient parole. Je ne mens jamais.

– Mais tu dis la vérité de manière assez sélective.

– C'est le propre des écrivains. Et il se trouve que je suis écrivain, au cas où tu l'aurais oublié. Plus précisément, je suis même *trois* écrivains.

– Eh ben, dans ce cas, on aurait pu penser qu'au moins l'un d'entre vous aurait un minimum de bon sens.

– Qu'est-ce que tu veux dire par là ? Que le coup n'était pas bien ficelé ?

– Non, simplement que tu es un parfait imbécile.

– D'accord. Alors vas-y, je t'écoute, dis-moi ce que tu penses avoir compris. »

Il me jeta un regard étrange. Si ç'avait été n'importe qui d'autre qu'Ethelred, j'aurais presque pu avoir peur. Mais c'était bel et bien Ethelred. Ce brave Ethelred le Pingouin.

Je me mis donc à tout lui raconter, en passant par le coup de fil depuis la France, les petits points jaunes, les albums photo et l'analogie du puzzle. En toute modestie, je dois dire que ça déchirait grave.

« Pas mal, reconnut-il lorsque j'eus terminé. Il manque deux ou trois détails, mais moi-même je ne connais pas toute l'histoire. Je t'ai promis de te donner ma version sur le chemin de l'aéroport, je te dirai donc tout ce que je sais. J'ai annulé le taxi, au fait. On prendra ma voiture. Si tu n'arrives pas à me faire changer d'avis, tu pourras rentrer avec. Ça te va ?

– Ça me va.

– Parfait. Marché conclu, alors. Puisqu'il nous reste quelques minutes, tu ne veux pas un café avant de partir ? »

Je fis non de la tête. Il parut quelque peu déçu.

« Et qu'est-ce que tu dirais d'un chocolat chaud maison ? »

Il savait qu'il y avait certaines choses auxquelles je ne pouvais pas résister.

« Juste un énorme, alors », répondis-je.

Je le sirotai tandis qu'Ethelred rassemblait les dernières affaires qu'il voulait emporter. Il était vraiment délicieux. À une ou deux reprises, il me sembla déceler un petit arrière-goût amer, mais je le bus en entier. Évidemment.

28

Ça va, tu es bien installée ?

Encore un trajet sous la pluie, j'en ai peur, Elsie. Une bonne raison en soi de quitter le pays, non ? On ne devrait pas mettre plus de trois quarts d'heure jusqu'à l'aéroport, mais je pense que ce sera suffisant pour te raconter toute l'histoire. Tiens, au fait, le prochain virage, c'est celui où Peters a eu son accident. Ils ont retiré la carcasse, bien sûr, mais tu peux voir l'endroit pile dans la lumière des phares. Regarde, juste là où la terre est retournée et l'herbe brûlée, tu vois ? Cent quatre-vingt-dix à l'heure, il paraît. Même avec sa Porsche, c'était du suicide. Nous, on va se contenter d'un gentil petit quatre-vingts, pas vrai ? On a tout notre temps. Tout le temps du monde, je dirais même. Toi, en tout cas. Allez, détends-toi et écoute ce que je vais te raconter. Il n'y a pas trop de chauffage ? Ça va ? Parfait.

S'il y a bien une chose que j'ai toujours essayé d'éviter dans mes livres, c'est de conclure par un long chapitre dans lequel tout s'explique. Mais tu mérites la version complète, alors tu me pardonneras pour cette fois.

Tu as raison de penser que tu as mis le doigt sur certains éléments clés de l'intrigue, mais finalement c'est ton problème depuis le début : tu as cru qu'il n'y avait *qu'une* histoire, alors qu'en fait il y en avait trois, reliées par un fil des plus ténu. Pour reprendre ton analogie, tu avais les pièces de trois puzzles différents dans ta boîte, c'est pour ça que tu as eu tellement de mal à y comprendre quelque chose.

Alors, par quelle histoire commencer ? Peut-être celle de Mary Jones, tiens. Une bien triste histoire, mais sans doute la moins compliquée des trois. Oui, commençons par là.

Tu te souviens sans doute de Mary Jones que tu as vue dans l'émission *Crimewatch* : la terne conseillère en gestion qui avait disparu à Bournemouth. Bien entendu, je ne connais pas toute son histoire, et les seules personnes qui pourraient combler les trous sont mortes, j'en ai peur. Ce que l'on sait, en revanche, c'est que c'était quelqu'un de plutôt solitaire et malheureux, ayant peu d'amis, une affaire qui battait de l'aile et un gros découvert. Elle était arrivée à Bournemouth un beau jour, fin septembre, afin de répondre à une offre d'emploi d'une entreprise locale. Elle avait prévu deux heures, tu t'en souviendras peut-être, pour un entretien qui finalement n'avait duré qu'une quinzaine de minutes. Pauvre Mary. Elle a dû comprendre à ce moment-là qu'elle courait droit à la faillite. Du coup, qu'est-ce qu'elle a fait ? Curieusement, je peux te le dire au détail près. Elle n'est pas allée visiter les galeries d'art, comme elle l'avait annoncé. Elle a fait ce que toute femme endettée qui se respecte aurait fait à sa place : du shopping. Elle a commencé par un grand magasin où son passage a été filmé par une caméra de surveillance (la célébrité enfin, pourrait-on dire). Elle y a acheté un tailleur rouge pétant, de marque italienne. Puis, dans le même magasin ou un autre, elle a aussi fait l'acquisition de coûteuses chaussures italiennes. Elle a payé le tout en liquide, qu'elle avait retiré à un distributeur le jour même. Elle s'est sans doute aussi offert un nouveau rouge à lèvres et du fard à paupières, car il me semble bien qu'elle n'en portait pas le matin et qu'elle en aurait pourtant par la suite. Pour finir, elle est entrée chez un coiffeur où elle s'est fait couper les cheveux très court et teindre en blonde. Transformation complète. Est-ce qu'elle s'est sentie mieux pour autant ? A-t-elle repris confiance en l'avenir ? Je l'espère. Je l'espère sincèrement.

Et après ? Là, je vais devoir commencer à inventer, mais en gros voilà les grandes lignes : elle trouve un café où attendre son train quelque part près de la gare. Elle commande un cappuccino qu'elle paie avec son dernier billet. Elle empoche la monnaie et reste là, consciente qu'un type à la table voisine la dévore du regard. Le genre de chose qui ne lui arrivait jamais avant sa transformation. Elle jette un coup d'œil discret dans sa direction : il est plutôt bel homme. Cheveux bruns ondulés et les dents du bonheur. Il lui sourit. Elle détourne aussitôt la tête et boit une gorgée de café, pas totalement mécontente de son effet. Elle sort de son sac le roman qu'elle a emporté avec elle – *Faute professionnelle*, d'Amanda Collins – et fait semblant de lire les exploits du fringant professeur Colin Cream.

Et voilà qu'il est là, debout devant elle. Pas Colin Cream, mais presque aussi bien.

« On s'est déjà vus quelque part, non ? demande l'homme (appelons-le George Peters, puisque c'est son nom).

– Je ne pense pas, répond Mary, qui n'a pas l'habitude de se faire draguer.

– Votre visage m'est familier, pourtant. Vous travaillez pour la BBC ?

– Moi ? Non ! Vous oui ?

– Oui. Je suis producteur. »

Bon, d'accord, là j'invente complètement les dialogues, mais il s'est bien passé quelque chose dans ce goût-là quelque part à Bournemouth cet après-midi de septembre. Peut-être qu'il ne lui a pas proposé de lui offrir un deuxième café, mais plutôt un verre de chardonnay ou un demi pression. Peut-être qu'il lui a raconté qu'il était footballeur professionnel ou qu'il bossait dans la pub. Mais tenons-nous-en à la version café et BBC pour l'instant.

Mary boit donc un deuxième café et ils bavardent ensemble un moment.

« Vous vivez à Bournemouth ? demande Peters.

– Non, je suis là pour affaires. Je rentre à Margate par le prochain train.

– Ah bon ? Ça alors, quelle coïncidence, moi aussi je dois aller par là-bas cet après-midi, rétorque Peters en écarquillant un peu trop les yeux. On a un tournage dans le coin demain. Je peux vous déposer, si vous voulez. Oubliez le train, je vous propose un service en Porsche, porte à porte !

– Mais non, voyons. De toute façon, j'ai déjà mon billet retour.

– Jetez-le.

– Ce serait du gâchis. J'ai horreur de ça.

– Écoutez, ce sera beaucoup plus rapide que d'avoir à changer de train à Portsmouth et Brighton. Enfin, je ne sais pas où vous devez changer, mais, quoi qu'il en soit, ça me ferait plaisir de faire le trajet en votre compagnie. »

Il lui sourit encore. C'est vrai qu'il a l'air charmant.

C'est drôle, avec le recul, de penser qu'avec ses longs cheveux châtains et sans maquillage il ne l'aurait sans doute pas remarquée et qu'elle serait à l'heure actuelle vivante et fauchée, en train de dormir dans son petit lit une place à Margate. Mais Peters aime les blondes. Je veux dire qu'il les aime *vraiment*. Et voilà donc ce qui arrive :

« Si vous êtes sûr que... dit-elle.

– Oui, oui, sûr et certain. »

Elle lui sourit à son tour. Elle aussi, elle aime bien ce beau brun, qui la change des bibliothécaires et des comptables qu'elle a pu (très rarement, certes) fréquenter par le passé. Il y a peut-être un soupçon de danger dans tout ça, mais un danger que la nouvelle Mary, dans son tailleur rouge vif, trouve plutôt excitant. Voilà ce que ça fait d'être une blonde, songe-t-elle.

Et ils se mettent en route, longeant la côte par cet après-midi ensoleillé de septembre. Est-ce qu'elle aime aller vite dans une voiture de sport ? Est-ce que le vent souffle dans ses cheveux blonds tout neufs ? Est-ce qu'ils s'arrêtent quelque part pour boire un verre ou dîner aux chandelles ? Encore une fois, je l'espère sincèrement. Je préfère penser qu'elle a été heureuse pour sa dernière soirée.

Aux environs de Worthing, ils quittent la route principale.

« Où est-ce qu'on va ? demande-t-elle.

– Tu as déjà vu le clair de lune sur le fort de Cissbury ?

– Non.

– C'est magique, tu vas voir. Très romantique. Je vais te montrer, ça ne prendra pas longtemps. »

Romantique ? songe-t-elle. Ah ! oui, alors. Vive le romantisme.

La lune brille. La voiture file à toute allure sur les petites routes du Sussex. Ce que je suis en train de vivre efface tout le reste, se dit Mary dans son nouveau tailleur rouge et ses chaussures italiennes. C'est le début d'une nouvelle vie. La vie que j'ai toujours voulu avoir.

Je me demande à quel moment elle s'est rendu compte que les choses étaient en train de prendre une tournure inquiétante. Pendant qu'elle grimpait le talus boueux dans ses escarpins neufs pour atteindre le sommet de la colline ? Ou pas avant que les mains de Peters se referment autour de son cou ? Pauvre Mary.

À partir de là, contrairement à Mary, je suis de nouveau en terrain connu. Le lendemain, un homme qui promène son chien découvre son corps dans un trou d'une ancienne carrière de silex. Près d'elle se trouve un exemplaire détrempé d'un roman de gare à l'eau de rose.

Un peu plus tard, Mary est allongée sur une table métallique dans une pièce tout inox et blanc éclairée au néon, bien qu'elle ne soit pas vraiment en mesure d'apprécier le décor. Entre un homme d'une cinquantaine d'années qu'elle n'a jamais rencontré de son vivant. Il est accompagné d'un jeune policier. Chacun à sa façon, ils appréhendent ce qu'ils sont venus faire. Le jeune policier n'a pas l'habitude de ce genre de mission. Il est mal à l'aise avec les morts, et encore plus avec les personnes en deuil, il veut juste en finir le plus vite possible. Les inquiétudes de l'autre sont plus difficiles à cerner. Lorsqu'il voit le corps, son visage se fige un instant sous le choc, après quoi il sourit.

Le policier ne remarque aucune de ces deux réactions. Pour le moment, il préfère ne croiser le regard de personne.

« Nous avons tout de suite pensé qu'il s'agissait de votre épouse, déclare-t-il. Mais nous avons besoin de le confirmer par une identification formelle.

– Je vois, répond l'homme.

– Donc vous êtes en mesure d'identifier le corps, monsieur ? Je crois comprendre que ça fait un moment...

– Je reconnaîtrais ma femme entre mille », rétorque l'homme avec assurance.

Et c'est d'ailleurs la vérité, même si, en l'occurrence, ce n'est pas elle.

« Vous en êtes sûr ?

– Absolument. »

Ce qui est vrai aussi : il est certain que, s'il voyait sa femme, il la reconnaîtrait. N'importe où.

Le jeune policier laisse échapper un soupir de soulagement.

« Nous vous sommes très reconnaissants d'avoir bien voulu identifier le corps, monsieur. J'ai bien conscience que votre femme et vous étiez divorcés depuis un moment. Nous aurions pu demander à sa sœur, mais elle n'habite pas dans le coin et ç'aurait sans doute été assez...

– Perturbant ?

– Voilà, c'est ça. Très perturbant. »

La conversation se poursuit quelques instants, après quoi, sur la suggestion du jeune policier, ils s'en vont, et le bruit de leurs voix s'éloigne dans l'interminable couloir. La lumière s'éteint dans la pièce et Mary se retrouve de nouveau seule, comme elle l'a été pendant la majeure partie de sa vie. Quelque temps plus tard, elle sera incinérée sous le nom de Geraldine Tressider, mais n'allons pas trop vite.

Tu me suis, jusque-là, Elsie ? Tu commences à être fatiguée, non ? Ça ne m'étonne pas, avec tous les kilomètres que tu as avalés ces derniers jours. Allonge un peu ton siège, si tu veux, ce sera plus confortable. Tu n'as qu'à m'écouter parler sur fond du balai hypnotique des essuie-glaces. Voilà. Tu peux même fermer les yeux.

Alors, à qui le tour, maintenant ? Je crois qu'il est temps de s'intéresser au sort d'Ethelred Tressider. Tu te souviens aussi de lui, j'imagine. Un petit écrivaillon de seconde zone. Trois petits écrivaillons, pour être exact. Eh bien, voilà son histoire.

À quel moment est-ce que je me suis rendu compte que j'étais en train de devenir comme mon père ? Ce ne fut pas une brusque révélation sur le chemin de Damas. Pendant longtemps, j'ai même sincèrement cru que je faisais ce que j'avais toujours voulu faire, et que j'avais le respect – et même l'admiration, jusqu'à un certain point – de mes pairs. Je voulais être écrivain et c'était le cas. C'est seulement au fil des années, alors que les prix littéraires me passaient tous sous le nez, que les critiques (bonnes ou mauvaises) se faisaient de plus en plus rares et courtes, et que même les librairies du coin avaient arrêté de m'inviter pour des signatures, que je pris peu à peu conscience de certaines ambitions qui ne seraient jamais satisfaites ; que je compris qu'il y avait, comment dire... écrivain et écrivain. Les bons jours, Elsie, c'est évidemment toi que j'accusais de m'écarter du droit chemin de la vraie littérature en quête d'un revenu modeste mais raisonnable. Les mauvais jours, cependant, je savais que je ne pouvais m'en prendre qu'à moi-même. Comme mon père, je vivais une simple caricature de la carrière dont j'avais rêvé, devenant de plus en plus ridicule avec les années : un étrange personnage voûté à qui les gamins du village demandaient s'il n'avait rien à faire de sa vie, tellement ça devait se voir que je n'en faisais rien. On raconte, Elsie, que le cardinal John Henry Newman, après avoir quitté l'Église d'Angleterre et n'avoir essuyé que des revers au sein de l'Église catholique romaine, fut découvert un jour en train de pleurer en silence devant l'église de Littlemore dont il avait eu la charge en des temps plus heureux. Je ne suis jamais retourné déverser mes larmes sur les marches du Trésor public, mais il m'arrivait de me demander où j'en serais si j'avais grimpé les échelons de l'administration fiscale, et je ne manquais pas de noter avec une curieuse fascination chaque augmentation du salaire des fonctionnaires.

J'imagine que j'aurais pu continuer presque indéfiniment à pousser à l'action une fois par an un inspecteur Fairfax de plus en plus réticent, en alternant avec un récit sur le monde captivant de la chirurgie orale et maxillo-faciale. Maître Thomas aurait enquêté sur l'étrange mort de Richard II et il aurait peut-être fini par entrer au service de la maison de Lancastre. Le rusé et méfiant Henri IV aurait bien eu besoin de lui. Peut-être même qu'il n'aurait pas été trop vieux pour accompagner Henri V à Azincourt sous un prétexte ou sous un autre. Pour lui, contrairement à Fairfax et à moi, ce n'étaient pas les occasions qui manquaient.

Petit à petit, je commençai à élaborer un plan : j'allais reprendre ma liberté. Un jour, je disparaîtrais purement et simplement, en n'emportant que mon ordinateur portable et une tenue de rechange. Je crèverais de faim dans une mansarde et j'écrirais un chef-d'œuvre. Alors qu'est-ce qui m'a retenu, Elsie ? Les détails pratiques, sans doute. Bien sûr, l'idée était tentante : sortir de chez moi par un matin d'été, alors que le soleil encore voilé pointerait tout juste au-dessus de l'horizon, avec pour tout bagage un sac à dos et la poussière de la route sous mes pas. Mais ça voulait dire laisser derrière moi une montagne de factures impayées, de prêts à rembourser et de prélèvements automatiques. Certaines choses me manqueraient – des livres, des images, des photos –, qui toutes resteraient à moisir dans un appartement vide. Je rêvais de fuir et de devenir quelqu'un d'autre, mais la personne que j'étais m'en empêchait.

Et puis Geraldine est réapparue. Elle a sonné à ma porte un beau matin pour m'annoncer qu'on allait déjeuner ensemble. Que je puisse avoir mieux à faire ne semblait pas lui avoir traversé l'esprit. Elle savait qu'il n'y avait rien de mieux à faire que déjeuner avec elle par une belle journée de printemps.

Tout à coup, j'avais de nouveau 18 ans.

Elle ne m'a jamais expliqué pourquoi elle était revenue, elle ne s'est jamais excusée pour le moindre désagrément qu'elle aurait pu me causer par le passé. Ça n'était pas son genre. Au lieu de ça, elle s'est mise à me raconter, au cours de ce déjeuner, son dernier projet en date, en me suggérant au passage que j'aurais peut-être envie d'y investir quelques centaines de milliers de livres. Quand je lui ai répondu que je n'avais pas quelques centaines, et encore moins quelques centaines de milliers de livres à investir, elle a éclaté de rire en me disant que c'était sans doute mieux comme ça, parce que de toute façon je n'aurais jamais revu la couleur de cet argent. Elle me décrivit alors comment elle prévoyait d'escroquer un certain nombre de crétins en leur soutirant un maximum de fric avant de fuir le pays en emportant le magot. C'était une incroyable preuve de confiance, vu les circonstances. Ça faisait partie des coups aléatoires qu'elle pouvait jouer sans réfléchir, et elle se recula contre le dossier de sa chaise pour voir si j'allais lui prendre sa dame ou déclarer forfait. Mais, bien entendu, elle savait ce que j'allais choisir.

Je lui racontai que moi aussi je songeais à disparaître sans laisser de traces, et je lui fis part de mes réserves à cause de l'histoire des albums photo. Je m'attendais à ce qu'elle se moque de moi, mais elle devint brusquement très sérieuse et reconnut que ce serait difficile. Sauf à avoir un complice qui s'occupe de toutes ces choses-là, ajoutai-je. Nous échangeâmes alors un regard et je sus que je venais d'être recruté comme le complice en question. Et j'étais content. C'était comme à l'école, quand on apprend qu'on a été sélectionné pour faire partie de l'équipe de foot. Ou quand votre éditeur vous appelle pour vous annoncer que vous êtes dans les finalistes du Booker Prize. C'était même mieux que tout ça : j'avais été choisi comme ami par Geraldine.

Nous n'avons pas recouché ensemble. Pas ce jour-là, du moins. Mais au beau milieu du repas, elle m'a lancé de but en blanc :

« Tu ne te demandes pas si je porte toujours de la lingerie noire ? »

J'ai nié, bien sûr, et j'ai sans doute rougi.

Elle a ri et m'a rétorqué :

« En tout cas, tu devras faire preuve d'initiative si tu veux connaître la réponse. »

En repartant pour Londres, elle m'a embrassé sur la joue ; un geste anodin, mais qui semblait contenir la promesse d'une palette infinie de faveurs à venir. Les effluves de son parfum me collèrent à la peau jusqu'à la fin de la journée. Mes dernières réserves s'envolèrent : j'étais séduit.

Quant à nos entrevues suivantes... Eh bien, comme Amanda Collins, je vous laisserai le soin d'imaginer les détails par vous-même. Ce que je peux vous dire, c'est que Geraldine porte toujours de la lingerie noire.

Nous passâmes la majeure partie du printemps et de l'été à peaufiner notre plan, ajoutant quelques éléments par-ci, retravaillant quelques modalités par-là. Un temps inimaginable fut consacré à décider de la destination vers laquelle Geraldine s'enfuirait. Je trouvais que le Brésil n'était pas une mauvaise idée. J'avais en revanche quelques doutes sur la Bolivie. C'est seulement quand nous commençâmes à évoquer la Belgique, le Botswana, la Birmanie et le Bhoutan que je m'aperçus que Geraldine avait une approche des choses terriblement aléatoire. Dès le début de nos discussions, il fut acquis que, après avoir couvert sa disparition, je la rejoindrais quelque part, que nous coulerions alors des jours tranquilles en contemplant les Andes (ou l'Himalaya, ou les Ardennes) et que j'écrirais le chef-d'œuvre de ma vie. Nous débattîmes longtemps pour savoir s'il valait mieux privilégier une volatilisation discrète et sans bruit (mon plan) ou bien une mise en scène plus spectaculaire, avec lettre d'adieu et piles de vêtements abandonnés sur une plage déserte (le sien). Ce point-là ne fut hélas jamais entièrement résolu... du moins à mon goût.

Pendant ce temps, nous nous attelâmes à construire à Geraldine une nouvelle identité. L'idée d'obtenir un passeport au nom de quelqu'un mort en bas âge – une vraie personne avec un vrai état civil, mais qui n'aurait plus jamais l'usage d'un passeport – fut ma petite contribution d'écrivain. C'est une astuce bien connue des auteurs de romans policiers. Tellement connue, même, que le Bureau des passeports procède désormais à des contrôles en se référant aux registres paroissiaux. D'où la naissance d'une petite industrie artisanale visant à dérober ce genre de registres afin d'éviter de telles enquêtes. Et tu remarqueras, comme par hasard, que les registres paroissiaux de l'église dans laquelle Pamela Hamilton-Boswell est enterrée ont été volés. Geraldine connaissait bien l'histoire de Pamela. Du moment que personne ne s'en était déjà servi, nous étions à l'abri. Et c'était le cas. Le passeport fut délivré et « Pamela » alla passer quelques jours en Suisse pour y ouvrir un compte en banque.

Geraldine refusait que je me mêle de près ou de loin de la levée des fonds, hormis pour me promettre qu'elle n'escroquerait que des gens dont elle était sûre qu'ils en avaient les moyens et que je ne portais pas dans mon cœur. Le fait qu'elle ait jeté son dévolu sur Rupert, Smith et sa sœur Charlotte était, assez curieusement, sa façon à elle de s'excuser pour notre rupture. Elle m'offrait une forme de vengeance sur ceux qui m'avaient ridiculisé, injurié ou autrement incommodé des années plus tôt. Très *Comte de Monte-Cristo*, tu ne trouves pas, Elsie ? Ce dont elle ne se doutait pas, évidemment, c'est que chaque fois que je relis ce livre, je m'apitoie toujours sur le sort du baron Danglars et des autres bien avant que le comte ne les ait menés à leur ruine. Ce n'est pas faute d'avoir essayé, pourtant, mais je dois admettre que j'ai pris assez peu de plaisir au malheur de mes ennemis d'antan. À part une ou deux fois pour Smith, peut-être. Mais Geraldine a fait ça pour moi, et j'ai apprécié cette délicate attention.

Nous étions d'accord qu'il était essentiel d'attirer sur moi aussi peu de soupçons que possible. Aussi je m'arrangeai pour me trouver hors du pays à la date prévue de sa disparition. La veille du jour J, même si j'avais juré de ne pas la contacter du tout, je lui passai un coup de fil depuis mon hôtel. J'avais juste envie d'entendre sa voix. C'était une erreur. Inévitablement, nous nous disputâmes. Elle avait décidé d'opter pour la solution mélodramatique : un faux suicide agrémenté de toutes sortes de détails réjouissants, y compris une voiture abandonnée sur une plage déserte. Je lui fis remarquer qu'il n'était pas prudent d'attirer l'attention de la police sur sa disparition avant qu'elle et l'argent aient eu le temps de se volatiliser. Elle me rétorqua que j'étais un rabat-joie, et bien entendu nous nous mîmes à ressasser de vieilles histoires, comme des gens qui ont beaucoup de vieilles histoires à ressasser. Elle finit par me raccrocher au nez. Je la rappelai mais tombai sur son répondeur. Elle n'était plus joignable.

Je me rassurai en me disant que ce n'était qu'une querelle passagère. Elle me téléphonerait en Angleterre, depuis la Bolivie, le Bhoutan ou la Belgique. Mais je ne reçus aucun appel, seulement la visite d'un policier pour m'annoncer sa disparition.

Tu as vu juste dans mes réactions. Bien sûr, je ne montrai aucune surprise lorsque le policier m'expliqua qu'on avait retrouvé sa voiture abandonnée sur un parking : je n'avais jamais douté qu'elle irait jusqu'au bout de ses idées stupides. Mais j'avais supposé qu'elle comptait le faire avec sa propre voiture, pas une voiture de location... et, surtout, qu'elle la laisserait suffisamment loin du Sussex pour qu'on ne puisse pas me soupçonner d'être mêlé à tout ça. Elle avait sans doute empoché quelques milliers de livres supplémentaires en revendant sa Saab, mais au risque de compromettre la crédibilité de sa disparition. Et puis il y avait sa grotesque « lettre d'adieu ». Je vis tout de suite, même sur la photocopie, qu'elle avait utilisé une feuille de mon papier à lettres, et je me demandai à quoi elle jouait. Était-ce une vengeance à cause du coup de téléphone ? Ou bien une plaisanterie de mauvais goût ? Ou tout simplement un de ses coups aléatoires dont elle avait le secret, juste pour voir ce qui en découlerait ? Ou enfin une trahison pure et simple ?

Plus j'y pensais, plus je penchais pour la thèse de la trahison. Après tout, elle était bien prête à trahir Rupert, Smith le Banquier, Charlotte et Dieu sait qui encore. Alors pourquoi pas moi ? Sa manière de prétendre exercer une forme de vengeance en mon nom m'apparaissait avec le recul davantage comme une façon de sauver sa propre conscience à l'heure où elle comptait elle-même escroquer un certain nombre de gens. Pourtant, même dans mes moments les plus sombres, je ne perdis jamais totalement confiance en elle ; bientôt, elle m'appellerait et tout rentrerait dans l'ordre.

Et puis vint la nouvelle qu'on avait retrouvé un corps. Sur la route du commissariat, j'étais à peu près sûr que la police avait dû faire erreur, mais ensuite, l'espace d'un instant, dans cette salle immaculée, j'ai vraiment pensé que c'était elle. Les cheveux blonds courts et les taches de rousseur conféraient à ce visage de femme plus qu'une vague ressemblance. Si je n'avais pas revu Geraldine depuis dix ans, j'aurais pu croire en effet que ce corps était le sien. Les policiers étaient tellement persuadés de leur fait que je savourais déjà la perspective de leur révéler leur méprise. Mais alors, une tout autre idée me vint. S'ils avaient envie de croire qu'il s'agissait de Geraldine, pourquoi les contredire, en tout cas dans un premier temps ? Après tout, je pourrais toujours revenir sur mes déclarations par la suite en plaidant la bonne foi. Du coup, l'enquête sur sa disparition s'interromprait et Geraldine gagnerait quelques jours précieux pendant lesquels elle pourrait aller retirer l'argent en Suisse et disparaître pour de bon. Je n'ai même pas eu à mentir. Je me suis contenté de les laisser croire ce qu'ils avaient envie de croire. C'est tout.

Une fois retombée l'euphorie initiale de ma rouerie, une chape de plomb s'abattit peu à peu sur mes épaules à mesure que je prenais conscience des innombrables complications que cet acte minuscule risquait d'entraîner à lui seul. Car, si ce n'était pas Geraldine, c'est donc que c'était quelqu'un d'autre, et l'on pouvait raisonnablement penser que des gens étaient à sa recherche. Des amis. Une famille inquiète. Et, puisqu'il s'agissait d'un meurtre, il y avait quelque part un meurtrier. Je me mis à regretter mon subterfuge, mais je pouvais difficilement retourner au commissariat en disant que je n'étais plus très sûr de moi et que je voulais revoir le corps. Par moments, j'en venais presque à espérer que la police réexamine de son propre chef l'identité de la victime. Mais, après avoir compris que le corps était sans doute celui de Mary – et qu'il n'y avait ni amis ni parents endeuillés –, je décidai que je pouvais peut-être faire durer la méprise un peu plus longtemps.

Alors, comment se fait-il qu'on n'ait jamais démasqué ma supercherie ? C'est très simple. Au moment où le corps de Mary Jones a été découvert, personne ne cherchait Mary Jones, seulement Geraldine Tressider. Le lieu et la description coïncidaient quasiment à la perfection. Dans ce cas, pourquoi les policiers auraient-ils douté de mon identification ? Plus tard, quand Mary Jones fut enfin portée disparue, les enquêteurs étaient à la recherche d'une femme aux longs cheveux châtains dans la région de Bournemouth. Pourquoi auraient-ils ressorti des cartons une blonde découverte près de Worthing et déjà identifiée comme Geraldine Tressider ? Évidemment, un simple examen de sa dentition aurait suffi à leur révéler leur erreur, mais Geraldine ayant toujours eu la phobie des dentistes, elle n'avait de dossier nulle part. Un relevé d'empreintes digitales ou même un prélèvement d'ADN auraient également montré que quelque chose ne collait pas, mais les empreintes de Geraldine n'étaient pas fichées et je doute que des tests ADN soient envisagés dans le cas où l'identification s'avère aussi rapide et aisée. Tu comprendras néanmoins pourquoi je tenais à ce que le corps soit incinéré le plus vite possible.

Mais le fait de savoir précisément ce qu'était devenue Mary Jones ne m'aidait pas à deviner où Geraldine avait bien pu disparaître. Les jours passaient sans la moindre nouvelle de sa part. Pas plus de message sur mon répondeur que sur le sien (que je n'avais pas arrêté, au cas où). Tu m'as toi-même appris que l'argent avait été retiré du compte suisse, d'où je déduisis que Geraldine avait au moins réussi à aller jusque-là. Mais après ?

Tu avais également raison de penser que je ne cherchais ni l'assassin de Geraldine (qui n'était pas morte), ni l'argent (qu'elle avait sur elle), mais tu n'arrivais pas à comprendre ce qui m'intéressait. Eh bien je vais te le dire : je voulais savoir où Geraldine s'était enfuie, et avec qui. Mes craintes étaient décuplées par la jalousie. Je me suis comporté de façon assez désagréable avec quelques personnes autour de moi, et je le regrette. C'est pour cette raison que je me suis délecté un moment de l'embarras de Smith. D'ailleurs, ta suggestion – bien que totalement infondée – qu'ils aient pu être amants n'a pas aidé son cas. Le jeune Darren Oxtoby était une possibilité inattendue. J'étais tellement certain qu'il cachait quelque chose que je lui ai carrément demandé où était Geraldine. Lorsque sa mine déconcertée m'a confirmé qu'il n'en savait pas plus que moi, je me suis rattrapé en feignant que je voulais en fait parler de Charlotte. Les questions que je posai à Dennis furent tout aussi directes, même si toi et lui avez dû me prendre pour un fou. Mais il était bel et bien un complice potentiel et j'étais obligé de m'avancer un peu pour m'assurer qu'il n'avait rien à voir là-dedans. Rupert est le seul sur lequel je n'eus jamais aucun doute et que je plaignis sincèrement du début à la fin.

Non, ce n'est pas tout à fait exact. Je me plaignis aussi beaucoup moi-même. Alors que toutes les pistes s'épuisaient une à une et que je n'avais toujours reçu aucun coup de fil, je n'avais rien d'autre à faire que de ressasser et de gérer les affaires courantes. Je m'occupai de la succession en prévenant les créanciers de s'attendre au pire. Je mis en cartons les albums photo et autres objets que Geraldine avait marqués de ses petits points jaunes (bravo pour ta perspicacité, au fait). Ils sont désormais en ta possession, à l'exception d'un ou deux gros articles non périssables que j'ai laissés dans mon appartement.

C'est seulement en décembre que Geraldine a fini par me contacter : une carte postale de Bradford, figure-toi. Elle m'y enjoignait de prendre un vol précis à une date de janvier précise. Aucune autre instruction. Aucune promesse qu'elle serait là pour m'accueillir. Juste ça.

Juste ça.

J'espère que je ne t'ennuie pas, Elsie. Tu ne dis rien. Tu t'endors ? J'ouvrirais bien une vitre, mais il pleut vraiment trop pour le moment.

De toute façon, je n'ai pas grand-chose à ajouter. Il ne reste que l'histoire de Geraldine, et très franchement je n'en sais guère plus que toi. Je ne peux pas te dire pourquoi elle a quitté Rupert. Ni comment elle a réussi à soutirer de l'argent à Smith, sinon que je suis à peu près certain qu'elle n'a pas couché avec lui. Je ne peux pas non plus te dire où elle est. Tout ce que je sais, c'est qu'elle est en vie quelque part et que j'espère la rejoindre très prochainement, si ce n'est pas encore une de ses fausses pistes. Cette bonne vieille Geraldine. La reine des embrouilleuses. À côté d'elle, je ne suis qu'un modeste apprenti.

Oh ! je n'attends pas ta bénédiction. Fairfax, lui, m'a bien fait sentir ce qu'il pensait de tout ça. C'est vrai, j'ai commis un crime. Et même plusieurs, sans doute. Bien sûr, je pourrais me défendre en disant que, techniquement, je n'ai pas fourvoyé la police : ils ont choisi de se fourvoyer tout seuls. Je pourrais dire aussi, d'un point de vue strictement pragmatique, que ce que j'ai fait n'était pas bien méchant. Peters est mort, alors maintenant ce n'est pas un témoignage de plus ou de moins qui changera quelque chose à cette affaire. Mais à l'époque, je ne le savais pas encore. J'ai dissimulé aux enquêteurs un élément de preuve capital. Et si Peters avait tué de nouveau ? J'ai aussi sciemment aidé et soutenu Geraldine dans je ne sais combien d'actes frauduleux. Fairfax n'est pas du genre à fermer les yeux sur ces choses-là, encore moins à les pardonner.

Mais toi, tu n'es quand même pas obligée de me juger à l'aune des critères de Fairfax, bien que je me doive ici de te faire remarquer que c'est là ta *seconde* erreur. Tu as cru que c'était un roman policier. Alors que, depuis le début, c'est une histoire d'amour. Ce que j'ai fait, je l'ai fait pour elle. Les règles sont différentes dans les histoires d'amour. Roméo peut tuer Tybalt et rester un gentil. Moi, au moins, je n'ai jamais poignardé le cousin de personne dans une querelle d'ivrognes.

Ça y est, tu dors ? Presque ? Mais oui, Elsie, c'est ça : j'ai bien mis quelque chose dans ton chocolat chaud. Pas du poison, bien sûr ; j'ai quand même besoin de quelqu'un pour ramener ma voiture à Findon. S'il y a une chose que les auteurs de polars maîtrisent, c'est à quelle dose une substance est mortelle. Il y en a juste assez pour t'assommer pendant quelques heures. Tu comprends bien que je n'ai pas envie que tu me suives à l'enregistrement pour voir ma destination, pas vrai ? Quand j'ai compris que tu avais remonté la piste jusqu'à moi, j'ai aussi compris que je devais absolument savoir où tu te trouverais au moment où je monterais dans l'avion : tu seras bien au chaud dans la voiture jusqu'à ce que tu te réveilles. Juste à temps pour un bon petit déjeuner, j'espère ! Ils ont des pains au chocolat décents à la cafétéria de l'aéroport, il me semble. Je te laisserai les clés et la monnaie pour le parking. Il y a suffisamment d'essence pour le trajet retour. Et, moi, d'ici là, je serai déjà... où ? Je me le demande.

N'essaie pas de lutter. Ce que je t'ai donné n'est pas dangereux mais relativement puissant. On est déjà presque sur l'autoroute. Et regarde, tu as vu ça ? Il ne pleut presque plus. On voit même les étoiles, Elsie. Beaucoup de nuages, mais une étoile par-ci par-là.

Bien sûr, je ne sais pas ce que je vais trouver en arrivant à l'aéroport. Geraldine en personne ? Une autre instruction ? Puis encore une autre ? Ou rien du tout ?

Je l'ignore, et pour le moment je m'en fiche. Tout ce que je sais, c'est que je me sens incroyablement vivant, comme ça ne m'est pas arrivé depuis des années. Quel que soit ce qui m'attend au comptoir d'enregistrement, rien ne pourra m'ôter la joie que je ressens depuis que j'ai reçu cette carte de Geraldine. Peut-être qu'elle sera là. Peut-être que je vais devoir lui courir après aux quatre coins du globe.

Mais en tout cas, j'ai pris une décision et je ne reviendrai pas dessus. Je vais faire quelque chose, Elsie. C'est ce que j'ai toujours voulu. Il y a des tas de gens qui ont l'air de faire ça aussi. Je vais faire quelque chose de ma vie. Tu vois, Elsie, c'est un happy end, finalement.

Je vais faire quelque chose de ma vie.

29

Mouais, pas si sûr.

C'est ça le problème avec deux narrateurs (vraiment une idée à la con, comme je l'ai sans doute déjà dit). Deux narrations, deux vérités, deux dénouements.

D'accord, Ethelred m'a peut-être bel et bien raconté tout ça pendant qu'il roulait à sa perte, mais comment le saurais-je ? Je me rappelle être montée dans sa voiture, un peu dans les vapes. Et puis j'ai fait ce rêve, une histoire de pingouins. La seule chose dont je me souvienne clairement ensuite, c'est de m'être réveillée sur le parking courte durée avec deux ou trois gamins qui braillaient dehors. « La sorcière morte a bougé ! La sorcière morte a bougé ! » J'ai baissé ma vitre et je leur ai appris quelques jurons de sorcière bien choisis qui leur vaudraient une bonne torgnole s'ils s'avisaient de les répéter à portée de main de leurs parents. Après quoi, je me suis appliquée à m'extraire de la voiture pour aller prendre un bon petit déjeuner surchocolaté.

Dès l'instant où j'ai pénétré dans le terminal, je me suis rendu compte qu'il y régnait un calme inhabituel. Avec le recul, je dirais que c'était une sorte de sidération silencieuse, mais sur le moment je n'y ai guère prêté attention, vu que mon regard cherchait avant tout une cafétéria plutôt qu'un écran de télévision. C'est seulement en revenant vers le parking que je me suis arrêtée pour jeter un coup d'œil aux nouvelles et que j'ai distingué l'image floue d'un avion tombant du ciel dans un épais nuage de fumée. « Film amateur », disait le sous-titre, ce qui donnait peu d'indications sur l'identité des passagers. Mais en calculant rapidement le pourcentage de chances qu'Ethelred puisse se trouver à bord (faible), j'ai passé mon chemin avec un simple haussement d'épaules. C'est seulement lorsqu'ils ont publié la liste des passagers que j'en ai eu le cœur net, mais ça, c'était plusieurs jours après.

Je fis le trajet retour jusqu'au Sussex en écoutant la radio. Les premières informations faisaient état d'une panne de moteur sur un avion au décollage de Gatwick. Bientôt, il fut question d'une bombe. Sur quoi, un petit con suffisant prit la parole pour dire qu'il ne fallait pas tirer de conclusions hâtives, mais ça ne servait pas à grand-chose parce que tout le monde avait déjà tiré ses conclusions. Je continuai à écouter un moment puis j'éteignis. En arrivant chez Ethelred, je procédai à une fouille rapide à la recherche d'indices potentiels, de chocolat, etc., et tombai sur le manuscrit de son dernier roman, que vous venez de lire (agrémenté de quelques améliorations et amendements apportés par mes soins). Le chapitre de conclusion avait clairement été rédigé à l'avance, pendant qu'il attendait que je fasse la route depuis Londres. Ce brave Ethelred ! Écrivain jusqu'au bout.

Bizarrement, Ethelred n'a été rattrapé par la modernité qu'au moment de sa mort. Il appartenait à peine au XXe siècle, encore moins au XXIe. Prenez ses livres, par exemple : ses romans historiques étaient historiques, cela va sans dire, mais même la série des Fairfax ne contenait rien qu'Agatha Christie n'aurait pu écrire. Ses assassins étaient tous de méchants prolétaires ou bien des aristos qui avaient mal tourné. Personne n'avait de téléphone portable. Personne ne semblait avoir entendu parler d'Internet. Lui-même portait des vêtements dont son père avait dû se débarrasser dans les années 1950. Il passait ses vacances dans des hôtels surannés au bord de la Loire. Alors quelle ironie qu'il ait trouvé la mort d'une façon aussi dernier cri : déchiqueté par un attentat terroriste en plein ciel. On n'a jamais retrouvé son corps, bien sûr.

Que dire de plus ?

Pas grand-chose, bien qu'il y ait encore un point que je doive expliquer : ce pauvre idiot n'a jamais eu la moindre chance de connaître un happy end. Je crois qu'Ethelred faisait une sorte de fixation sur son histoire de Pincoin et de Airisson. Il se voyait comme le Pincoin, et Geraldine comme le Airisson avec lequel il finirait par se réconcilier « dans un pays lointain », selon ses propres termes. Mais ça n'était pas près d'arriver. À supposer qu'il l'ait effectivement rejointe, elle aurait simplement continué à le mener en bateau comme avant. Vous n'avez jamais vu ces documentaires animaliers où on voit des pingouins se faire happer sur la banquise et dévorer par des orques ? On est loin d'une tendre réconciliation, vous me l'accorderez. S'il y a bien une chose à laquelle on ne peut pas comparer Geraldine, c'est à un gentil hérisson tout doux. Et si c'était vraiment ça qu'Ethelred cherchait, il aurait peut-être dû un peu mieux regarder autour de lui.

Pardon, je ne sais pas ce qui m'a pris de dire ça. N'allez pas vous imaginer que j'en pinçais pour lui ni quoi que ce soit. Et réciproquement, d'ailleurs. Et puis l'amour, c'est de la connerie, comme nous avons eu l'occasion d'en convenir ensemble à maintes reprises. Mais il avait besoin que quelqu'un s'occupe de lui et j'aurais pu m'en charger. Vous ne croyez pas ? J'aurais pu le suivre dans son pays lointain et être son Airisson. Trop tard, maintenant.

Mais en même temps… je n'arrive pas à m'empêcher de penser… et s'il n'était pas dans cet avion ? C'est possible, non ? Et si, pour me semer, il avait réservé *deux* vols ? Son ultime fausse piste. S'il s'était enregistré sur celui-là, avec seulement un bagage à main, et puis qu'il s'était éclipsé pour monter à bord d'un autre, grâce à un astucieux faux passeport ? Et que la première compagnie n'ait pas modifié la liste des passagers ? Parce qu'on n'a jamais retrouvé le corps et, comme tout bon auteur de polars le sait, tant qu'on n'a pas retrouvé le corps, toutes les hypothèses restent ouvertes. Alors peut-être qu'il y a un troisième dénouement à cette histoire.

Peut-être qu'un jour je recevrai une carte postale de Belize ou de Brisbane, avec des instructions pour régler le thermostat du chauffage central pour l'hiver. Ou peut-être qu'en relevant son courrier je me rendrai compte que quelqu'un s'est servi de sa carte bleue à Bogotá ou à Bombay. Et je sauterai dans un avion pour aller vérifier en personne.

Évidemment, ça n'arrivera jamais. Mais d'ici là, pour une raison que je n'arrive pas bien à identifier, je reste ici, je surveille, j'attends.

Au commencement

Et un bau jour le pincoin et le airisson se retrouvèrent dans un pays lointin

Dacor dit le pincoin je m'escuse d'avoir dit que tu été trop petit et trop picant

Dacor dit le airisson je m'escuse d'avoir dit que tu été trop gro et tout mou je voudrai devenir ton ami pour tout jour. Et toi tu veus bien devenir mon ami ?

Tout le monde dit qu'il ne faut pas te fer confiance dit le pincoin

Non, tu peux me fer confiance dit le airisson

Tu est sur dit le pincoin ?

Oui dit le airisson et le airisson souria

Dans ce cas je serai ton ami dit le pincoin. Pour tout jour

Et c'est tout ce que je sait sur le pincoin et le airisson alors c'est la fin de mon histoire

Remerciements

Je suis reconnaissant à tous ceux qui m'ont apporté leur aide pendant la rédaction de ce livre. En particulier, je voudrais remercier ici Will et l'équipe de Macmillan New Writing pour leurs conseils et leur soutien. Merci également à mon fils Tom qui, il y a fort longtemps, a produit la version originale – et la meilleure – du Pincoin et du Airisson.

À PARAÎTRE

Août 2012

Gillian Flynn
Les Apparences

Traduit de l'anglais (États-Unis) par Héloïse Esquié

Le thriller le plus éprouvant depuis Ne le dis à personne *et* Avant d'aller dormir.

Amy, une jolie jeune femme au foyer, et son mari Nick forment en apparence un couple modèle.

Victimes de la crise financière, ils ont quitté Manhattan, leur vie aisée, leur travail dans la presse, pour s'installer dans la petite ville du Missouri où Nick a grandi.

Le jour de leur cinquième anniversaire de mariage, Nick découvre dans leur maison un chaos indescriptible : meubles renversés, cadres aux murs brisés, et aucune trace de sa femme. L'enquête qui s'ensuit prend vite une orientation inattendue : sous les yeux de la police, chaque petit secret entre époux et autres trahisons sans importance de la vie conjugale prennent une importance inimaginable et Nick ne tarde pas à devenir un suspect idéal.

Alors qu'il essaie désespérément de son côté de retrouver sa femme, Nick ne tarde pas à découvrir qu'elle aussi lui dissimulait beaucoup de choses, certaines sans gravité, d'autres bien plus inquiétantes.

Il serait criminel d'en dévoiler davantage tant l'intrigue que nous offre Gillian Flynn recèle de surprises et de retournements. Après *Sur ma peau* et *Les Lieux sombres*, la plus littéraire des auteurs de thrillers, qui dissèque ici d'une main de maître la vie conjugale et ses vicissitudes, nous offre en effet une véritable symphonie paranoïaque, dans un style viscéral dont l'intensité suscite une angoisse quasi inédite dans le monde du thriller.

Gillian Flynn est née à Kansas City. Après Sur ma peau *(Calmann-Lévy) et* Les Lieux sombres *(Sonatine Éditions),* Les Apparences *est son troisième roman.*

Octobre 2012

Derek Van Arman

Il

Traduit de l'anglais (États-Unis) par Johan Frederik Hel-Guedj

Les très grands romans de serial killer se comptent sur les doigts d'une main : Le Dahlia noir, *de James Ellroy,* Le Silence des agneaux, *de Thomas Harris,* Le Poète, *de Michael Connelly. Après* Au-delà du mal, *de Shane Stevens, nous sommes heureux de vous proposer un nouveau sommet du genre,* Il, *de Derek Van Arman.*

« La plupart des tueurs en série n'ont rien à voir avec les mythes qu'ils ont engendrés. Ils ne vivent pas isolés, au milieu des bois ou au fin fond d'un asile. Ce sont vos voisins. Ils prennent le bus avec vous. Vos enfants jouent avec les leurs. Il arrive même parfois qu'ils soient assis près de vous lors des réunions de famille. » Ainsi parle Jack Scott, directeur de l'agence fédérale en charge des crimes violents et spécialiste des serial killers. Lorsqu'une mère et ses deux filles sont sauvagement assassinées dans une mise en scène macabre, c'est le début d'une chasse à l'homme impitoyable. Jack, qui pensait avoir tout enduré, devra affronter son passé pour mettre la main sur un tueur atypique, aussi pervers que machiavélique.

Roman choral, baroque, d'une ampleur peu commune, *Il* marque d'une pierre noire l'histoire du roman de serial killer. Cette descente vers le mal, angoissante et crépusculaire, au suspense implacable, outrepasse toutes les limites du genre et nous donne un aperçu d'un réalisme rare sur les méthodes d'investigation les moins bien connues de la police américaine. À tel point que l'auteur a été mis en examen par le FBI afin qu'il livre les sources lui ayant permis d'être aussi proche de la réalité. Ces problèmes judiciaires expliquent pourquoi ce livre, paru aux États-Unis en 1992 et immédiatement devenu culte, est resté inédit en France jusqu'à ce jour.

Derek Van Arman est un pseudonyme. Il *est son seul roman.*

Mis en pages par Créations Marguerite
Achevé d'imprimer sur Roto-Page
par l'Imprimerie Floch à Mayenne en mai 2012
Dépôt légal : mai 2012
N° d'édition : 118 – N° d'impression : 82434
ISBN 978-2-35584-118-7
Imprimé en France